일단
떠나는
수밖에

일단 떠나는 수밖에

1판 1쇄 발행 2025년 5월 26일
1판 2쇄 발행 2025년 6월 5일

지은이   김남희
발행처   (주)수오서재
발행인   황은희 장건태
책임편집   마선영
편집   최민화 박세연
마케팅   황혜란 안혜인
디자인   권미리

제작   제이오
주소   경기도 파주시 돌곶이길 170-2 (10883)
등록   2018년 10월 4일 (제406-2018-000114호)
전화   031 955 9790
팩스   031 946 9796
전자우편   info@suobooks.com
홈페이지   www.suobooks.com
ISBN   979-11-93238-67-7 (03810) 책값은 뒤표지에 있습니다.

일단
떠나는
수밖에

여행가 김남희가
길 위에서
알게 된 것들

김남희 지음

수오서재

차례

1부   거기에 내가 있었다

2부   삶이 향하는 곳으로, 기꺼이

3부   떠나야 알 수 있는 것들

미처 예상치 못했다. 집을 짓지 않고 떠도는 삶이 이렇게 길어지리라고는. 찬 바람 부는 1월의 인천항에서 중국행 배에 오를 때 나는 서른셋이었다. 서른셋은 지닌 재산이 적어 탕진하는 부담도 적은 나이였다. 3년 정도면 전 재산이 사라질 테고, 그 무렵이면 여행도 끝이 나리라 믿었다. 먼지 묻은 배낭을 앞뒤로 메고 낯선 도시에 들어서면 제일 먼저 관광안내소로 향했다. 그곳의 직원은 지도에 가볼 만한 곳을 표시하고, 예산에 맞는 숙소를 골라줬다. 전화를 걸어 빈방을 확인하고, 예약을 해주기도 했다. 시리아나 레바논처럼 정보가 부족한 나라를 여행할 때면, 먼저 다녀간 여행자들이 방명록에 남긴 정보를 얻기 위해 여행자 사이에서 전설처럼 전해지던 특정 숙소를 찾아가고는 했다. 하루를 보내기 위해서는 거리의 사람들에게 수십 번씩 길을 물어야 했다. 여행은 온전히 타인의 친절에 기대는 행위였고, 타인과 소통하는 과정이었다. 그 시절에는 한 번의 여행을 마치면 한 명의 사람이 남았다.

여행하는 삶을 살아온 지도 어느새 23년 차. 이제 여행은 타인의 친절이 아니라 스마트폰 검색에 기대는 일이 되었다. 쉽고 편리해졌다. 가격 비교 사이트에서 비행기표를 고르고, 클릭 몇 번으로 숙소를 예약하고, 구글 리뷰가 좋은 식당을 찾아가면 된다. 큰 용기가 없어도, 외국어를 하지 못해도, 누구나 실패 없는 여행을 하고 돌아온다. 어디서나 쉽게 여행자를 만날 수 있지만 친구를 사귀기는 더 어려워졌다. 쌀독의 낱알만큼 흔해진 여행자는 이제 환영받는 존재도 아니다. 소음과 쓰레기 문제와 주거난을 일으켜 현지인의 삶의 질을 떨어뜨리는 주범이 되었을 뿐. 여행을 마치고 돌아올 때면 그곳에서 사귄 친구의 연락처 대신 수백 장의 사진만 남는다.

"여행은 단순한 장소의 이동이 아니라 자신이 쌓아온 생각의 성을 벗어나는 일이다." —신영복 여전히 내가 가장 좋아하는 여행의 정의다. 여행을 하면 할수록 내가 알던 상식과 진리가 무너진다. 걸으면 걸을수록 질문이 생겨나고, 내가 배워온 것들을 의심하게 된다. 거리에서 보내는 시간이 길어질수록 나와 타인이, 나와 지구가 깊이 연결되어 있음을 깨닫는다. 여행을 마치고 집으로 돌아올 때면 나를 둘러싼 모든 것을 조금 더 사랑하고 아끼게 된다. 여행은 언제나 더 나은 내가 되고 싶게끔 했다. 정말이지 조금 더 선한 사람이 되고 싶고, 지구와 타인에게 해를 덜 끼치는 존재가 되기를 갈망한다. 그 간절함이 나를 여행으로 이끈다.

코비드. 역병의 시대는 내 삶의 많은 것을 바꿔놓았다. 강연과 글쓰기뿐이던 생계 활동에 에어비앤비 호스트, 방과후 글쓰기단, 방과후 산책단이 끼어들었다. 한마디로 'N잡러'로 살기 시작했다. 그렇게 살아보니 그 어느 것도 절대적인 수입이 되지 못하는 대신에, 그 어느 것에도 절대적으로 매이지 않아도 되었다. '원하지 않으면 때려치울 수 있어. 아니면 말지 뭐' 하는 가벼운 마음이랄까. 이제야 나는 '빠꾸의 힘'을 알게 되었다. 그 모든 일 중 끝까지 놓고 싶지 않은 일은 가장 어려운 글쓰기다. 마지막 순간까지 쓰는 사람으로 남고 싶다는, 읽어주는 사람이 있는 글쓰기를 하고 싶다는 욕망. 결국은 타인과 소통하고 싶다는 바람이었다. 쉽지 않은 방과후 산책단을 계속 꾸려가는 이유도 결국은 그 열망 때문이다.

꼭 5년 전 봄, 혼자 여행하던 내가 방과후 산책단이라는 이름으로 함께하는 여행을 시작했다. 먹고살 길이 막막해진 코비드 초기에 지인이 조언했다.

"네가 산책하는 걸 프로그램으로 만들어봐."

단체 여행이라니! 비명을 지르고 싶었다. 가족과 여행하는 일도 고난의 행군인데, 처음 보는 사람들을 데리고 여행

한다고? 수명을 자발적으로 단축하다니! 흰머리 늘어나는 소리가 실시간으로 들릴 것 같았다.

역시나 방과후 산책단과 함께하는 여행은 만만치 않았다. 혼자서 처음부터 끝까지 모두를 책임져야 하니 어려울 수밖에. '책임감 제로'의 삶을 살기 위해 고양이도 입양하지 못하는 사람인데 열 명을 책임지는 일을 하게 되었다. 피를 나눈 남자가 내게 "뭐야, 여행도 하고 돈도 버는 거야? 세상 '꿀잡'이네"라고 했을 때 등짝을 후려치고 싶었다. 산책단은 나에게 여행이 아닌 일이었으니. 그것도 노동 강도가 엄청나게 센 해외 출장. 성격도 까칠하고, 고집도 세고, 융통성도 부족한 내가 체력과 취향과 성격이 다 다른 사람들을 이끌고 다니려니 매일 시험을 치르는 기분이었다.

그 좌충우돌의 시간 동안 방과후 산책단을 구상했을 때 품었던 소망은 더 간절해졌다. 다른 방식으로 여행하고 싶다는 바람. 짧은 시간에 많은 곳을 다니는 게 아니라, 조금

12

느슨하고 느리게 하는 여행. 유명한 곳만 찾는 게 아닌, 덜 알려진 곳도 찾아가는 여행. 인간만이 아니라 동물과 식물, 자연을 존중하는 여행. 한 나라에 최소 열흘 이상 머물며, 여섯 명에서 열 명 미만의 소규모로 다니는 여행. 현지 음식을 먹으며, 현지인이 운영하는 작은 숙소에 머물고, 현지인의 삶의 방식을 존중하는 여행. 에코백, 도시락통, 수저, 텀블러를 가지고 다니며 제로웨이스트를 지향하는 여행. 조금 귀찮고 불편해도 지구를 위하는 여행. 어디에 가든 최소한의 흔적만 남기고 돌아오는 조심스러운 여행을 만들고 싶었다. 그런 바람으로 꾸린 방과후 산책단은 첫 조지아 트레킹을 시작으로 어느새 열아홉 번의 해외 일정을 마쳤다.

생계를 위해 방과후 산책단을 시작했지만, 보람과 재미를 느끼지 못했다면 지속하지 못했을 것이다. 아름다운 것과 마주칠 때 마음 깊이 번져오는 감동을 나눌 수 있는 이가 곁에 있다는 충만함. 내가 준비한 프로그램에 몰입하는 이들을 실시간으로 지켜보는 즐거움. 내가 지키고픈 원칙을 존중해주는 이들에 대한 고마움. 오래도록 인연을 이어가고픈, 결이 맞는 사람을 만나는 기쁨. 여행으로 인한 공감과 만남이 방과후 산책단 안에 있었다. 산책단을 마치고 나면 늘 사람이 남았다.

여행하는 삶에 대한 갈망은 여전하지만, 짐을 꾸릴 때마다 묻게 된다. 언제까지 여행할 수 있을까. 갱년기를 맞아 삐그덕거리는 몸도 문제지만, 무엇보다 앓고 있는 지구를 어디서나 체감하기 때문이다. 그런데도 나는 여행을 포기하지 못하고 있다. 여행을 하지 않았다면 내가 지금보다 훨씬 못난 인간이 되었을 거라는 믿음 때문이다. 불편함을 견디지 못하고, 이해심은 바닥이고, 무지하면서 편협하기까지 한 꼰대가 되지 않았을까. 지금처럼 반성하는 꼰대도 아닌, 구제불능의 꼰대 말이다. 여행을 통해서야 나는 더불어 살아가는 일의 의미를 깨닫게 되었고, 말을 할 수 없는 존재들에게 눈길이 갔고, 지구를 위해 해야 하는 일의 목록을 늘려갔다. 여행을 함으로써 나는 조금씩 더 다정해졌다. 나 자신에게도, 타인에게도, 지구에게도.

낯선 이의 호의에 기대어 새로운 세상으로 나아갈 때마다 중얼거린다. 여행하는 삶을 살아오길 잘했어. 포기하지 않고 여기까지 오기를 정말 잘했다. 그러니 아직은, 일단 떠나는 수밖에.

대만 타이난에서

2025년 봄날에

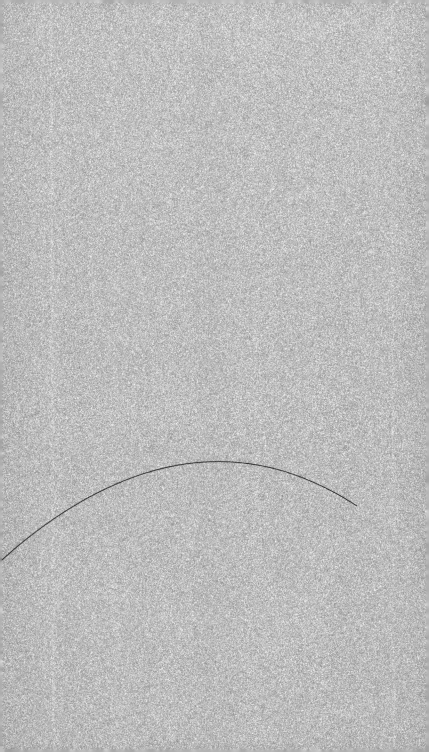

1부

거기에 내가 있었다

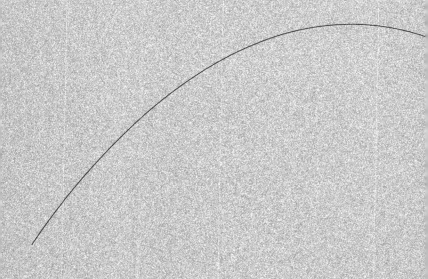

어제와 다름없는 삶을 이어가는 것

키르기스스탄
Kyrgyzstan

수도를 벗어나자 기다렸다는 듯 초원이 다가왔다. 시야가 순식간에 초록으로 가득 찼다. 부드럽고 완만한 초원의 선이 끝없이 이어졌다. 투명하도록 푸른 하늘가에는 뭉게구름이 걸려 있다. 초원 너머 호위라도 하듯 늘어선 설산의 이마가 눈부셨다. 드넓은 초원 덕분인지 산은 위압감을 주지 않았다. 초록색 캔버스 위에 흰 점을 툭툭 찍어놓은 것처럼 초원 위로 유목민 텐트 유르트가 서 있었다. 모든 화려한 색을 지우고, 마음을 편안하게 하는 색으로만 채운 세상 같았다. 싱그러운 초록 벌판에서 양 떼와 말들이 풀을 뜯고 있었다. 여름은 유목민들이 초원으로 올라와 유르트를 치고 유목 생활을 하며 양이며 말을 살찌우는 계절이었다. 살아 있는 모든 것들이 길고 혹독한 겨울을 대비해 있는 힘껏 최선을 다하는 시기였다. 저 평화로운 풍경의 안쪽으로는 스스로를 담금질하는 시간이 흐르고 있었다.

카라쿨 호수 근처의 알틴 아라샨 트레킹과 파미르 고원의 알라이 계곡 트레킹, 송쿨 호수에서 승마 트레킹을 하는 동안 우리는 캠핑을 하기도 했지만 주로 유르트에 머물렀다. 이른 아침, 알틴 아라샨 국립공원 입구에서 머리에 스카프를 두른 여인이 소젖을 짜고 있었다. 부드럽게 소를 달래며 손으로 젖을 짜는 모습이 다정했다. 소젖은 송아지를 먹이고 난 후에 남는 양만을 취하기. 가축은 계절이 허락하는 시간 동안은 들판에서 풀을 뜯으며 지내게 하기. 오늘까지 키운 양을 잡을 때는 감사하며 경건히 취하기. 우리가 잃어버린 삶의 원형이 그 땅에는 아직 훼손되지 않고 남아 있었다.

해발 3천 5백 미터의 알라쿨 호수에서 캠핑하던 저녁, 앞 텐트의 키르기스스탄 청년들이 같이 저녁을 먹자며 우리를 불렀다. 양고기를 넣고 끓인 국수는 산뜻해서 내 입에도 잘 맞았다. 엔지니어 맥스, 바리스타 아키라, 호텔에서 일하는 찬. 닉네임을 지닌 청년들 중 아키라가 물었다.

"한국에서 제일 높은 산은 몇 미터예요?"

"1,947미터"라는 내 당당한 대답에 웃음이 터졌다.

"그건 산이 아니라 언덕이죠."

7천 미터급 레닌 피크를 지닌 나라이니 한라산 정도는 낮게 느껴지는 게 당연했다. 키르기스스탄에는 레닌 피크만이 아니라 옐친 피크, 푸틴 피크도 있었다. 그러면서 하는 말, "우린 널린 게 산이라서 그까짓 이름 하나 주는 건 아무것도 아니에요. 당신도 저 앞 봉우리 오르고 남희 피크라고 이름 붙여요." 이들이 쓰는 모자 칼팍은 키르기스스탄의 높고 하얀 산을 뜻한다고 했다. 자신들의 땅에 지닌 자부심이 자연스럽게 느껴졌다.

키르기스스탄에서는 몸이 불편한 일이 많았다. 합승 버스 마슈르카를 타면 18인승 미니버스에 서른 명이 짐짝처럼 실려 가는 일도 예사였다. 비가 내리던 날에는 물이 차 안으로 뚝뚝 떨어져 비닐봉지에 빗물을 받으며 달리기도 했다. 송쿨로 승마 트레킹을 하러 가던 날에는 화장실에 다녀오라며 고갯마루에서 차가 섰는데, 30분이 지나도록 출발할 기미가 없었다. 가이드에게 물어보니 운전기사가 양을 사겠다며 양 장수를 기다리고 있단다. 차 안에 양을 실을 자리라고는 전혀 없었다. 무엇보다 양을 파는 이도 언제 올지 알 수 없다고 했다. 일행의 재촉으로 출발했지만, 아내에게 양을 못 샀다고 보고하는 운전사의 전화 목소리가 처량했다. 오랜만에 이런 환경에서 여행하니 자꾸 웃음이 났다. 20년 전으로 타임슬립이라도 한 것 같았다. 스마트폰은 자주 무용지물이었다. 스마트폰이 등장한 이후 여행은 두고 온 세계와 다다른 세계 사이를 실시간으로 넘나드는 분열적인 행위가 되었다. 몸은 여기에 있지만, 마음은 저쪽을 향해 끊임없이 신호를 보낸다. 그곳이 아닌 이곳에 있는 나를 그곳에 있는 사람들에게 인증받고자 하는 욕망이랄까. 여행은 편리해졌지만 어느 쪽에도 온전히 몰입하기 힘들 때가 많았다. 손안의 인터넷 세상이 사라지니 번잡함도 사라졌다. 내 세계는 눈앞에 펼쳐진 세상이 전부였다.

이 나라에서는 어디를 가나 늘 지평선이 보였다. 시야를 가리는 고층 건물 같은 건 없었다. 산들에 가로막혀 지평선을 볼 수 없고, 공간은 수직적으로만 뚫려 있는 나라에서 온 내게는 경이로운 풍경이었다. 수평의 열린 공간이 주는 자유로움과 넉넉함이 부럽기도 했다. 이 광활하고 완만한 수평의 선을 바라보고 사는 사람의 마음과 빽빽한 고층 건물의 날카로운 수직선을 바라보고 사는 사람의 마음이 부디 같기를 바랄 뿐. 팬데믹으로 가용 공간이 더 줄어든 코비드 시기에는 탁 트인 수평 공간에 대한 갈망이 더 간절했다. 효율을 극단적으로 추구한 수직 공간에 사는 우리에게는 타인의 공간에 들어서는 일도 쉽지 않다. 유르트에서는 누군가를 만나고 싶으면 초원 위를 좀 걸어가서 천을 열어젖히면 된다. 겨울은 길고 살림은 빈한하지만, 봄이 오면 가축을 먹일 수 있는 드넓은 땅이 있고, 그 땅에 울타리가 없는 한 삶이 나락으로 떨어질 일도 드물다. 이 나라 사람들에게는 목초지를 공유하는 태도가 고스란히 남아 있다고 했다. 자연환경이 훨씬 척박한 타지키스탄 유목민들이 가축을 끌고 국경을 넘어와도 기꺼이 초지를 나눠 쓰는 것 또한 그런 마음 덕분일 것이다.

그래서일까. 사람들은 순박했다. 시장의 빵집을 기웃거리니 빵을 굽던 남자가 화덕에서 막 꺼낸 빵 한 덩이를 그냥 건넸다. 그 순간에 그가 지닌 가장 소중한 것이었다. 평생 땀 흘려 일하며 선량하게 살아온 삶이 얼굴에 고스란히 드러나는, 세상 떠난 내 아버지 같은 사내였다. 따끈한 빵

한 덩이를 받아 든 나는 어쩔 줄 모른 채 서 있었다. 열린 대문 너머의 마당을 들여다보는 내 손을 잡고 끌어당겨 빵과 차를 내주는 여인도 있었다. 구글 번역기를 돌려 이제 너는 내 친구이고 여기는 네 집이라며 스카프를 선물하던 그녀는 한국에서 일한다는 동생에게 전화를 걸어 인사를 시켜주기도 했다. 들판에서 꼴을 베다가 나와 찍은 사진을 몇 번이나 들여다보며 기뻐하던 소년도 있었다. 제 몸보다도 훨씬 큰 낫을 들고 일하며 동생들과 엄마를 챙기던 사피르 알리는 열두 살이었다. 초원에서는 어린아이도 제 몫을 해야 했다. 갓 태어난 망아지를 돌보거나 해 질 무렵 가축을 우리로 몰고 오는 것도 아이들의 일이었다. 당나귀를 탄 어린 소녀나 안장도 없이 말을 달리는 소년의 동작은 자유롭고 거침이 없었다. 6월의 복숭아처럼 볼이 익은 아이들이 초원을 달리는 모습은 그 자체로 초원의 풍경을 완성했다. 모든 것이 조화를 이룬 초원에서 부러운 마음으로 그 풍경을 바라보며 서 있는 이방인만이 이질적인 존재 같았다.

유르트 안의 살림은 단출했다. 소똥을 태우는 난로와 한쪽에 가득 쌓인 이불. 바닥에는 양털 카펫이 깔려 있었다. 식사용 좌탁이 있는 유르트도 있었지만, 대부분은 천 위에

상이 차려졌다. 영어는 통하지 않았지만, 필요한 건 서로 다 알아들었다. 송쿨에서 머물렀던 유르트 앞에는 작은 태양열 전지판이 놓여 있었다. 스마트폰으로 손님 예약을 받으니 그럴 수밖에. 유르트 앞에는 어디에나 이동식 간이 세면대가 있었다. 꼭지를 돌리면 물이 쫄쫄 떨어졌다. 깨끗한 물은 귀하기만 해서 우리는 고양이 세수와 양치질만 겨우 할 수 있었다. 아무렇지 않던 것들, 당연하다고 믿었던 것들이 원래 지닌 고귀한 가치를 알려주는 땅이었다, 그곳은.

유르트에서의 식사도 살림만큼이나 단순했다. 양고기가 들어간 볶음밥 플로브 혹은 양고기 국수 라그만. 양고기와 양파를 넣은 만두 만티. 채식하는 이에게는 요거트 아이란과 보리나 메밀이 듬성듬성 섞인 감자밥 정도가 차와 함께 나왔다. 소박한 밥상이지만 입에 맞았다. 육식주의자인 친구는 자신이 먹어본 양고기 중에 이 나라의 고기가 가장 부드럽고 맛있다고 했다. 이곳의 양들은 먹어야 할 것을 먹으며, 살아야 하는 방식으로 살다가, 키운 사람의 손에 존중받는 죽음을 맞기 때문일까. 이런 고기라면 죽음을 먹는 게 아니라 생명을 먹는 것이라는 생각이 들었다.

유목민들은 이별할 줄 아는 사람들이었다. 문명의 편리함과 몇 달쯤은 아무렇지도 않게 헤어질 줄 알고, 유르트를 찾는 이들을 환대하지만 떠나는 이들에게 집착하지도 않았다. 생명을 귀히 여겼지만 그 생명을 취해 자신의 생명을 유지하는 일에 망설임이 없었다. 지닌 것을 이웃과 나누는 일에도 인색하지 않았다. 그들에게는 손님을 환대하는 풍습이 살아 있어 누가 와도 차와 간식을 내놓고는 했다. 큰 죄를 짓는 일도 없이, 허망한 욕망에 좌절하는 일도 없이, 어제와 다름없는 삶을 이어가는 사람들이었다. 그 땅에서 삶은 단순했다. 때에 맞춰 양을 몰고 나가 풀어놓고, 온 가족이 모여 꼴을 벴다. 들판에 살구나 버찌가 여무는 계절이 오면 따서 잼을 만들었다. 술 한잔이 생각나면 양동이를 들고 나가 말의 젖을 짜 크므스를 만들고, 매일 먹는 치즈와 요거트는 염소와 양의 젖을 발효시켜 만들었다. 겨울이 오면 쌓아둔 건초를 가축에게 먹이며 봄을 기다렸다. 가축에게 먹일 물과 풀이 있는 한 삶은 풍족하다고 여겼다. 이 삶의 양식을 1년에 석 달만이라도 이어가며 사는 한, 성정이 모질고 강퍅해질 일은 없을 것 같았다. 이 삶조차 머지않아 박물관의 유물로나 남게 될까. 아마도 그렇게 될 것이다. 유목민의 아이들 중 장래 희망이 목동이나 양치기인 아이는 없다고 했으니. 피할 수 없는 신탁처럼 예고된 그 변화를 상상하면 괜히 목이 메었다. 나는 지금 우리의 '오래된 미래'를 살고 있는 셈이었다.

고도가 높은 초원은 8월인데도 밤이 되면 기온이 떨어졌다. 저녁을 먹고 나면 유르트의 주인은 난로에 소똥을 넣고 불을 지폈다. 잘 마른 소똥은 냄새도 없이 유르트를 따뜻하게 데웠다. 유목민들의 텐트에서는 모르는 사람들과 함께 자야 했다. 낯선 이들과 뒤섞인 채 1년에 한 번 빨 요 위에 침낭을 덮고 누워 있으면, 새삼 너무 많은 것을 지니고 살아간다는 생각이 들었다. 그들이 끌어안은 양과 말, 내가 놓지 못하는 떠도는 삶에 대한 욕망. 결국 우리는 각자에게 절실한 것을 붙잡고 생을 건너가는 중이라는 생각을 하다가 꿈도 없는 잠에 빠져들고는 했다.

지금쯤 그 땅에도 봄이 찾아와 초원을 덮었던 눈이 녹기 시작했을까. 곧 새 풀이 돋아나고, 그 풀이 자라 초원을 뒤덮고, 바람이 순해지는 6월이 오리라. 여리던 풀빛이 진해지면 유목민들은 다시 양과 말을 끌고 초원으로 나가 유르트를 칠 것이다. 강과 초원에 기대어 목숨을 맡길 것이다. 먼 조상들이 그랬듯이. 아직은 끝나지 않은 삶을 이어갈 것이다.

이 나라의 얼굴이 거기에 있었다

타지키스탄 파미르
Tajikistan Pamir

이 벽에 붙은 독재자의 얼굴은 이 나라의 그 무엇도 표현하지 못한다. 내가 이 벽에 걸고 싶은 얼굴은 무르가브 우물가에서 물을 긷는 소녀의 작은 얼굴. 랑가르의 들판에서 밀을 베는 여인의 주름진 얼굴. 지제우의 흙집에서 양을 치는 자로 할아버지의 웃는 얼굴이다. 관공서의 건물마다 붙은 저 거대한 초상화의 주인공을 내가 만난 얼굴들로 바꾸고 싶었다. 타지키스탄의 수도 두샨베의 거리에서 나는 지나온 마을을 떠올리고 있었다. 빈 들판과 회색의 강과 사나운 바람 부는 고원에서 묵묵히 살아가는 사람들의 얼굴을.

지난 며칠간 내가 건너온 도로는 세상에서 가장 거칠고 고립된 도로로 꼽힌다. 암석이 굴러떨어지고, 모래 먼지가 휘날리고, 중앙선이나 가드레일도 없는 좁고 구불거리는 도로의 평균 고도는 4천 미터. 이 도로를 건설한 소비에트는 M41이라는 이름을 붙였지만 세상은 '파미르 하이웨이'라고 부른다. 우리의 여정은 키르기스스탄의 오쉬에서 출발해 타지키스탄의 파미르 하이웨이를 관통해 호록까지 가는 725킬로미터. 친구 크리스털, 오쉬에서 만난 호주인 루시가 일행이었다.

타지키스탄과 국경을 맞댄 툴파르쿨 호숫가의 고도는 이미 3천 5백 미터였다. 우리는 키르기스스탄에서 보름 넘게 지낸 후였기에 유목민 텐트의 시설이며 음식을 품평할 지경에 이르렀다. 그날 아침상에 올라온 계란프라이가 하나뿐이라고 분개했으니. 호숫가에서는 7,134미터의 레닌 피크가 손에 잡힐 듯 가까웠다. 양지 녘에 앉아 '산멍'을 즐길 때, 말을 탄 유목민 남자가 다가왔다. 그가 다가올수록 나란히 앉은 우리 머리 위로 거대한 그림자가 드리워졌다. 알렉산더 대왕에게 햇빛 가리지 말고 비켜달라 했던 디오

게네스에게 빙의된 기분이 들었다. 우리가 먹고 있던 간식을 야무지게 챙긴 루시가 벌떡 일어나 그에게 다가갔다. 루시가 간식을 그에게 건넨 그 순간, 이 유목민 남자의 세상은 루시를 중심으로 회전하기 시작했다. 루시의 전화번호만 따고, 둘이서만 사진을 찍는 것도 얄미운데, 얼씨구, 그녀만 말에 태워주기까지 하다니! 저 간식은 크리스털과 내가 샀는데! '유교 걸'인 우리는 차마 태워달라고 청하는 무례를 저지를 수 없어 그저 샘을 낼 뿐이었다. "우린 송쿨에서 사흘간 말 탔잖아" 이렇게 위로하면서.

파미르 하이웨이는 국경을 넘는 방식도 특이했다. 차 안에 앉은 채로 입국 서류에 도장을 받기는 처음이었다. 군인이 여권을 받아 가 도장을 찍고 가져다주는 서비스라니! 오쉬에서 출발할 때 우리 차를 운전하는 아딜이 짐을 넣고 남은 트렁크의 모든 공간을 수박으로 채웠다. 도대체 이걸 언제 다 먹나 싶었는데, 초소가 나올 때마다 아딜은 경비원에게 수박을 건넸다. 에모말리 대통령이 31년째 장기 집권 중인 이 나라는 부정부패가 만연해 국경을 넘을 때조차 비리를 겪는다고 했다. 어쩐지 매번 무사히 지나간다 싶었더니, 수박 한 덩이가 우리의 통행증이었던 셈이다.

키르기스스탄과 타지키스탄은 풍경이 달랐다. 푸른 초원이 사라지고, 풀 한 포기 자라지 않는 불모의 땅이 이어졌다. 도로의 왼편으로는 회색의 판지 강이 흐르고, 강 너머는 아프가니스탄이었다. 강물조차 잿빛이라 온통 무채색이었다. 도무지 사람이 살 수 없을 것 같은 풍경 사이로 장식도 색채도 없는 사각형의 흰 집이 띄엄띄엄 보였다. 그 너머로 빛나는 설산이 아니었다면 더없이 삭막했을 터였다. 타지키스탄은 국토의 93퍼센트가 산이고, 국토 절반 가까이가 고도 3천 미터를 넘는다. 거기에 더해 7천 미터급 봉우리가 네 개. 그냥 '세계의 지붕'이 된 게 아니었다. 저 산맥에 깃들어 산다는 눈표범과 마주칠까 싶어 매서운 눈으로 산들을 훑어보고는 했지만, 당연하게도 눈표범은 호락호락하지 않았다.

파미르 하이웨이에서 가장 높은 악바이탈 패스는 '악' 소리가 날 것 같은 4,655미터의 고도. 고갯마루에 올라서니 쏟아지는 눈발에 산들이 하얗게 묻히고 있었다. 기념사진을 찍는 이들이 8월의 눈을 맞으며 추위에 떨고 있었다. 그 고개를 자전거로 올라오는 청춘들이 보였다. 제 몸으로 세상을 열어가는 그들이 누릴 고통 가득한 환희가 부럽기도 했다. 삶은 저지르는 자의 것이라는데 패기 없는 나는 기껏 다음 생으로 미룰 뿐이었다. 경주에서 이스탄불까지 걸어서 실크로드를 가로지르겠다는 원대한 꿈을 품은 시절이 내게도 있었는데…, 겁 많고 소심한 나는 여기까지도 겨우겨우 넘어왔을 뿐이다.

수도 두샨베의 대통령 궁 앞에 대형 사진으로 걸고 싶은 소녀 마디나를 만난 곳은 무르가브였다. 무르가브에는 컨테이너 상자로 만들어진 시장이 있었다. 파미르를 넘다가 사고가 난 화물차들이 버리고 간 컨테이너의 재활용이었다. 옷 가게, 채소 가게, 전기용품 가게, 기념품 가게, 핸드폰 가게가 된 컨테이너가 길게 늘어서 있었다. 삭막하면서도 활기가 느껴지는 기묘한 풍경이었다. 시장 끝 우물가로 물을 길어 온 아이들 사진을 찍다가 노란 원피스를 입은 마디나와 눈이 마주쳤다. 한 손에는 물이 든 양동이를, 다른 손에는 세 살 남동생 누르블롯의 손을 잡고 걷던 그녀가 서투른 영어로 말했다.

"우리 집에 갈래요?"

그녀를 따라가니 할머니와 어머니, 삼촌까지 달려 나와 우리를 맞았다. 거실로 쓰는 큰방에는 다른 집처럼 이불이 산처럼 쌓여 있었다. 마디나가 큰 천을 가져와 바닥에 깔고 차와 빵과 요거트 아이란을 내왔다. 한 입만 빵을 베어먹거나 아이란을 떠먹어도 가까이 그것들을 옮겨주는 마디나. 우리에게 차를 따라주는 틈틈이 태어난 지 한 달 된 동생 백 블롯을 돌봤다. 동생을 바라보는 마디나의 얼굴에는 짜증이나 피로함이 없었다. 더없이 사랑스럽다는 듯 미소 띤 얼굴로 칭얼대는 아기를 달래고 있었다. 그 다정한 얼굴이 성스럽게 보였다. 열두 살인 그녀도 돌봄을 받을 나이인데…. 그녀 나이 때의 나는 밥상에 올라온 고등어 한 조각을 더 먹기 위해 동생들과 젓가락 싸움을 벌이던 누나였다. 마디나를 보고 있으니 내가 볼 수 없었던 내 어머니의 유년이 시간을 거슬러 내 앞에 와 있는 것 같았다. 중학교도 가지 못하고 동생들을 돌봐야 했던 내 어머니. 식민지 시절에 태어난 엄마의 어린 시절도 마디나와 비슷했을 것이다. 하루에도 몇 번씩 물을 길으러 가고, 어린 동생을 업고 다니며 온갖 집안일을 거드느라 하루가 짧은 소녀. 평생 배움에 대한 갈망을 품고 살았던 나의 엄마는 일흔이 넘어서야 검정고시를 연달아 치르고 대학에 입학했다. 가난이 서러운 건 아이를 너무 일찍 철들게 하기 때문이 아닐까. 마디나도 내 어머니처럼 삶을 향한 사랑과 호기심을 잃지 않고 나이 들어가기를 바랄 뿐. 우연히 마주친 이방인을 집으로 불러들여 차와 빵을 내주는 경계 없는 마음도 오래 남아 있기를.

돌이켜보니 파미르 하이웨이에서 만난 여인들은 누구나 마디나 같았다. 신산한 삶의 파고 같은 건 내보이지 않고, 그저 지나가는 이를 환대할 뿐이었다. 감자 캐는 모습을 찍으려는 나를 보고 일어서서 포즈를 취해주는 바람에 뻣뻣한 자세의 사진만 찍게 만든 랑가르의 할머니도, 어린 딸을 옆에 앉혀놓고 밀을 베다 말고 차 한 잔을 내밀던 지제우의 젊은 여인도, 조식에 나온 팬케이크를 잘 먹는 모습을 보고 다음 날 두 배는 많아진 팬케이크를 내밀던 호록의 할머니도.

　파미르 하이웨이를 넘는 동안 머물렀던 게스트하우스의 시설은 비슷했다. 저녁이면 발전기를 돌려 세 시간 정도 전기가 들어왔다. 상수도가 없어 세수도 양치도 최소한의 물로 해야 했다. 양고기 국수나 볶음밥을 저녁으로 먹고, 여러 개의 침대가 놓인 방에서 모르는 사람과 뒤섞여 잠을 잤다. 어느 곳이나 화장실은 집 밖에 있어 새벽에 화장실에 가는 일은 고통스러운 기쁨이었다. 일단 패딩을 꺼내입고, 신발을 신고, 랜턴을 챙겨야 했다. 문을 열면 8월 말이라고는 믿을 수 없이 찬 바람이 매섭게 달려들었다. 구름이 없는 밤이라면 고개를 들어야 했다. 지상 어디에도 불빛이 없는 대신 밤하늘에는 수천수만의 별빛이 모래사장의 사금

파리처럼 반짝이고 있었다. 밤이 되면 어둠에 갇히는 사람들을 위해 지는 태양이 한 줌 빛을 모아 뿌려주기라도 한 것처럼. 목이 아플 때까지 밤하늘을 올려다보다가 추위에 몸을 떨며 방으로 돌아오곤 했다.

알리추르 마을의 고도는 3,991미터였다. 알리추르는 '알리의 저주'라는 뜻. 예언자 마호메트의 사위 알리가 이 지역을 여행하는 동안 혹독한 기후와 지독한 바람에 대해 한소리 하셨단다. 그걸 또 좋다고 마을의 이름으로 삼은 이들의 감수성이 남다르다. 이 주변에는 곰도 살고, 아이벡스도 산다는데 도대체 어디서 뭘 먹고 사는 걸까. 1년 중 151일 눈이 오고, 겨울철에 영하 30도까지는 아무렇지 않게 내려가는 곳에서. 나무 한 그루 없이 온통 회색인 이 환경을 이들은 그저 견디고 있는 걸까. 아니, 내가 알지 못하는 삶의 기쁨이 분명 이 마을 구석구석에서 빛나고 있을 터였다. 작고, 소소한 환희의 순간이 이들에게도 수시로 찾아올 것이다. 어차피 삶은 거창한 희망 같은 걸로 견디는 건 아니니까 그것으로 족하지 않을까. 그렇지만, 아무리 그래도…, 인간다운 삶의 기본은 전기와 수도가 아닌가. 전기는 그렇다 쳐도 생존을 위해 깨끗한 물만큼은 구할 수 있어야 한다. 이 나라의 영아사망률이 높은 이유에는 분명 상수도가 없는 환경도 작용했을 것이다. 잿빛 강에서 물을 길어오는 아이들을 보고 있으면 눈이 시렸다. 마을의 여자와 아이들이 물 긷는 일에 쏟을 시간과 에너지를 생각하면 아깝고 분했다. 파미르 하이웨이를 넘는 내내 '여행자라니, 참 한가하군', 자조적인 기분이 들곤 했다. 파미르에서는 모든 것이 부족했고, 덕분에 주어지는 모든 것이 소중했다.

두샨베로 향하기 전, 오토바이도 다닐 수 없는 가파른 산길을 세 시간 걸어가야 다다르는 지제우 마을에서 하룻밤을 머물렀다. 진흙으로 지은 소박한 집들의 담벼락에는 소똥이 말라가고, 다랑논마다 온 가족이 모여 밀을 베고 있었다. 끝나가는 여름의 햇살이 노랗게 익은 대지를 뒤덮고 있었다. 자로 할아버지가 마흔여덟 마리 양과 아홉 마리 소를 키우며 어린 손주들과 함께 살아가는 집이었다. 냇가의 정자에 앉아 감자를 섞은 메밀밥으로 저녁을 먹고, 살구나무 가지 위로 무수한 별들이 내려앉는 모습을 지켜봤다. 아침은 소리로 찾아왔다. 장난치는 아이들 웃음소리, 기세 좋게 흘러가는 물소리, 살구 열매를 탐하는 새들의 울음소리, 손녀를 부르는 할머니 음성. 귓가에 들려오는 소리의 결이 달랐다. 자로 할아버지가 왜 산 아래로 내려오지 않는지, 할아버지의 딸이 왜 그곳에서 아이들을 키우며 살아가는

지 알 것도 같았다.

파미르의 마을을 마음으로 더듬다 보니 지금 여기 수도 두샨베의 풍경이 더 슬프게 다가온다. 이 도시의 어설픈 화려함이, 건물마다 걸린 대통령의 대형 사진이, 규모만 압도적인 건축물들이 서글프다. 국립도서관에서 열린 국제도서전에서는 이 나라 대통령의 자서전을 쌓아놓고 있었다. 중심가에서는 멀쩡해 보이는 보도블록을 교체하는 공사가 한창이었다. 두샨베가 마음에 드냐고 묻는 이들은 옷차림에도, 태도에도 자신감이 흘렀다. 쓸쓸한 마음으로 도시를 걷다 돌아오던 길, 숙소 앞에서 어린 소녀와 마주쳤다. 열서넛쯤 되었을까. 어린 소녀는 노인의 얼굴을 한 채 빵이 쌓인 수레에 몸을 기대고 있었다. 얼마 전까지 파미르 고원 어디에선가 양을 치고 꼴을 베던 아이는 아니었을까. 내가 기억하고픈 이 나라의 얼굴이 거기에 있었다.

사무치는 순진함을 간직한 땅

카자흐스탄
Kazakhstan

에어아스타나 비행기에 오르는 순간, 기내에는 마유주 혹은 양젖 내음이 진하게 풍겼다. 아, 이게 카자흐스탄의 냄새구나. 나는 코를 벌름거리며 살짝 삭은 듯 비릿한 냄새를 한껏 들이마셨다. 내가 디디게 될 낯선 땅과의 첫 만남이었다. 알마티에서 하룻밤을 보낸 다음 날 새벽, 합승 택시 정거장으로 향했다. 그날따라 목적지인 사티 마을로 가는 합승 택시가 없었다. 어쩔 수 없이 사티에서 30킬로미터 떨어진 마을이 목적지인 택시에 올랐다. 젊은 택시 기사의 운전 솜씨는 자유롭고도 호방했다. 경계도 없이 중앙선을 넘나들며 도로를 질주했다. 더운 김을 내뿜으며 초원을 달리는 한 마리 말처럼. 안전벨트를 매려는 나를 그가 손을 저어가며 말렸다. 무슨 말인지 알아듣지는 못했지만 손짓과 표정을 보니 "그딴 걸 갑갑하게 왜 하느냐?"는 뜻 같았다. 세 시간 넘게 황야를 달린 후 기사는 나를 내려주고 떠났다. 여기서 히치하이크하기는 어렵지 않을 거라고 그가 장담한 것과 달리 차는 오지 않았다. 지나가는 차보다 지나가는 양 떼가 더 많은 마을이었다. 길모퉁이 바위에 걸터앉아 오지 않는 차를 기다리며 나는 민들레 꽃잎 수를 세어보다가, 들고 간 시집을 꺼내어 읽다가, 이 구역 대장 개와 눈을 맞추다가, 신발의 먼지를 털어보다가, 숙소에서 싸준 도시락을 까먹다가, 동네 할머니와 안 통하는 말을 주고받다가, 악기를 메고 가는 소녀들의 뒷모습을 바라보다가, 그런 것들을 몽땅 일기장에 끄적이며 시간을 보냈다. 꼬박 두 시간을 기다린 후에야 나는 사티 마을로 향하는 차를 얻어 탔다. 새벽의 택시 기사도 그러더니, 이 차의 운전사도 안전벨트 매려는 나를 말렸다. 답답하게 뭐 이런 걸 하느냐면서. 기마민족의 호연지기인가. 그들은 말을 타고 거친 초원을 질주하듯 차를 몰았다. 곡예 같은 운전에 간이 쭈그러들 때마다 내 여행자보험의 상해보상금을 헤아렸다.

카자흐스탄에 도착해 심카드를 갈아 끼웠지만 알마티를 벗어나니 인터넷이 터지지 않았다. 당연히 사티 마을에서도 디지털 라이프를 기대하지 않았다. 가이드북에 내가 예약한 집은 샤워 시설이 없다고 쓰여 있었기에 불편을 각오했다. 사흘 정도 샤워를 못 하면 냄새야 좀 나겠지만 나는 이 분야의 전문가였다. 씻지 않고 15일을 버텼던 엄청난 기록의 소유자가 나였으니(에베레스트 겨울 트레킹을 하던 때의 일이었다). 막상 내가 묵을 자나라의 집에 도착하니 반전이 기다리고 있었다. 집에서 와이파이가 터졌고, 화장실에는 우리 집보다 더 좋은 샤워 시설이 있었다. 걷다가 돌아와 따뜻한 물에 몸을 씻는 축복을 이 깊은 산골에서 누릴 수 있다니. 생각도 못 한 기쁨이었다. 3년 전만 해도 이마을 어디에도 샤워 시설이 없었단다. 그 3년 사이에 산천이 뒤집혀 이제는 대부분이 샤워 시설을 갖췄다. 그들 자신의 욕망을 위해서든, 가축보다도 더 큰 수입원이 된 관광객을 위해서든, 내 눈에는 나쁘게 보이지 않았다. 저개발국의 주민들이 자연보호를 명목으로 불편한 삶을 감수해야 한다는 의견은 그 말을 하는 사람이 그런 삶을 살고 있을 때조차 폭력적이라고 보기 때문이다. 내게 중요한 건 문명의 혜택을 무조건 거부하는 게 아니라 누리고 있는 것들에 대해 감사할 줄 아는 마음이다.

사티 마을은 콜사이 호수로 향하는 길목에 있다. 해발고도 천 5백 미터에 자리한 작은 마을은 관광 시즌이 끝난 후여서 고즈넉했다. 민박집의 창밖으로 풀을 뜯는 말과 양이 보였다. 숙소를 나와 5분쯤 걸어가면 강변이었다. 해가 질 무렵이면 마을 끝의 언덕에 올라 책을 읽었다. 그 시간이 너무 완벽해 슬픔이 스며들 정도였다. 천산산맥에서 불어오는 서늘한 바람이, 따가운 햇살이, 시리도록 푸른 하늘이, 거친 대지 위의 작은 집들이, 거기 깃든 사람들의 소박한 살림이, 들판에서 풀을 뜯는 가축들이, 나를 위로했다. 지금 이곳에서 이 모든 것을 누리는 사람이 오직 나뿐이라니, 이 작은 마을이 이토록 커다란 충만함을 주다니, 어리둥절했다. 거대한 자연 앞에 서면 나는 늘 작아진다. 우주의 티끌 같은 존재임을 매번 확인한다. 그 자연의 냉혹함에도 포기하지 않고 살아가는 이들의 삶은 나를 늘 겸손하게 만든다. 어떤 종교적 성소에 들어선 듯 말과 행동을 조심하게 된다.

사티 마을은 짧은 시간에 큰 변화를 겪고 있었다. 알마티에서 사티로 오는 도로가 좋아져 여섯 시간씩 걸리던 길이 네 시간이 채 안 걸렸다. 도로가 깔리면 한 마을의 삶은 확연히 달라진다. 도로를 따라 온갖 것이 외부에서 들어오기 때문이다. 그 거친 파고를 흔들림 없이 감당할 수 있는 사람은 많지 않을 것이다. 이런 변화에 발 빠르게 대응하는 사람들이 생겨나면 마을에는 없던 빈부 차도 커진다. 우리가 그랬듯 그들 또한 편리함을 선택함으로써, 지구상 다른 이들과 똑같은 욕망을 갖게 됨으로써, 그들이 지녔던 많은 소중한 것들을 잃어버리게 될 것이다. 그 상실을 나는 안타까워하며 지켜보겠지만, 그로 인한 고통은 온전히 그들이 감당해야 할 몫이다. 겨우 며칠 머물다가 모든 편리함을 다 갖춘 도시의 삶으로 되돌아갈 내가 왈가왈부할 수는 없으니. 그보다 걱정스러운 것은 내가 다녀감으로써 이들 삶에 끼치게 될 부정적인 영향이다. 자나라의 딸 아이샤에게 나는 그런 영향을 끼치고 말았다. 아홉 살인 아이샤는 엄마를 도와 늘 식탁을 차리고, 설거지를 하고, 만두를 빚는 아이였다(이 마을 아이들에게 일상의 자질구레한 노동은 예사로운 일이다).

자나라의 집에 도착한 첫날, 방 침대 위에 책과 함께 올려놓은 연필을 잃어버렸다. 책을 읽을 때면 연필로 밑줄을 긋거나 감상을 적는 습관 때문에 연필은 내 여행의 필수품이었다. 한 자루밖에 안 가져온 데다가 연필 끝에는 아끼는 가죽 커버가 씌워 있었다. 온 방 안을 뒤졌지만 연필은 없었다. 자나라와 아이샤에게 구글 번역기를 돌려가며 혹시 연필을 보지 못했냐고 물어봤지만 고개만 저었다. 길이 잘 들어 반짝반짝 빛나던 가죽 커버가 자꾸 눈에 아른거렸다. 고작 연필 한 자루를 포기하지 못하는 내가 우습기도 했다. 사흘째 날, 아이샤를 불러 다시 구글 번역기를 돌렸다. 나한테 무척 소중한 연필인데 방에서 잃어버린 것 같다고, 찾는 걸 도와달라고. 함께 침대를 뒤집어가며 랜턴으로 구석구석 훑었다. 여전히 연필은 없었다. 도와줘서 고맙다고 한 후 부엌에서 차를 우렸다. 방으로 돌아가니 침대 위에 가죽 커버를 씌운 연필이 놓여 있었다. 나는 거실에 있던 아이샤에게 웃으며 연필을 보여줬다. "아이샤, 라흐멧 (고마워)"이라고 말하며.

아마도 아이샤는 그 가죽 커버를 씌운 연필이 신기했을 터였다. 이곳에서는 본 적 없는 것, 주변의 누구도 가진 적이 없는 것. 그런 것을 아이샤는 자기 집에 오는 손님을 통해 끝없이 보게 될 터였다. 그것을 갖고 싶다는 욕망도 더

불어 자라날 터였다. 더 나아가 아무렇지 않았던 자신의 일상이 초라하게 느껴지는 날도 찾아올 것이다. 세상의 전부였던 이 마을과 집이 더없이 답답하고 촌스럽게 여겨지는 날조차 찾아올지 모른다. 아이샤에게 내가 이런 여행을 하기 위해 포기해야 하는 것들을 설명할 수도 없고, 설명한들 이해할 수도 없을 것이다. 고작 사나흘을 머물다 가면서 아이샤에게 견물생심을 일으킨 외지인. 좋은 등산화와 등산복을 입고, 노트북과 디지털카메라와 아이폰을 든 관광객(아이샤와 그녀의 친구 노라이는 내 아이폰을 들여다보며 최신형인지 묻기도 했다). 그게 나라는 존재였다. 사티 마을이 얼마나 아름다운지 아냐고, 너의 어린 시절이 얼마나 소중한 추억이 될지 아느냐고, 중요한 건 눈에 보이지 않는 것이라고 나는 아이샤에게 말할 수 없었다. 소중한 것이라는 내 말에 다시 연필을 돌려준 저 순진함은 나 같은 이가 한 명씩 찾아올 때마다 조금씩 더 희미해질 것이기에.

　사흘 밤을 머물렀을 뿐이지만 나는 사티 마을과 자나라의 집을 사랑했다. 저녁이면 밥 짓는 연기가 굴뚝으로 솟아오르던 키 낮은 단층집들이, 나무를 그대로 켜서 세운 울타리 너머의 지붕보다 더 높이 쌓인 건초더미가, 말을 타고 지나가는 마을 남자들의 사내다움이, 남자들보다 몇 배는 더 부지런히 일하는 여자들의 강인함이, 메마른 대지에서 쉼 없이 풀을 뜯던 말과 양 떼와 소들이, 고개를 들면 보이는 설산과 성벽처럼 마을을 두른 민둥산이, 밤이면 불빛 없는 마을을 밝히던 밤하늘의 무성한 별들이, 너무 투명하고 깨끗해 내 몸에 고스란히 채워 넣고 싶었던 공기가, 푸른 바닷물 한 바가지를 그대로 쏟아부은 것 같은 하늘의 색이, 시냇가에 서서 노랗게 물들어 가던 자작나무들이, 찾는 이 없이도 바라보는 이 없이도 저 홀로 아름다운 마을의 모든 것들이 나는 좋았다. 나는 이제 다시 도시로 돌아가지만 이들의 삶은 이곳에서 그대로 계속될 것이다. 내가 남기고 가는 흔적과 함께. 그날따라 그 사실이 마음에 사무쳤다.

아름다운 건 그곳에 사는 사람들이었다

루마니아
Romania

10월의 브랩은 세상에서 가장 아름다운 신전이었다. 노랗게 물든 은사시나무 아래 갓 베어낸 건초더미가 높이 쌓여가고, 공기 중에는 신선한 풀 향기가 떠돌았다. 저녁밥을 짓기 위해 지핀 난로의 연기가 서녘 하늘로 번져가는 시간이 되면 들판은 고요한 분주함으로 술렁였다. 해가 이우는 시간에 들판에 서서 귀를 모으면 온갖 소리의 향연이었다. 풀을 뜯는 소들의 워낭소리, 건초를 가득 싣고 가는 마차의 말발굽 소리, 염소의 귀갓길을 재촉하는 소년의 아직 여린 목소리, 긴 가래로 건초를 긁어모으는 소리, 집으로 돌아가는 트랙터의 털털거리는 소리, 양들을 쫓는 개들의 컹컹 짖는 소리. 저무는 빛 아래 들녘에서 일하는 사람의 등에는 어떤 신성함이 깃들어 있었다. 소년이, 여인이, 나이 든 남자가 건초를 쌓아 올릴 때면 나는 그들을 대신해 두 손을 모으고 싶어졌다. 자꾸자꾸 높아지는 건초더미에 기댄 사람과 짐승의 겨울이 부디 따스하기를 빌고 싶었다. 가을의 대지에게, 어떤 절대적 존재에게 무릎 꿇고 싶었다. 헛된 욕심도 없이 그저 몸을 써서 일하며 살아온 이들을 위해, 이 아름다운 계절을 누리지 못하고 서둘러 떠난 모든 생명을 위해 두 손을 모으고 싶었다.

가을날 루마니아 북부의 마을을 지나가는 여행자는 운이 좋은 사람이다. 10월에 이곳을 지난다는 건 영혼 깊이 각인될 풍경 안에 잠시 머무는 일이기에. 눈앞의 풍경을 하나도 놓치지 않기 위해 나는 종종 조급한 마음이 되고는 했다. 한숨을 내쉬며 말을 잃고, 가던 길을 멈추고 하염없이 바라보고는 했다. 월요일부터 토요일까지 들녘에서 겨울을 준비하며 일하던 이들은 일요일이 되면 가장 좋은 옷을 꺼내 입고 교회로 향했다. 무릎까지 오는 꽃무늬 치마에 자수를 놓은 조끼를 입은 여자와 깨끗한 셔츠 위에 양털 잠바를 입은 남자가 손을 잡고 걸어갔다. 바람이 쌀쌀한 날에도 그들은 교회 마당에 선 채로 두 시간의 예배를 드렸다. 시린 하늘로 번져가는 고운 목소리에 신을 찬양하는 마음이 실렸다. 그 모든 풍경이 낯설고 아름다웠다.

풍경보다 더 경이로운 건 그 땅에 사는 사람들이었다. 루마니아의 북부 마라무레슈로 올라오니 사람들의 다정함이 더 깊어졌다. 한 번의 여행을 마친 후에 한 사람이 남는 여행이 내게는 늘 최고의 여행이었다. 오래 이어가고픈 인연 안드레아를 만난 곳도 그곳이었다. 넓은 정원 주변으로 몇 채의 목조주택이 자리한 숙소에서 안드레아는 맞은편 집에 든 손님이었다. 그녀는 유엔 소속 엔지니어로 우크라이나에서 일하고 있었다. 우크라이나의 상황을 묻는 내게 그녀가 심각한 얼굴로 답했다.

"안 좋아. 점점 더 안 좋아지는 중이고. 우리만 해도 지난주에 세 번이나 지하 벙커로 피신해야 했어. 그래도 어떻게든 삶은 이어지고 있어."

그녀가 우크라이나에서 들고 온 양귀비씨가 뿌려진 케이크와 자작나무 수액, 우크라이나 와인이 그날 우리의 아침 식사가 되었다. 안드레아는 사촌 일디와 함께 우리 숙소의 주인 다니엘이 주최하는 도예 수업에 참여하기 위해 머물고 있었다. 집주인 부부는 도예가 다니엘과 아내 다니엘라. 다니엘의 아버지는 이곳에서 나고 자란 화가이고, 다니엘은 루마니아에서 이름이 꽤 알려진 도예가여서 이 지역 예술가들과 친밀했다. 덕분에 다니엘이 여는 도예 수업은 동네의 솜씨 좋은 할머니와 함께하는 빵 만들기, 동네 가수와 함께하는 미니 콘서트, 동네 산악인과 함께하는 버섯 찾기 트레킹 등 재미난 활동이 더해진다. 안드레아 덕분에 우리도 다니엘라, 다니엘과 점심을 같이하고, 그들이 복원한 옛 목조주택을 둘러봤다.

산에 둘러싸인 루마니아 북부는 흥미로운 문화가 가득했다. 하루는 안드레아가 양털 재킷을 주문하러 가자며 나섰다. 구불구불한 산길을 한 시간 남짓 달려간 집에서 머리가 하얗게 센 할머니가 우리를 맞았다. 이 동네 사람들은 대부분 양을 친다. 해마다 양털을 깎고 남은 털은 동네의 베 짜는 할머니들 차지. 공짜로 양털을 얻어오면 그걸로 실을 잣고, 그 실로 담요나 카펫, 옷을 짠다. 보통 자신이 쓸 용도로 짜지만 때로는 주변에 팔기도 한다. 수백 년 이어온 방식 그대로 양털 잠바를 짜는 모습도 놀라웠지만 그 집의 보물은 따로 있었다. 거실 구석에 아무렇게나 놓인 세 개의 커다란 나무함이었다. 2백 년 가까이 된 나무 상자 안에는 이 할머니의 할머니가 결혼 전에 손수 만든 수예품과 옷가지들, 또 다른 나무함에는 할머니의 어머니가 만든 혼수품이, 당연히 마지막 나무함에는 할머니 당신이 만든 것들이 들어 있었다. 직접 직조한 리넨이나 울 소재의 천 위에 꽃과 새와 나무를 한 땀 한 땀 수놓았다. 테이블보부터 냅킨이며 블라우스와 스커트, 침구류까지. 세상에 하나밖에 없는, 만든 이를 상상하게 만드는 물건들이었다. 별것도 아닌 농담에 팝콘처럼 터지는 웃음소리와 함께 바늘을 재게 놀렸을 그녀들, 혹은 긴 겨울밤 홀로 잠들지 못하고 어두운 불빛에 의지해 수를 놓았을 그녀가 떠올랐다. 머지않아 사라질 삶의 방식이 오롯이 담겨 있는 그 오래된 물건들은 물질이 아니라 어떤 정신이었다. 전날 만 80세가 되었다는 할머니의 생일 케이크를 나눠 먹고 돌아오는 길에 호기심을 감추지 못한 내가 안드레아에게 물었다.

"하나 짜는 데 보름 걸리는 그 양털 잠바, 도대체 가격이 얼마야?"

"나도 몰라. 안 물어보고 주문했어. 할머니가 적절한 가격을 부르실 거라고 믿어."

그녀의 말대로 할머니가 욕심을 부릴 것 같지는 않았다. 자본주의에 찌든 나를 부끄럽게 만드는 그들이었다.

마라무레슈의 유산 중에는 오래된 목조 교회가 있다. 1717년 타타르의 침입 이후 지어진 교회들은 오스트리아 헝가리 제국이 석조 교회 건축을 금지한 탓에 참나무로 지어졌다. 3백 개가 넘는 목조 교회가 세워졌지만 이제는 백여 개만 남았고, 그중 여덟 개가 세계문화유산에 등재되었다. 대중교통으로 찾아가기 힘든 교회들을 안드레아의 차를 타고 다니며 편하게 둘러봤다. 안드레아와 헤어질 때 그녀에게 말했다.

"어떻게 고마움을 표해야 할지 모르겠어. 네 덕에 너무나 좋은 시간을 보냈어."

그녀가 쿨하게 답했다.

"나도 늘 혼자 여행을 다녀서 잘 알아. 이건 다 네 카르마 덕분에 일어나는 일이고, 너는 또 누군가에게 다른 방식으로 뭔가를 되돌려줄 거라는 걸."

마라무레슈에서 동쪽으로 더 가면 몰도비아. 이번에는 오래된 프레스코화가 남아 있는 교회를 찾아 떠났다. 단순하고 소박한 프레스코화도 매력적이었지만, 역시나 그곳에서 만난 사람들이 더 마음을 끌었다. 안젤리카와 시미온은 양을 치고 소를 키우며 농가 민박을 운영하는 부부였다. 부부의 집에는 넓은 초지와 사과나무가 가득한 정원이 딸려 있었다. 열세 마리 돼지, 네 마리의 양, 소 세 마리, 양치기 개 한 마리, 길고양이 아홉 마리가 식구였다. 이 집 소들의 이름은 꽃을 뜻하는 플로리카와 작은 별을 뜻하는 스텔루타. 송아지 한 마리도 있는데 암소가 아니라서 내년 1월쯤이면 이 집을 떠날 운명. 주문한 저녁 식사는 부부와 함께하는 시간이었다. 메뉴는 집에서 키운 비트와 양파, 감자와 파프리카를 듬뿍 넣어 만든 채소 수프. 부부가 숲에서 채취한 포르치니 버섯으로 만든 크림 스튜에 옥수숫가루 폴렌타 죽. 디저트는 시증조할머니의 레시피로 만든 푸딩에 남편이 양봉한 꿀과 이 집 소 플로리카의 젖으로 만든 크림을 끼얹었다. 음식마다 신선한 재료의 맛이 살아 있었다. 식탐 많은 나는 자제심을 잃고 흥분했다. 이 동네 사람들은 철마다 온갖 술을 담그기로 유명한데 남편 시미온 역시 취미가 와인 만들기. 그가 만든 하우스 와인은 투박하지만 향이 짙고 묵직했다. 우리는 연신 "노록Noroc(행운을 빌어)"을 외치며 건배했다. 평균 도수 40도라는 식전주 수이카(자두 증류주)에 와인까지, 이 동네 식탁에는 술이 필수였다.

세 채의 목조 주택에는 두 사람의 정성 어린 손길이 깃들어 있고, 모든 물건에는 이야기가 있었다. 우리가 잔 집은 까사 돔니카. 돔니카라는 여인의 60년 된 집을 사서 해체, 옮겨온 후 다시 재조립해 고쳤다. 방에는 돔니카 씨의 가족 사진이 걸려 있다. 방에 있는 큰 나무 함은 결혼할 때 여자들이 직접 만든 혼수품을 넣어 오는 혼수 상자였다. 또 다른 집은 까사 라힐라. 시할머니의 이름을 땄고, 방에는 그녀가 만든 자수 작품이 액자로 걸려 있다. 방 두 개에 욕실로 이루어진 이 집은 방마다 커다란 난로가 있어 산간 마을의 추위를 녹여준다. 마지막 집은 시어머니의 이름을 딴 까사 플로레아. 시부모님이 살던 집이었다. 시부모님은 나이가 들자 그 집을 아들 내외에게 넘겨주고 외양간 옆의 방 하나와 화장실이 전부인 곳으로 옮겨가 돌아가실 때까지 아주 간소하게 사셨단다. 그 집은 와인을 좋아하던 시아버지를 기리기 위해 방 안의 모든 물건이 포도 문양. 컵도, 접시도, 커튼도, 테이블보도 전부 포도 열매 아니면 포도잎이다. 방에는 당연히 시어머님이 만든 자수 제품과 두 분의 사진이 걸려 있다. 안젤리카의 다정한 마음이 방마다 고스란히 묻어 있었다.

작지 않은 이 민박집의 모든 청소와 다림질, 요리를 안젤리카 혼자 해낸다. 가축 여물을 주고, 마당의 잡초를 뽑고, 손님 방에 장작을 때고 하는 일은 남편 시미온의 몫. 저녁 식사를 할 때 남편이 아내를 도와 그릇을 옮기거나 서빙을 하는 모습이 자연스러웠다. 이 집의 모든 침구류는 흰색이었는데 빳빳하고 뽀송뽀송하다. 그걸 혼자서 빨고, 다리고, 씌운다니… 상상만으로 나는 고개가 절레절레. 하루에 도대체 몇 시간 일하냐고 물으니 안젤리카는 "24시간!"이라고 답하며 웃었다. 그런데도 일에 찌든 모습은 조금도 보이지 않고, 마음을 다해 손님을 대접한다. 키우는 가축을 돌보는 태도도 다정하다. 돈을 벌기 위해 일하지만, 돈이 결코 전부가 아닌 사람의 태도다. 자신이 하는 일이 결국 살아 있는 존재를 향한다는 사실을 한 번도 잊은 적 없는 이의 존엄이 그녀에게 배어 있었다. 그 집을 떠나던 날, 안젤리카는 마당의 포도와 사과, 직접 구운 케이크와 과자를 가득 담아 건넸다. "우리의 첫 한국인 손님이 되어줘서 정말 기뻤어"라는 말과 함께.

이 산골 마을 사람들이 살아가는 모습은 어쩌면 우리 모두가 바라는 삶이다. 보람이 있는 노동을 하며, 자연과 격리되지 않은 채, 이웃과 정을 나누며 살아가는 삶. 우리는 점점 그런 삶에서 멀어지고 있다. 우리 중 얼마나 많은 이가 보람이나 긍지가 있는 노동을 하며 살아가고 있을까. 자연을 누리는 여유도, 타인을 챙기는 손길도 모두 돈이 있어야만 가능한 것일까. 망설이는 사이 꿈꾸는 삶은 또다시 먼 미래의 일로 미뤄지고 있다.

여행의 끝말은 언제나 같았다

조지아
Georgia

20년 동안 질리는 일도 없이 여행만 하며 살 수 있었던 비결을 꼽는다면? 내가 뼛속 깊이 오늘만 사는 사람이기 때문이 아닐까. 어제 본 것은 다 잊고, 오직 지금 눈앞에 있는 것에만 집중하는 사람. 어제 이구아수 폭포를 봤다고 오늘의 정방 폭포를 시시하게 여기지 않는다. 사실 절망적인 수준의 기억력 덕분에 어제의 폭포를 세세히 기억할 수 없다는 점도 이럴 땐 유리하다. 눈앞의 풍경에 오롯이 몰두하고, 주어진 것을 불평 없이 받아들이기. 지금 내가 보는 풍경이 세상에서 가장 아름다운 장면이고, 지금 이 식당의 음식이 최고의 진미라고 스스로를 설득하기. 이런 세뇌도 반복적으로 하다 보면 어떤 태도가 되어 몸에 밴다. 삶이 그러하듯, 여행도 비교하기 시작하면 피곤해진다. 집을 나서는 순간 고생이 시작되기에. 잠자리도 불편하고, 음식도 입에 맞지 않고, 빡빡한 일정에 피로는 쌓인다. 이럴 때 비교가 취미이자 평가가 특기인 사람이 동반자라면? 옆에서 도움도 안 되는 말을 자꾸 한다면? 상상만으로 한숨이 난다. 그런 면에서 나는 늘 운이 좋았다. 방과후 산책단에 오는 사람들은 방청객 수준의 리액션과 감탄을 쏟아내며, 대부분 자신의 가장 선한 얼굴을 보여주고 있으니.

조지아 트레킹을 위해 모인 사람들도 첫인상이 좋았다. 두 번째 조지아 트레킹이라 내 마음도 한결 편안했다. 스바네티 트레킹의 베이스캠프는 메스티아. 지난해 머물렀던 호텔에 도착하니 매니저 아나가 반갑게 우리를 맞았다. 큰 짐을 호텔에 두고, 코카서스 산맥으로 걸어 들어갔다. 봄의 조지아는 싱그러웠다. 가을 트레킹의 주인공이 노랗게 물든 은사시나무였다면, 봄 트레킹의 주연은 들판 가득 피어난 꽃들이었다. 메스티아에서 우쉬굴리까지 가는 55킬로미터 3박 4일의 트레킹은 매일 같은 식으로 이어진다. 봉우리 하나를 넘어가 마을에서 자고, 다음 날 다시 고개를 넘어 다른 마을로 내려가기. 고도 2천 미터에서 2천 7백 미터를 넘나들며 나흘간 걷는데, 도중에 편의시설이라고는 없다. 민박집에 점심 도시락도 주문해야 한다. 민박집에는 영어를 못하는 부모를 대신해 통역을 돕는 자식이 하나씩 있다. 자베쉬의 민박집에서는 이십 대 청년 니콜라스가 그 주인공. 메스티아에서 연극배우로 일한다는 그가 저녁 식사 자리에서 조지아 와인을 따라주며 말했다.

"조지아 남자들은 강해요."

그리고 원샷. 그러자 질 수 없다는 듯 한국 여자들도 술잔을 들며 답했다.

"한국 여자들도 강해요."

빈 잔이 테이블 위에 경쟁하듯 쌓여갔다. 저녁을 먹은 후 니콜라스를 따라 동네 산책에 나섰다.

"여기는 우리 삼촌 집이에요. 여기는 할아버지 집."

"여기는 둘째 삼촌 집이에요. 삼촌은 압하지야에 살았는데 러시아와의 전쟁에서 진 후에 쫓겨났어요."

조지아는 2008년 러시아와의 영토 분쟁에서 20퍼센트의 국토를 잃었다. 그 전쟁으로 40만 명의 난민이 생겨났는데 그의 삼촌도 난민이 되었다. 니콜라스가 돌탑 코쉬키를 가리키며 말했다.

"저 코쉬키는 우리 가문에서 쌓은 거예요."

짧은 동네 산책에 비극의 조지아 역사가 고스란히 따라온다. 페르시아, 오스만 제국, 러시아 같은 강대국 사이에 낀 조지아는 끝없는 외침을 받았다. 코쉬키는 외침에 대비해 쌓아 올린 방어용 탑이다. 전쟁이 나면 식량을 들고 들어가 버티기 위해 만든 탑이 이제는 세계문화유산이 되었다.

러시아가 우크라이나를 침략한 후 조지아의 청년들 3천여 명이 우크라이나로 달려갔다. 세계에서 가장 큰 규모의 국제 연대였다. 조지아도 러시아의 지배를 받았고, 러시아의 다음 목표가 조지아라는 소문도 무성하다. 이 나라의 청년들은 우크라이나 전쟁을 남의 일로만 여길 수 없었을 것이다. 광주 항쟁 유족회에서 세월호 참사의 어머니들을 위해 내걸었던 현수막 글귀처럼.

"당신 원통함을 내가 아오. 힘내소, 쓰러지지 마시오."

여행은 결국 자기만의 세계사 교과서를 써가는 과정이기도 하다. 역사는 많은 경우 승리한 자의 시선으로 쓰인 일방적인 이야기일 수 있기에. 여행을 통해 우리는 평소 만날 수 없었던 이들(패한 자, 소수자들, 경계인들)을 만나 그들의 목소리로, 그들의 삶을 듣게 된다. 역사책 안 익명의 존재가 아니라 이름과 목소리와 체온을 지닌 구체적인 인간으로 만나는 시간이다. 그런 경험이 쌓여갈 때마다 자신만의 세계사가 새롭게 쓰인다. 세상이 내게 주입한 지식이 깨져 나간다. 그 자리에 내 시선으로 해석한 세계가 들어선다. 그렇기에 '여행은 단순한 장소의 이동이 아니라 자신이 쌓아온 생각의 성을 벗어나는 것'에서 비로소 시작된다. 조지아인의 목소리로 조지아의 이야기를 듣는 시간이 길어질수록 나는 조금씩 더 조지아를 이해하고 사랑하게 되었다.

여름의 태양은 날카로웠지만 고도가 높아 바람이 서늘했다. 성수기인데도 트레일은 고즈넉했다. 이 아름다운 코카서스 산맥을 걷는 이들은 우리를 빼면 스무 명 남짓이 전부였다. 몸을 써야만 하는 일이 점점 줄어드는 시대에 이렇게나마 내 몸의 육체성을 확인하는 일은 고되면서도 뿌듯하다. 허벅지의 근육이 끊어질 것처럼 팽팽히 당겨지는 오르막을 오르고, 맨발로 얼음장 같은 계곡물을 건너고, 땀을 쏟으며 가쁜 숨을 내뱉는 일. 그런 순간이면 내 몸이 제대로 기능을 해내고 있음에 안도하게 된다. 셋째 날, 쏟아진 폭우로 물살이 불어난 계곡을 건너는 작은 모험이 기다리고 있었다. 마을 남자들이 끌고 온 말 등에 올라 몇 명이 냇물을 건너는 동안 나를 포함한 일부는 등산화를 벗어 강둑으로 던졌다. 바지를 최대한 걷어 올리고 발을 강물에 담갔다. 황토색 탁한 급류가 위협하듯 빙글빙글 돌며 휘몰아쳤다. 물살이 세서 몸이 휘청거렸다. 스틱을 잡은 양손에 힘이 잔뜩 들어갔다. 허벅지까지 순식간에 차오르는 물살을 헤치며 계곡을 가로질렀다. 이게 뭐라고 이렇게 뿌듯한 기분이 드는지. 이 정도가 여행에서 우리가 할 수 있는 모험의 최대치라 해도 좋았다. 저마다 작은 모험을 추구하며 산다면 삶이 조금은 더 재밌을 테니까.

이번 산책단의 막내 M에게도 이 트레킹은 모험이었다. 생애 첫 트레킹이었기에. 그녀의 트레킹 준비는 등산용품 쇼핑으로 시작되었다. 신발이며 방수 잠바, 배낭과 스틱까지 다 장만해야 했다. 내가 적어준 준비물 리스트에는 당연히 '등산용 긴팔 티셔츠'가 있었다. 트레킹 첫날, 긴 면티 위에 반팔 면티를 입은 그녀에게 물었다.

"등산용 티셔츠 없어요? 면티는 땀 배출도 안 되고 젖으면 잘 안 마르는데…."

그녀가 눈을 동그랗게 뜨며 항변했다.

"이거 등산용으로 준비한 옷인데요? 작가님이 '등산용

긴팔 티셔츠'라고 적어놓으셨잖아요?"

"…제가 잘못했네요. '등산용'이 아니라 '등산복'이라고 써야 했는데…."

다행히 일행이 여벌의 등산복을 빌려줘서 문제는 일단락. 그녀는 걷는 동안 가장 많이 감탄하는 사람이었다. 어쩌면 첫 트레킹이어서 그랬는지도 모른다. 누구에게나 처음은 짜릿하고, 하물며 여기는 코카서스 산맥이니! 트레킹의 종착지인 우쉬굴리에서는 말을 타고 트레킹을 이어갔다. 노란 꽃이 지천으로 핀 들판을 달려 시하라 빙하로 향할 때는 고구려의 후예라도 된 듯한 기분이 들었다.

트레킹을 마치고 메스티아로 돌아온 후 우리는 급히 병원으로 향했다. 일행 중 한 명이 코로나 자가 검사에서 양성이 나왔기 때문이다. 초조한 기다림 끝에 두 명 확진이라는 결과를 받았다. 망연자실한 내게 숙소의 아나로부터 전화가 걸려왔다.

"너희 팀에서 코로나 확진자 나왔지? 우리 호텔에 머물 수 없으니 바로 차를 빌려서 코비드 호텔로 가줘."

그녀의 목소리는 차분했지만 차가웠다. 이 산골에서 도무지 믿기지 않는 'LTE급' 속도였다. 영화에서 결정적인 순간에 비가 쏟아질 때마다 빤한 클리셰라고 비웃었는데 현실마저 그랬다. 아나의 숙박 불가 통보를 받던 순간, 맑던 하늘에서 갑자기 소나기가 거세게 쏟아지기 시작했으니. 우리는 병원의 처마 밑에 쪼그리고 앉아 비를 그었다. 이제 어째야 하나. 머릿속이 하얗기만 한데 뭐라도 해야 했다. 트빌리시의 한국 영사관에 전화를 걸었다. 영사관에서는 5월부터 코비드 관련 규제가 다 해제된 상황이라 잘 모르겠단다. 일단 알아보고 메일로 답을 주겠다고 했다. 구글링으로 코비드 호텔을 찾는 동시에 '멘붕'에 빠진 일행을 다독여야 했다. 처마 밑에 쪼그려 앉은 우리에게 PCR 검사를 담당했던 의사가 다가왔다. 호텔에서 쫓겨나 갈 곳이 없다고 하니, 그녀가 핸드폰을 꺼내 들었다. 알아들을 수 없는 조지아어 통화가 끝난 직후, 다시 아나에게서 걸려온 전화.

"오늘 밤은 머무르게 해줄게. 대신 로비나 식당으로 나오면 절대 안 돼. 아침 식사는 문 앞에 갖다 놓을 거야. 커피 포트랑 일회용 컵도. 내일 떠나기 전에 비닐봉지에 밀봉해서 다 버려줘."

나는 빠르게 예스, 예스, 오브 콜스를 외쳤다. 그저 감사할 뿐이었다. 우리는 그렇게 위험천만한 바이러스 균 덩어리가 되어 '셀프 감금'으로 하룻밤을 보내고 트빌리시로 향했다. 차량을 전세 낸 터라 그나마 다행이었다. 한국 영사관에서 온 메일은 간단했다.

"확진자 숙소는 독립 건물 권장."

코비드 비상조치가 해제된 후라 가이드라인도 없었다. 그날부터 우리는 알아서 조심하며 남은 여행을 이어갔다. 확진자는 온천이나 수영장 이용 금지, 외식 자제 등의 룰을 만들었다. 다행히 그런 상황에서도 다들 서로를 배려했다. 모두 밝고 긍정적인 에너지를 잃지 않았다. 그러니 아름다운 순간들이 종종 찾아왔다. 카즈베크산 근처의 주타 계곡을 트레킹할 때였다. 모두가 걷고 있을 때 시인인 K쌤은 그곳 산장에 혼자 남아 한 편의 시를 썼다. 안개 자욱한 길을 걸어 사라지는 우리를 보며 지은 시였다. 장작 난로가 타오르던 산장에서 K쌤이 읽어주는 시에 집중하던 그 시간, 창밖으로는 짙은 안개가 밀려왔다 밀려가며 수묵화를 고쳐 그리고 있었다. 카즈베크산의 일출을 보겠다며 하나둘 방에서 나와 베란다에 앉아 있던 이른 새벽도 그랬다. 고요한 침묵 속에 자연의 경이로움에 온전히 빠져든 시간이었다.

출국 당일의 PCR 검사에서 양성 확진을 받아 남아야 하는 세 분을 두고 트빌리시를 떠나왔다. 돌아온 후 나는 매일 아침 9시에 알람을 맞췄다. 9시가 되면 항공사에 전화를 걸고, 그들이 요청하는 서류를 보내고, 쓰지 못한 편도 항공권 세 장의 환불을 요청했다. 그러던 어느 날, 내 통장으로 큰돈이 들어왔다. 조지아에 남은 세 명을 제외한 나머지 일곱 명이 30만 원씩 보내온 돈이었다. 계산에 서투른 내가 호텔비를 제대로 계산하지 못해 추가 지출을 해야 했던 상황에 대한 보답이었다. 분명히 받지 않겠다고 했는데도, 그들은 기어이 돈을 보내왔다. 며칠 후, 항공사에서 편도 항공권의 환불금이 들어왔다. 나는 두 곳의 돈을 모아 조지아에 남은 이들에게 모두 보냈다. 그러자 제일 먼저 코로나에 걸렸던 분이 다시 내 통장으로 돈을 보내왔다. 이 돈은 나를 위해 써달라는 말과 함께. 돈은 돌고 도는 거라더니, 나는 그야말로 따뜻한 돈의 순환을 경험하고 있었다.

두 번째 조지아 여행은 운이 나빴지만, 이런 사람들과 함께여서 운이 좋기도 했다. 위험을 감수해야 하는 코비드 시대의 여행은 고달팠다. 불편함을 통과해야만 다다를 수 있는 어떤 시간과 장소가 있고, 그럴 때만 느낄 수 있는 어떤 결의 감정과 사유가 있다. 그런 면에서, 여행의 끝말은 언제나 같았다.

"떠나길 참 잘했어."

아무것도 아닌 동시에, 무엇이든

산티아고
Santiago

이번엔 진짜 왔다는 감이 들었다. 목이 따끔거리는 게 틀림없었다. 코로나에 걸렸다거나, 걸린 것 같다거나, 걸릴 것 같다거나, 이런 믿음으로 하루를 시작한 지 벌써 한 달째. 환절기가 되면 편도선이 살짝 붓고는 하는데 하필 확진자가 매일 20만에서 30만을 넘나드는 때였다. 극심한 스트레스에 흰머리가 마구 늘어나고 있었다. 출국일을 열흘 남겨두고 자가 진단 검사를 세 번, 병원에서 신속항원검사를 두 번 했다. 결과는 매번 음성이었다. 이런 시기에 해외여행이라니. 심지어 방과후 산책단을 꾸려 아홉 명을 이끌고 가는 여행. 제정신이 아닌 것 같았다. 그 무렵, 친구 J씨는 매일 아침저녁으로 내 문자를 받아야 했다.

"이번에는 진짜 걸린 것 같아요. 목이 칼칼해요."

"아침에 일어나니 미열이 있어요."

"침 삼키기가 힘들어요."

성실한 그녀는 매번 진지하게 답을 보내왔다. 아닐 거라고, 혹은 증세가 어느 정도냐고. 출국일이 다가올수록 내 신경증은 심해졌다. 포르투갈 입국을 위해서는 PCR 음성 증명서를 내야 했다. 혹시나 양성이 나와 출국을 못 할 경우를 대비해 플랜 B도 준비해야 했다. 그즈음은 꿈만 꾸면 악몽이었다. 비행기를 놓치는 꿈, 예약한 차가 안 나타나 하염없이 기다리는 꿈, 일행 한 명이 격리당하는 꿈. 악몽에 잠을 깰 뒤척이다가 아침을 맞는 날들이었다.

그렇게 대망의 출발일이 다가왔다. 기적처럼 전원이 PCR 검사 음성을 받고 공항에 모였다. 서른한 살부터 예순한 살까지 아홉 명의 여성들. 그들의 체크인을 마치고, 마지막으로 내 여권과 음성 확인서를 내밀었다. 싸늘한 목소리와 함께 여권이 반려되었다.

"탑승이 불가능합니다. 여권에 기재된 생년월일과 다르네요."

아니, 이게 무슨 소리? 병원에서 PCR 검사지에 생년월일을 잘못 기재한 거였다. 이미 저녁 8시가 넘은 시간이었다. 초조와 불안에 휩싸여 병원으로 전화를 걸었다. 역시나 병원은 전화를 받지 않았다. 입원 병동이 있는 병원이니 분명 누군가 있을 텐데…. 몇 번의 통화를 시도하는 사이, 체크인 카운터에서 다시 종이를 내밀었다.

"일단 서약서 쓰세요. 포르투갈에서 입국을 거부할 경우, 항공사에 책임을 묻지 않는다는 서약서에 사인하시면 탑승은 시켜드릴게요."

결국 서약서에 사인을 하고 나니 병원에서 연락이 왔다. 생년월일을 고친 음성 확인서를 다시 메일로 받아 체크인. 코비드 시대의 여행은 시작부터 만만치 않았다. 이때만 해도 순진하게 믿었다, 이 상황으로 액땜을 다 했다고.

우리가 향하는 곳은 카미노 데 산티아고. 2005년에 프랑스 길을 처음 걸은 이후, 나에게는 여덟 번째 카미노였다. 이번에는 포르투갈의 포르투에서 시작해 산티아고 데 콤포스텔라로 향하는 240킬로미터의 길. 늘 혼자였던 그

길에 여덟 명의 여성과 함께였다.

　나는 왜 또 카미노를 걷겠다고 나선 걸까. 혼자 걸어도 안전하니까, 지독한 길치도 화살표만 따라가면 길의 끝에 다다르니까, 수많은 사람과 친구가 될 수 있으니까, 비용도 많이 들지 않으니까. 저마다 다양한 이유가 있을 것이다. 나에게 카미노는 언제나 내 안의 가장 선한 얼굴을 만날 수 있는 길이었다. 더 겸손하고, 더 강인하고, 더 다정한 나를 만날 수 있는 길. 그런 나와 조우하며 걷다 보면 종교가 없는 나에게도 영적인 순간이 종종 찾아왔다. 세상 모든 것에 깃들어 있는 신의 손길을 느끼고, 더 나아가 내 안의 신성을 발견하고, 그 신전에 반짝 불이 들어오는, 그런 경이로운 순간들 말이다. 적어도 카미노를 걷는 동안은 스스로 좀 더 영적인 인간이 된 것 같아 하루가 늘 감사함으로 마무리되었다. 나는 이 길이 지닌 평등함도 사랑했다. 이 길에서 우리는 단 하나의 이름으로 불린다. 페레그리노(순례자). 우리가 각자의 삶에서 무엇을 이루었고, 또 무엇을 잃었든 간에 이곳에서는 그저 순례자일 뿐. 삶에 필요한 모든 것을 배낭 하나에 넣고 먼 길을 고행하듯 가는 순례자. 그래서 이 길을 걷는 동안 우리는 아무것도 아닌 동시에, 무엇이든 될 수 있다. 여기에서는 다른 자신을 꿈꿀 수 있다.

과거를 넘어서고, 미래를 두려워하지 않으며, 지금 여기에 오로지 집중할 수 있는 길이었다. 거기에 더해 카미노가 지닌 천 년의 역사성. 그 긴 세월 동안 이 길을 걸어온 사람들을 상상하면 나는 길 위에서 외롭지 않았다. 그들의 사연과 눈물과 땀이 내가 걷는 발자국 아래 켜켜이 쌓여 있다고 믿었으니까. 지구 위에 이런 길이 있다는 걸 떠올리는 것만으로 든든했다. 삶이 나에게 불친절해지면 잠시 그리로 가면 돼, 그럼 나는 다시 살아갈 힘을 얻어서 돌아올 거야. 내게는 절대로 사라지지 않는 도피처 하나가 있는 셈이었다. 쓰라린 사랑이 끝났을 때도, 전셋값 폭등에 내동댕이쳐졌을 때도, 나는 삶을 견디고 사랑하기 위해 카미노를 찾아갔다. 카미노는 나에게 은신처이자 학교이며, 병원이고 사원이었다.

포르투에서 맞은 첫날, 방과후 산책단에 처음 오신 분이 조용히 물으셨다.

"작가님 출발 전에 SNS에 올리신 글을 보면 코로나로 심한 스트레스를 받고 힘들어하시는 것 같더라고요. 산티아고 여행이 가능하려나 의심이 들 정도로. 근데 오자마자 에너지가 엄청 넘치시네요. 제가 페북으로 본 그 작가님이 아니에요. 혹시 밤에 무슨 약 드셨어요?"

멀쩡한 사람도 약 먹은 것처럼 만들어주는 곳이 카미노가 아닐까. 이렇게 좋은 길을, 이토록 화창한 날씨에, 다정한 사람들과 함께 걷는데 어떻게 즐겁지 않을까. 이 길을 걸을 때마다 내가 통과해 온 그 반짝거리는 순간을 이들도 이제 자신의 것으로 만들 텐데, 어떻게 설레지 않을 수 있나. 게다가 내 어깨는 아직 튼튼해 내 짐을 오롯이 견뎌주고, 내 다리도 아직 단단해 이 길을 뚜벅뚜벅 걸어가게 해주는데! 몸을 움직여 걸음으로써 매 순간 고통스러운 환희를 경험하는 카미노. 모든 아름다운 만남은 몸을 써서 이루어질 때 그 깊이가 달라진다는 걸 카미노는 나에게 알려주었다. 카미노 자체가 내게는 마약인 셈이다. 그것도 중독성이 꽤 센!

카미노에 오를 때마다 내 원칙은 간단했다. 꼭 필요한 것만 챙긴 짐을 스스로 메고 걷는다. 카미노 포르투갈 산책단을 꾸렸을 때, 자기 몸무게의 10퍼센트 선에서 짐을 꾸리라고 당부했다. 배낭의 무게가 최대 7킬로그램을 넘지 않도록 하라고. 첫날 알베르게(순례자 전용 숙소)에 도착해 다들 짐을 풀기 시작했을 때 내 눈은 격렬한 동공 지진을 일으키며 흔들렸다. 카미노에서 볼 거라고는 생각도 못 한 물건이 하나둘 쏟아져 나왔다. 아이패드와 마사지볼, 얼굴 마사지팩, 양갱이며 홍삼즙 세트, 블루투스 키보드, 종이책. 일단 양갱을 압수해 모두에게 하나씩 나눠줬다. 다들 배낭의 무게가 8킬로그램에서 10킬로그램까지 나갔다. 코비드 시기라 각자 준비해 온 상비약의 무게도 만만치 않았다. 처음부터 짐 배송을 하기로 했던 세 사람을 제외한 나머지 여섯 명에게 말했다. 2킬로그램씩 짐을 덜어서 가방 하나를 꾸려 배송을 맡기라고. 배낭 무게로 인한 부상의 위험이나 피로를 조금이라도 줄여야 했다.

걷기 시작한 첫날은 부활절이었다. 우리는 포르투의 성당에서 순례자용 여권 크레덴시알을 구입하고, 첫 도장을 받았다. 날은 청명했다. 들판에는 이름을 알 수 없는 노란 꽃이 융단처럼 깔려 있었다. 담장마다 보라색 등꽃이 한창이었다. 갈매기들이 우리의 출발을 격려라도 하듯 끼룩끼룩 울며 공중을 선회했다. 집집마다 현관 앞에 꽃잎을 흩뿌려 부활절을 축하하고 있었다. 거리에는 마스크를 쓴 사람도 없었다. 첫날이라 모두의 발걸음은 경쾌했다. 27킬로미터를 걷고 찾아간 알베르게는 수도원의 일부였다. 알베르게의 호스피탈레로(알베르게에서 순례자를 위해 봉사하는 사람) 필립은 재미있는 남자였다. 유머와 여유가 넘쳤고, 혼자 10인분 저녁을 준비하는 내내 노래를 흥얼거리며 신나는 표정이었다. 그가 차려준 파스타와 샐러드, 구운 돼지고기로 저녁을 먹고 첫 밤을 맞았다.

이틀째부터 알베르게에 도착하면 대대적인 수술이 벌어졌다. 바늘에 실을 꿰어 물집 사이로 통과시켜 실이 물을 흡수하게끔 하는 수술. 모두들 하나씩 물집이 잡히기 시작했다. 나는 알베르게 안에서 풍기는 온갖 냄새가 싫지 않았다. 파스 냄새, 근육통 스프레이 냄새, 꿉꿉하고 큼큼한 땀 냄새. 내가 가진 육체성을 극단으로 깨닫게 하는 냄새였다. 살아 있는 존재임을 매 순간 확인하게 만드는 냄새. 낮에는 냄새의 향연이 펼쳐진다면 밤이 되면 소리의 향연이 펼쳐진다. 높은 소리, 낮은 소리, 날카로운 소리, 막힌 소리, 우렁찬 소리…, 온갖 코 고는 소리의 합주가 벌어지는 곳이 또 알베르게다. 나처럼 귀가 예민한 사람에게는 숙면은 언감생심.

바셀로스의 알베르게는 부부가 호스피탈레로였다. 폴란드인 아그네시카와 이탈리아인 빈센조. 카미노를 걷다가 만나 사랑에 빠져 5년 전에 결혼했단다. 그 말을 들은 내가 격분해서 외쳤다.

"인생은 너무 불공평해! 나 카미노 여덟 번째 걷는 건데!

나는 왜 못 만나냐고요?"

아그네시카가 웃음을 터트리며 말했다.

"워워, 진정해. 나도 여덟 번 걷고 난 다음에 남편을 만났어. 그러니까 너도 이번에 만날 거야."

이제 운명의 짝을 만나는 건가. 그때부터 일행들은 혼자 걷는 남자만 보이면 나를 밀어댔다. 특히 산책단 막내는 매의 눈으로 순례자들을 살피다가 제 눈에 차는 남성이 보이면 은근히 나를 부르곤 했다.

우리는 '비에도 지지 않고', 바람에도 굴하지 않고 걸었다. 비가 내리면 담담히 우비를, 바람이 불면 잠바를 덧입었다. 길을 걷다 보면 담장 위에 순례자를 위해 내놓은 오렌지 바구니가 종종 보였다. 달고 신선한 오렌지를 간식으로 먹으며 걸었다. 길은 대부분 평지여서 걷기에 수월했다. 240킬로미터를 12일 동안 걷도록 짜서 일정도 느슨했다. 다들 물집으로 고생하면서도 잘 걸었다. 단원의 3분의 2는 오십 대여서 체력이 아주 좋은 사람이 별로 없었다. 그래서 출발 석 달 전부터 매주 미션을 줬다. 만 보에서 시작해 마지막에는 2만 5천 보를 배낭 메고 걷는 것까지. 한 주에 세 번을 걷고 단톡방에 인증샷을 올리게 했다. 모두가 놀라울 정도로 성실하게 미션을 수행했다. 민폐가 되어서는 안 된다는 한국인 특유의 정서도 한몫했을 것이다. 사전에 줌 미팅을 하고, 단톡방에서 매주 인증샷을 올리며 만난 덕분인지, 일행들은 금세 가까워졌다. 훈훈하던 분위기가 처음으로 반전된 건 걷기 시작한 지 사흘째, 폰테데리마에서였다. '눈물의 볶음밥 사건'이 나를 강타했다.

추억은 저마다 다를 것이다

산티아고
Santiago

　'눈물의 볶음밥 사건'이 일어난 그날은 먼저 도착한 막내가 식당을 골랐다. 포르투갈 전통 음식으로 이름난 곳이었다. 열 명의 테이블 세팅을 끝내고 자리에 앉은 순간, J쌤이 근처 일식집에서 볶음밥을 먹으면 안 되겠냐고 물었다. 단호하게 안 된다고 하고 싶은 마음과는 반대로 가서 드시라고 하자마자 네 명이 우르르 일어나 나갔다. 그 순간 밀려드는 서운함의 파도에 나는 거의 익사할 뻔했다. 이제 사흘

째인데 볶음밥을 찾는 일도, 이미 들어간 식당에서 일어나 나가는 일도 서운했다. 볶음밥 한 그릇에 그토록 격한 감정이 밀려들다니 당혹스러울 정도였다. 다음날 J쌤이 넌지시 물으셨다.

"어제 볶음밥 때문에 서운하셨어요?"

어린아이라도 된 듯 그 말에 눈물이 났다. 서운했다고 이실직고하는 순간, 서운함은 눈물에 휩쓸려 사라졌다. 나는 카미노에서 모두가 나와 같은 마음으로 걸어주기를 바라고 있었다. 불편함을 기꺼이 감수하며, 낯선 것으로 용감히 뛰어들고, 입에 잘 맞지 않는 음식도 감사히 먹을 수 있기를 바랐다. 입이 짧은 사람의 마음을 헤아리는 일에는 미숙했다. 그런 스스로가 부끄러워진 건 그곳이 카미노였기 때문일 것이다. 카미노는 판단하기보다 귀 기울이는 곳이고, 배척보다 포용이 어울리는 곳이기에.

카미노에서는 작은 기적이 종종 일어난다. 우리 역시 그런 기적의 수혜자였다. K쌤이 숲길에 핀 카라꽃을 들여다보다가 모자를 잃어버렸다. 이틀간 모자 없이 걸었던 그녀가 마을의 알베르게에 들어섰을 때였다. 네덜란드 여성 파올라가 "혹시 이 모자 주인 있나요?"라며 나타났다. 그녀는 순례자가 모자를 잃어버렸을 거라 생각해 들고 다니며 주인을 찾고 있었다. 사흘 만에 모자가 주인에게로 돌아왔다.

'운명의 남자'를 만난 건 모자의 기적이 일어난 다음 날이었다. 유니폼을 입은 선한 인상의 남자였다. 전날에도 그를 본 기억이 있었다. 서로 눈이 마주친 순간, 말을 걸었다.

"우리 전에 만난 적 있지 않아요?"

완벽하게 구태의연한 멘트였다. 그가 우리가 마주쳤을 법한 마을 이름 몇 개를 댔다. 그는 미국인 단체 순례자를 위한 차량의 운전기사였다. 걷다가 지친 이들이 합류할 수 있도록 기다려주는 순간에 그를 마주친 거였다. J쌤이 갑자기 뒤에서 외쳤다.

"전화번호 받아놔요. 나 70세 여행 때 필요할지도 모르잖아요."

올해 환갑인 그녀가 70세가 되면 방과후 산책단 10주년 기념을 겸해 또 카미노를 걷자는 이야기를 한 터였다. 그에게 전화번호를 달라고 한 순간, 그의 얼굴이 붉은 꽃처럼 피어올랐다. 당황한 얼굴로 종이와 펜을 찾으러 가던 그가 돌아와 내게 되물었다.

"혹시 당신이 달라는 번호가 회사 번호인가요?"

"당연하죠. 뭘 생각한 건가요?"

그 순간, 우리를 지켜보던 모두의 웃음이 터졌다. 혼자 엉뚱한 생각을 했던 그가 얼굴이 붉어진 채 어깨를 들썩이며 웃었다. 실컷 웃고 난 그날, 나는 SNS에 운명의 남자를 만났다는 글을 올렸다. 물론 진실은 과감히 생략했다.

산티아고까지 백 킬로미터를 남겨둔 모스 마을에 들어서니 갑자기 순례자들이 많아졌다. 순례 증서 콤포스텔라를 받을 수 있는 최소 거리가 백 킬로미터이기 때문이다. 이 지점부터 시작되는 엄청난 혼잡 때문에 이 증서제에 대한 불만이 꾸준히 제기되었지만 아직 변한 건 없다. 우리는 어느새 8일을 걸었고, 나흘을 남겨두고 있었다. 다들 물집이 서너 개 이상 잡히고, 무릎이나 허리가 쑤시고, 짐의 무게가 어깨를 짓눌렀다. 그래도 좋았다. 드라마 대사처럼 날이 맑아서 좋았고, 날이 흐려서 좋았고, 모든 날이 다 좋았다.

카미노에도 일종의 '유사 신분제'가 있다. 그 신분은 어디서부터 걸어왔느냐로 정해진다. 프랑스 길을 예로 들자면 대부분 "생장에서부터"라고 답한다. 그런 순간에 "우리 집에서부터"라고 말하는 이가 있다. 집이 어디냐고 되물으면, 브뤼셀이나 베를린이라고 아주 '쿨'한 태도로 답한다. 그 순간 그들의 어깨가 살짝 올라간 것처럼 보이는 건 분명 내 노안 탓일 거다. 카미노에서는 더 먼 길을 걸어올수록 더 존경받는다. 육체의 고통이 심할수록, 입성이 허름해질수록, 돈을 덜 쓸수록 진정한 순례자가 된 듯 착각하게 된다. 오죽하면 '고통이 클수록 영광도 크다'고 할까. 그러다 보면 무의식적인 구별 짓기로 이어진다. 배낭을 스스로 메고, 건너뛰는 곳 없이 전 구간을 걷고, 시설이 열악한 공립 알베르게에서 자는 다수의 순례자(나도 이 부류다), 그들은 자신도 모르는 사이에 '진짜 순례자'와 '가짜 순례자'를 구별 짓기 쉽다. 배낭 배송 서비스를 이용하거나, 펜션이나 호텔에서 자는 순례자에 대한 은근한 폄하. "저마다의 방식으로 카미노를 걷는다"라고 하면서도 자신을 우월하다 여기는 마음에서 자유롭기가 쉽지 않다. 나 또한 카미노를 걸을 때마다 스스로 경계해야 했다. 이번 카미노에서는 아주 제대로 망했다. 우리 산책단원 모두가 내 기준의 '진짜 순례자'가 되기를 바라느라 혼자 애를 끓였으니.

나는 카미노에서 모두가 평등하기를 원했다. 카미노에서는 젊은 사람이나 나이 든 사람이나 나름대로 다 힘들다고 생각했다. 그래서 침대 배정을 '사다리 타기'나 '가위바위보'로 정하며 기계적인 공정을 기했다. 시간이 갈수록 귀찮은 일(카페에서 커피를 나른다거나 빨래를 모아 빨래방에 가는 일 등)은 자연스레 젊은 친구들의 몫이 되었다. 체력 덕분에 타인을 위해 쓸 에너지가 남은 그들은 그런 일을 기꺼이 도맡았다. 그게 고맙고 미안한 언니들은 그녀들에게 커피를 사거나 세탁비를 내는 식으로 보상하곤 했다. 양쪽 모두 괜찮아 보였다. 지켜보는 나만 불편할 뿐. 내가 생각하는 '진짜 순례자'는 고통조차 묵묵히 견디며, 불편함은 아무렇지 않게 감수하며, 매사에 감사하는 사람이었다. 그래서 자신의 고통에 먼저 집중하는 당연한 모습도 서운했고, 사소한 불만이라도 들리면 귀에 콕 박혔다. 모두가 경계 없이 어울리며 스스럼없는 친구가 되기를 바랐지만, 그 또한 불가능했다. 함께 온 사람들은 끝까지 함께였고, 나이에 따라 그룹이 나뉘었다. 그 자연스러움을 자연스럽게 받아들이지 못해 속이 탔다. 나는 내가 원하는 산책단의 모습을 정해놓고, 그 틀에서 벗어나는 모습을 볼 때마다 그들에게 실망하고, 스스로 마음을 다쳤다. 어떤 일에든 확신하는 사람을 두려워하고 경계해왔으면서, 여행에 관한 한 나는 열렬한 확신자였고, 확고한 근본주의자였다. 내 신념과 믿음을 단원들이 의심 없이 따라오기를 바랐다. 평화와 사랑이 넘치고, 배려와 이해가 강물처럼 흘러야 할 카미노에서 나는 옹졸한 마음으로 전전긍긍하고 있었다. 고작 열 명의 조직조차 제대로 이끌지 못하는 어리석은 리더. 한마디로 나는 그릇이 작은 리더였다. 소심하고, 쪼잔하고, 뒤끝 있는 리더.

그래도 카미노는 카미노. 어떤 이라도 '순례자'라는 이름으로 서로에게 스밀 수 있는 곳이었다. 체력이 달려 꼴찌를 도맡는 J쌤과 N쌤도, 늘 앞에서 가볍게 걷는 Y쌤도, 빨래를 도맡아 '빨래방 소녀들'이라는 별명을 얻은 막내들도, 가장 작은 체구로 언제나 묵묵히 걷는 K쌤도, 서로에게 점점 정이 들며 물들어갔다. 25킬로미터를 걸어 산티아고에 들어선 마지막 날은 구름 한 점 없이 청명했다. 대성당 앞 광장에 도착한 순간, 누가 먼저랄 것도 없이 서로를 끌어안으며 눈물을 훔쳤다. 광장에는 기념사진을 찍거나 성당을 바라보며 앉아 있는 순례자가 가득했다. 그곳은 삶에 지친 이들의 쉼터이자 해방구였다. 관광객과 순례자 누구도 마스크를 쓰지 않아 코비드 시대조차 지나간 것 같았다. 미사가 열리는 대성당에는 앉을 자리가 부족했다. 저녁이 되니 악단 라투나 청년들이 광장에서 음악을 연주하며 노래를 불렀다. 그 곁에서 순례자들이 흥겹게 춤을 췄다. 그리웠던 풍경이 그대로 살아 있었다. 다시 순례자가 되어 이 도시의 광장에 서다니 가슴이 벅차올랐다. 팬데믹 시기를 외롭고 고단하게 건너온 우리 모두에게 잘 버텨줘서 고맙다고 인사를 건네고팠다.

증서 콤포스텔라를 받으러 찾아간 순례자협회의 뒷마당에는 동백이 지고 있었다. 우리는 붉은 동백꽃 위에 증서를 올려놓고 '인증샷'을 찍었다. 알베르게로 향하는 길에서 '첫 순례자'들은 원피스와 구두를 사야 하나 심각하게 고민하는 진풍경을 연출했다. 그날 저녁에 갈리시아 관광청 직원인 카르멘의 저녁 초대가 있었기 때문이다. 카미노를 한국에 알렸다는 공로로 갈리시아 정부로부터 상을 받을 때, 서울의 스페인 대사관에서 그녀를 처음 만나 친구가 되었다. 우리는 등산복에 등산화를 신고 호텔의 식당으로 진군했다. 이 도시에서는 5성급 호텔에 그런 복장으로 들어가는 일 정도는 양해가 되었다.

다음 날 오전에는 카미노 총괄 책임자인 세실리아가 우리를 관광청으로 초대했다. 세실리아는 순례자가 오지 않는 지난 2년이 너무나 외롭고 끔찍했다고 했다. "너희가 올해 처음 온 한국인 순례자는 아니지만, 우리에겐 마치 희망의 소식 같아. 정말로 고마워. 다시 산티아고를 찾아줘서"라며 기쁨을 격렬히 표현했다. 그날 관광청은 대성당 가이드 투어까지 준비해 모두에게 특별한 추억을 선물했다.

우리는 함께 걸었지만 카미노의 추억은 저마다 다를 것이다. N쌤은 발목에 작은 조가비 문양을 새김으로써 카미노를 몸에 남겼다. 심한 다리 통증으로 하루는 혼자 택시로 이동해야 했던 J쌤은 눈물 어린 길로 기억하게 될까. E쌤은 그녀의 말처럼 "검소하고 청빈한 순례길을 상상했는데 너무 잘 먹고 잘 잔 럭셔리 순례길"로 추억할지도 모르겠다.

나에게는 '실패의 카미노'가 되지 않을까. 혼자 걷는 것과 산책단을 꾸려 단장으로 걷는 일은 완전히 달랐다. 각자의 체력이 다르고, 카미노에 대한 기대와 이해가 저마다 달랐다. 그런 아홉 명을 부드럽게 이끌기에는 내 품이 작았다. 내 옹졸함에 자괴감을 느낄 때마다 나는 이 길을 걸어갔을 수도승들을 떠올렸다. 전 생애를 걸고 신을 찾아간 사람들을. 고독과 고통을 끌어안고 묵묵히 길의 끝까지 갔을 그들이 산티아고에서 대면한 자신의 모습은 나와는 달랐을 것 같았다. 카미노에 오는 많은 사람이 왜 왔느냐는 질문에 이렇게 답하곤 한다.

"나 자신을 찾기 위해서."

혼자 걸었던 일곱 번의 카미노는 오직 나 자신에게만 집중하는 시간이었다. 체력적으로도 시간적으로도 여유가 있었고, 내 마음도 타인을 향해 충분히 열려 있었다. 그런 나를 사랑하기는 어렵지 않았다. 사람들을 이끌고 걸어온 이번 카미노는 나 자신이 끝없이 깎여나가는 과정이었다. 나는 조급했고, 서툴렀고, 여유도 없었다. 내 부족함을 직시하기보다는 함께 온 이들을 탓하는 일이 더 쉬웠다. 다른 곳도 아닌 카미노에서 나와 타인 모두를 긍정하기가 이토록 어려울 줄이야. 더 넓어지고, 더 착해지고, 더 깊어져야 하는 길에서 나 혼자 옹색하고, 초라하고, 어리석은 존재 같았다. 다음에는 좀 더 잘할 수 있겠지 믿으며 발랄하게 마무리하고 싶었지만, 그러지 못했다. 3년이 지난 지금도 여전히 나는 산책단과 함께 다시 카미노를 걸을 엄두는 내지 못하고 있다. 아직은 내 마음이 이렇구나 하며 담담히 받아들인다. 다만, 혼자 가야만 좋은 길 같은 건 없다는 걸 이제 아는 나이가 되었다. 아직은 때가 아니라고 여길 뿐. 함께 걷는 꿈이 피어오르는 때가 온다면 나는 다시 카미노 위에 여럿이 함께 서게 될 것이다.

부유하는 삶, 붙박인 삶

스페인 론다
Spain Ronda

론다에 들어서는 순간, 예감에 휩싸였다. 쉽게 이곳을 떠날 수 없을 거라는 예감이었다. 눈앞의 풍경이 순식간에 마음을 앗아갔다. 120미터 높이의 가파른 협곡 위에 자리한 작은 도시는 하얗게 빛나고 있었다. 그 너머로 올리브밭과 양들이 풀을 뜯는 초록의 들판이 이어졌다. 들판의 끝은 높은 산들이 메우고 있었다. 세월을 잊는 일까지는 무리라 해도 시름이나 서러움 정도는 잊힐 만한 풍경이었다. 스페인 남부 안달루시아의 하얀 마을 론다. 안달루시아 사람들이 일명 꿈의 도시, '라 시우다드 소냐다'라고 부르는 곳이었다. 론다는 소설가 어니스트 헤밍웨이가 사랑한 마을이다. 역마살 제대로 낀 헤밍웨이는 지구 곳곳에 흔적을 많이도 남겼지만 그중에서도 유럽이라면 단연 스페인이다. "신혼여행으로 혹은 연인과 함께 스페인에 간다면 론다에 가야 한다. 그곳은 마을 전체가 낭만적인 무대가 되어준다"라고 그가 예찬했던 도시에 내가 서 있었다. 신혼여행은커녕, 연인도 없이, 역시나 이번에도 혼자서.

나는 하룻밤 머물면서 협곡을 가로지르는 다리, 푸엔테 누에보 주변이나 거닐다가 떠날 예정이었다. 하지만 오래 머물게 될 것 같다는 예감이 적중했다. 론다에서 코로나 확진 판정을 받음으로써. 이로써 삼관왕이 되었다. 2003년 중국에서 사스, 2006년 탄자니아에서 말라리아, 2022년 스페인에서 코로나에 걸렸으니. 상금도 상장도 없는 '국외 질병 감염 삼관왕'을 달성한 셈이다. 집을 떠나 혼자 세상을 떠도는 일에는 언제나 약간의 위험이 따라오기에 나는 늘 각오가 되어 있었다. 다만, 내 나라에서 하루 30만 명씩 확진자가 나오던 시기에도 잘 피했는데 스페인에서 걸리니 좀 억울했다. 바이러스도 서양 바이러스가 더 센 걸까. 코비드 시대의 여행자가 감수해야 하는 위험한 덫에 제대로 빠진 셈이다. 게다가 이번에는 철저히 혼자였다. 사스에 걸렸을 때는 민박집 주인의 돌봄이 있었고, 말라리아에 걸렸을 때는 같이 여행 중인 친구가 있었다. 이곳에서는 인간 바이러스가 되어 타인과의 접촉을 최대한 피하며 혼자 버텨야 한다. 론다의 병원에서는 외출할 때 마스크를 쓰고, 손 소독을 자주 하라는 조언만 달랑 전했다. 내가 진단받기 몇 주 전부터 스페인 정부는 코로나에 걸려도 증상이 가벼우면 출근하라는 지시를 내렸다고 했다. 덕분에 나는 호텔 방에 갇혀 있지 않고 돌아다닐 수 있으니 운이 좋다고 해야 하나. 증상은 목이 따갑고 가래가 끓는 정도로 가벼웠다.

　다음 날부터 나는 론다를 어슬렁거렸다. 일단 푸엔테 누에보에서 시작하는 헤밍웨이가 즐겨 걸었다는 길부터 찾았다. 길에는 '파세오 데 헤밍웨이(헤밍웨이의 산책로)'라는 이름이 그의 얼굴과 함께 새겨져 있었다. 1793년에 완공된 푸엔테 누에보는 엘 타호 협곡과 과달레빈 강으로 인해 분리되었던 구시가지와 신시가지를 연결했다. 다리 위에서 협곡을 내려다보면 아찔했다. 안전하게 협곡의 전망을 즐기기에는 다리 건너편에 있는 파라도르 호텔이 제격이었다. 테라스에서 카페 콘 레체(스페인식 카페라테)를 마시며 앉아 있다 돌아오는 건 매일의 중요한 일과였다. 헤밍웨이는 전설적인 이 지역 투우사들의 삶을 자신의 소설《위험한 여름》과《태양은 다시 떠오른다》에 녹여내기도 했다. 나는 투우에 반대하지만, 헤밍웨이는 죽음이 임박했을지 모르는 순간에도 꺾이지 않는 투우사의 용기와 남성성에 사로잡혔다. 그러니 스페인 투우의 발상지로 불리는 론다의 투우장 앞에 그의 조각이 서 있는 것도 이상하지 않다. 마초 중의 마초, 상남자 중의 상남자. 언제나 피 끓는 모험을 갈구했던 그는 삶과 죽음의 경계를 위태롭게 오가며 살았다. 제1차, 제2차 세계대전은 물론 스페인 내전에도 참전해 죽음의 현장을 생생히 목격했다. 삶에 초연한 듯 보이지만 꼭 그런 건 아니었는지 자신의 소설을 팔거나 각색한 영화로 명성과 부를 제대로 누렸다. 돈 많고 재능 있는 남자답게 여성 편력도 화려했고. 론다에서 나는 헤밍웨이와는 기질이 다른 남자에게 더 끌렸다. 헤밍웨이보다 11년 먼저 이 도시에서 겨울을 보냈던 시인 라이너 마리아 릴케. "이곳에서라면 제대로 스페인적인 삶을 살 수도 있겠다"라고 했지만 결국 도망치듯 론다를 떠난 남자였다. 병약하고 우울했던 릴케에게 안달루시아의 태양과 열정은 좀 버거웠던 걸까. 반면 헤밍웨이는 안달루시아 사람들처럼 삶의 기쁨과 절망을 온몸으로 속속들이 누리며 살다가 스스로 죽음의 세계로 건너가버렸다. 코로나로 이곳에 갇힌 나는 헤밍웨이보다는 평생 병마와 싸우며 청교도적인 삶을 살았던 릴케의 손을 잡고 싶었다.

닷새째가 되니 론다의 드라마틱한 풍경도 슬슬 지겨워졌다. 지도를 들여다보며 어디로 갈지 고민하다가 코르도바를 골랐다. 그 유명한 대성당을 보러 가고 싶었던 곳이기에. 숙박비가 왜 이리 비싼가 했더니 코르도바는 '페리아 데 파티오'가 한창이었다. 우리말로 하면 '안뜰 축제'. 안뜰 축제는 코르도바의 시민들이 자신의 안마당을 무료로 개방하는 축제다. 안달루시아에는 아랍 문화의 영향이 짙게 남아 있는데 'ㅁ'자 모양의 작은 마당 파티오도 그렇다. 별 기대 없이 줄 뒤에 늘어서 있다가 들어가 보니 영국식도 프랑스식도 아닌 안달루시아식의 화사한 정원이 기다리고 있었다. 일면식도 없는 남의 집 안마당을 훑어볼 일이 살면서 몇 번이나 있을까. 게다가 나는 시간은 많고, 돈은 아껴야 하는 코비드 유목민 신세. 안마당을 무료로 열어준 코르도바 시민들이 고마웠다. 지도에 동그라미를 그려가며 하루에 열 집씩 찾아다녔다. 내가 SNS에 올린 안뜰 사진을 본 친구 지영 씨가 물었다.

"저 높은 벽에 매달린 화분들은 물을 어떻게 준대요?"

안 그래도 궁금해 물었던 터라 들은 대답을 들려줬다.

"말이 속사포처럼 빨라서 못 알아들었어요. 딱 한 마디, 남편이 물 주는 일 담당이라는 말만 알아들었어요."

그녀 왈.

"오! 핵심만 알아들었네요."

그렇지, 저 많은 화분 물 담당이 누구인가 그게 중요하지, 내 일이 아니라면 어떻게 주느냐가 뭔 상관이람.

코르도바의 안뜰 축제는 은근한 중독성이 있었다. 집마다 분위기가 달라서 구경하는 재미가 쏠쏠했다. 공통점이 있다면 화분에 심은 작은 꽃이든 마당에 심은 큰 나무든 이 지역에서 가장 흔하고 잘 자라는 초목 위주라는 점이었다. 제일 흔한 건 부겐빌레아, 제라늄, 몬스테라, 셀로움, 오렌지와 레몬 나무. 반면 우리나라에서 인기 있는 은엽아카시아, 올리브, 유칼립투스 등은 어디에나 흔해서인지 안뜰에서는 구경도 못 했다. 비싸고 이국적인 식물이 아니라 이 땅에서 잘 자라는 꽃들 위주라는 점이, 그러면서도 화려함을 한껏 내보이는 점이 소박하면서도 열정적인 안달루시아 사람들 같다. 남의 집 꽃들에 열광하며 며칠을 보내는 동안 주인 없는 집에서 혼자 시들고 있을 나의 식물들이 종종 떠올랐다. 1년에 절반을 집 밖에서 보내는 처지라 그동안은 식물을 키울 엄두도 내지 못했다. 팬데믹이 시작된 후에야 당분간 여행은 글렀구나 싶어 식물을 들였다. 아라리오, 몬스테라, 블루스타펀. 단 세 개의 식물을 키울 뿐인데 그들은 내 삶의 풍경을 바꿔놓았다. 최고의 인테리어는 초록 식물이라고 믿어온 터라 집 안은 더 생기가 돌게 되었다. 문제는 내가 여행하는 사람이라는 점. 오래 집을 비울 때가 되면 식물들이 목덜미를 잡아채고 놓아주지 않는 기분이었다. 일정을 짜서 친구들에게 물주기를 부탁하는 일은 매번 미안하고 곤욕스럽기만 하고. 동물도 아닌 식물임에도 책임감은 제법 무거웠다. 그저 자유로웠던 나날은 끝이 나고, 메이는 삶이 시작되었다.

정원은 갇힌 자들이 만든 세계가 아닐까. 자신의 일상을 작은 정원 안에 기꺼이 가둔 사람들. 안달루시아의 여름 태양은 살인적이다. 한여름에는 세 시간에 한 번씩 물을 줘야 한다고 말한 정원의 주인도 있었다. 이 식물들 때문에 이들은 단 며칠의 여행조차도 망설이며 살아갈 것이다. 대신 1년에 보름, 이렇게 자신의 정원을 공개해 세상 사람들을 불러 모은다. 한 자리에 붙박여 움직이지 못하는 대신 세상을 자신 쪽으로 끌어당기려 애쓴다는 점에서 그들은 자신이 키우는 식물과 닮았다. 오랜 세월에 걸쳐 스스로 아름다워진 야생의 나무와 꽃을 정원 안에 가둔 대신, 인간은 새로운 아름다움을 창조해냈다. 작은 공간에 가장 어울리는 모습으로 식물을 배치하고 가꾸고 돌봄으로써. 코르도바의 안뜰은 비록 협소한 공간일지언정 그 안에 뿌리내린 생명이 뿜어내는 에너지가 강렬했다.

　나는 제자리에서 세상을 끌어당기는 존재들 사이를 이리저리 항해하는 유성 같은 삶을 살아왔다. 어느 쪽의 삶이 더 낫다고 할 수는 없다. 나도, 그들도 자신을 살리는 길로 가지 않았을까. 대신 그이들 덕분에 나처럼 부유하는 삶을 사는 이도 붙박인 삶을 엿볼 수 있게 되었으니 고마울 뿐이다. 언젠가 정착하는 삶을 살게 된다면 나는 정원을 가꾸는 일에 가장 많은 시간을 보내는 사람이고 싶다. 정원이야말로 정착한 삶의 확연한 증거 같으니까. 부유하는 삶이 내게 남긴 게 있다면 머무는 삶을 다른 시각으로 바라보게 된 점이다. 이삼일마다 잠자리를 바꿔가며 남의 공간에 머물다 가는 삶을 살기에 변함없는 내 공간이 더 소중해졌다. 떠도는 삶의 자유로움만큼이나 머무는 삶의 안온함을 알게 되었다. 나에게는 이제 여행만큼이나 일상도 애틋하다.

매일 남의 집 안마당을 들여다보고 있자니 내 집이 사무치게 그리워졌다. 집에 가지 않는 것과 가지 못하는 건 달랐다. 집에 갈 수 없는 몸이 되니 간절히 가고 싶은 유일한 곳이 집이 되어버렸다. 론다의 협곡도, 코르도바의 안뜰도 완벽한 위로는 되지 못했다. 출국 이틀 전, 코로나 자가진단 키트로 테스트해봤다. 결과는 애매했다. 희미한 선이 보일락 말락 했다. 귀국 날짜를 잘못 잡은 탓에 불안은 점점 커졌다. 확진 뒤 10일이 지나야 음성 확인서 제출을 면제해주는데 나는 하루가 모자랐다. 날짜를 잘못 센 탓이었다. 하루만 늦게 변경했어도 검사 결과와 상관없이 돌아갈 수 있는 건데, 무조건 음성을 받아야만 했다. 출국 전날 밤, 책상을 단정히 정리하고 앉아서 떨리는 마음으로 다시 코를 찔렀다. 아야! 긴장한 탓인지 너무 깊게 찔렀다. 아픈 코를 문지르며 초조하게 결과를 기다렸다. 다행히 한 줄! 그런데도 자가 검사라 불안했다. 출국일 아침, 긴장과 초조와 불안에 휩싸인 채 PCR 검사를 받으러 갔다. 마드리드에는 한국 유전자 회사의 지부가 있었다. 한국인이 친절하게 맞아주니 그것만으로 안심되었다. 공항으로 가야 할 시간까지 두 시간이 남았을 때, 메일이 왔다. 메일을 클릭하는 손

이 살짝 떨렸다. 결과는 음성. 나는 콧노래를 부르며 공항
으로 향했다.

마드리드에서 이스탄불을 경유해 집으로 가는 비행기
였다. 이스탄불 공항에서 환승 비행기를 기다릴 때였다. 항
공사 직원이 갑자기 외치기 시작했다. 오버부킹이니 하루
더 머무는 이에게 현금 80만 원과 호텔을 제공하겠다고.
평생 기다려온 순간이었다. 공짜로 하루 더 여행하고 돈
까지 받다니! 시간 부자로 살아가는 내게는 이 이상 좋은
일이 없었다. 번쩍 손을 들으려는 순간, 내 집에 대한 갈망
이 해일처럼 밀려와 나를 삼켰다. 그동안 충분히 떠돌았잖
아? 먼지처럼 부유했으니 지금은 집 안에 나를 가둘 때였
다. 올라가려는 팔을 애써 누르며 나는 얌전히 인천행 비행
기에 올랐다. 80만 원과 맞바꾼 귀국길이었다.

그 섬에 다녀왔다

일본
Japan

'사람들 사이에 섬이 있다. 그 섬에 가고 싶다.' ―정현종

"악!" 소리가 절로 터졌다. 가늘고 긴 막대가 사정없이 코안을 휘저으며 찔러대고 있었다. 벌써 몇 번째인지. 아침마다 우리는 나란히 서서 신성한 의식이라도 치르는 듯 순서를 기다렸다. 역병이 기승을 부리던 그해 여름 나는 코카서스 산맥을 넘고 있었다. 방과후 산책단과 함께여서 우리

는 열 명이었다. 고개를 하나씩 넘을 때마다 한 명씩 감염자가 늘었다. 소파와 한 몸이 되어 집에나 머물 것이지 기어이 밖으로 나온 벌을 받는 건가 싶었다. 감염자가 늘어가도 분위기는 험악해지지 않았다. 그들은 누구도 탓하지 않고, 가져온 약을 나누며 서로를 챙겼다. 매일 아침 우리는 간호사가 직업인 단원에게 코를 찔리고, 감염이 확실해지면 자발적인 격리에 들어갔다. 코비드 비상조치가 해제된 뒤라 가이드라인도 없었다. 우리는 알아서 조심하며 남은 여행을 이어갔다. 트빌리시를 떠나 돌아오던 날 마지막 PCR 검사에서 세 명이 양성 확진을 받았다. 우리 정부가 허락한 열흘 뒤에나 비행기를 탈 수 있어서 그들은 트빌리시에 남아야 했다. 남는 이는 물론이고 떠나는 이도 마음이 무거웠다. 그런데도 남는 이들은 "잘 됐어요. 이참에 관광도 더 하고, 우리 재미나게 놀다 갈게요"라며 씩씩하게 손을 흔들었다. 떠나는 이들은 남는 이들의 주머니에 용돈을 찔러주거나 차와 간식, 약 같은 것들을 건넸다. 그들이 보여준 태도가 나를 흔들었다. 이 좋은 사람들과의 관계를 계속 이어가고 싶었다. 그때 약속했다. 일본이 열리면 다 함께 일본에 가자고, 좋은 친구들을 소개하겠다고. 그해 11월, 다섯 달 만에 우리는 다시 모여 내 친구들을 만나기 위해 일본으로 떠났다.

　나의 벗이자 스승인 쓰지 신이치 선생님(문화인류학자이
자 환경운동가.《슬로 라이프》,《행복의 경제학》등의 저서를 통
해 지구와 사람을 살리는 삶의 방식을 설파해왔다), 선생님과
의 인연 덕분에 친구가 된 마유미와 카오리를 만나러 떠나
는 여행이었다. 오랜만에 뵙는 신이치 선생님은 여전했다.
흰머리와 눈가의 주름은 좀 늘었지만, 사람을 향한 호기심
으로 반짝이는 눈동자며 환한 미소는 한결같았다. 눈을 맞
추며 안부를 묻는 모습만으로 모두의 마음이 편안해졌다.
11월의 교토는 따뜻했고, 단풍이 막 물들기 시작했다. 마
유미는 여행의 프로그램을 함께 짜주고, 식당 예약을 비롯
해 온갖 번잡스러운 일을 맡아줬다. 첫날 저녁을 먹은 교토
시내의 식당도 마유미가 고른 곳이었다. 사케를 만드는 양
조장으로 시작해 3백 년 역사를 지닌 식당이었다. 기모노
를 입은 분이 음식이 나올 때마다 재료가 어디에서 왔는지,
어떻게 만들어졌는지를 찬찬히 설명했다. 저녁을 다 먹기
까지는 두 시간 반이 걸렸다. 은각사에서 내려와 철학의 길
을 걷다가 만난 그 동네 남자는 지나가는 사람들에게 꽃잎
과 대나뭇잎으로 조각배를 만들어주고 있었다. 그 어여쁜

배를 한 척씩 받은 우리는 저마다의 작은 소망을 담아 냇물 위로 띄워 보냈다. 나는 조지아에 함께 갔지만 이번 여행에는 오지 못한 J쌤의 쾌유를 빌었다. 교토의 정원 예술가인 시게모리 미레이가 설계한 정원을 보기 위해 코묘인에 들렀을 때도 우리는 잠시 흐르는 시간을 잊었다. 정원의 툇마루에 앉아 열일곱 개의 바위로 내려앉는 햇살을 말없이 지켜보고, 아직 물들지 않은 단풍나무를 어루만지는 바람의 소리를 들었다. 이 세계의 시간이 흘러가는 속도로부터 멀어져 잠시나마 자연의 시간을 오롯이 느껴보는 시간이었다.

오랫동안 다도를 배워온 마유미는 우리 열 명을 집으로 초대했다. 기모노를 단정히 차려입은 마유미와 딸 사야카가 우리를 맞았다. 차실에는 화로에서 물이 끓고 있었고, 제철 재료인 밤과자가 다식으로 하나씩 놓여 있었다. 한국과 일본의 역사에 지식이 깊은 마유미답게 찻사발도 한국과 일본의 것이 함께였다. 대나무 도구로 녹색의 차 가루를 저어 거품을 내며 마유미가 말했다. 다도는 친구들과 함께 해야만 의미가 있고, 다도에서 가장 중요한 건 차를 마시는 손님이라고. 복잡한 형식 같지만 결국 중요한 것은 즐겁고 맛있게 차를 마시는 것뿐이라면서.

그 무렵 신이치 선생님은 소설가 다카하시 겐이치로와 함께 《사이의 사상: 단절에서 관계로》라는 책을 펴냈다. 다섯 명씩 차실에서 다도를 경험하는 동안 나머지 다섯 명은 거실에 모여 앉아 '사이'에 관한 이야기를 들었다. 인간, 시간, 공간, 이 단어들은 이미 첫 글자만으로 의미가 통하는데 '사이 간間' 자는 왜 들어갔을까? 한 번도 생각해본 적 없는 질문으로 이야기가 시작되었다. 영어에서 '사이'를 뜻하는 'between'은 물리적 거리를 말한다. 반면 중국어를 비롯해 한국어와 일본어에도 존재하는 '사이'라는 뜻을 가진 단어 '간'은 관계를 뜻한다. 불교를 비롯한 동양 사상에서 개인은 타인과의 관계를 통해서만 비로소 사람으로서의 정의를 갖게 된다. 서양이 자신을 중심에 놓고 생각한다면, 동양에서는 상대를 염두에 두고 상대를 인정하는 데서 관계가 비롯된다. 관계를 벗어나 홀로 존재하는 것은 없다. 순수한 자립이나 독립은 존재하지 않는다. 하나의 관계에서 자유로워질 때 우리는 반드시 다른 관계로 나아가고 있는 것일 뿐이다. 자립이냐, 의존이냐의 이원론이 아니라 자립과 의존이 얽힌 관계의 그물 안에서 살아가는 게 인간이다. 우리는 그동안 자연이나 고향, 공동체와의 관계 등 다양한 '사이'를 끊고, 그것으로부터 자유로워지는 것을 진

보나 발전이라고 믿었다. 타인에게 의지하는 것은 전근대적이라 여기며 분리의 시대를 살아오던 우리가 코비드로 인해 인간은 혼자서는 살아갈 수 없는 존재임을 다시 깨닫게 되었다.

이런 이야기를 듣는 동안 내가 통과해 온 지난 2년이 떠올랐다. 자영업자나 프리랜서에게 더 가혹했을 팬데믹의 시기를 나 역시 힘겹게 거쳐왔다. 그 시기를 견딜 수 있었던 건 지인들의 다정한 호의와 격려 덕분이었다. 안부를 묻고, 먹거리를 나누고, 때로는 용돈을 건네주며 그들은 내가 넘어지지 않도록 붙들어주었다. 나는 그 사람들 덕분에 살아남았다. 일본에 머무는 동안 우리가 가장 많이 한 말은 "오카게사마데(덕분에)"였다. 우리는 마치 그 말이 신성한 주문이라도 되는 듯 즐겨 썼다. 이 음식이, 이 한 잔의 차가, 지금 이 순간이, 모두 당신 덕분이라는 그 말은 우리의 진심이었다. 타인이 없이는 나라는 존재의 의미를 어디서 찾을 수 있을까. 당신이 있어서 내가 있는 것이다.

교토에서 보내는 이 특별한 시간은 테리와 마유미 부부가 없으면 불가능한 시간이었다. 그들과의 만남은 '맡기기'가 특기인 신이치 선생님 덕분이었다. 그는 내가 일본에 갈 때마다 놀라운 수준의 맡기기 기술을 시전했다. "오키나

와에 가고 싶어요"라고 말하니 오키나와의 평화운동가 치넨 우시 씨에게, "교토를 둘러보고 싶어요"라고 하니 교토가 고향인 테리와 마유미 부부에게, "홋카이도에 갈 예정이에요"라고 했을 때는 목장을 운영하는 말 치료사 요리타 씨에게 나를 맡겼다. 시모노세키에는 친구 우에노 씨가, 비와호에는 그의 형 고이치 씨가, 마쓰모토에는 그의 동생 슌스케 씨가 기다리고 있었다. 전화 한 통화로 전국의 친구들에게 나를 맡기는 그를 나는 "맡기기 전문가"라고 불렀다. 처음 만난 이들은 단지 그의 친구라는 이유만으로 나를 환대했다. 자신의 집에 머물게 하거나 여기저기 데리고 다니며 가이드를 자처했다. 나는 그런 호의에 기대어 홋카이도에서 오키나와까지 일본 전국을 돌아다녔고, 그의 친구들은 내 친구가 되었다. 그들은 자신의 사회를 객관적으로 들여다보는 이들이었다. 불합리한 권력에 저항할 줄 아는 한국의 문화를 부러워하고, 일본이 저지른 과거의 잘못을 인정하고 부끄러워했다. 무언가를 좋아한다고 말하면 기억했다가 다음 만남에 선물로 주거나, 내 취향을 세심히 배려해 내게 맞을 법한 곳으로 데려가고는 했다. 그들의 극진한 배려를 느낄 때마다 나도 더 다정한 사람이 되고 싶어졌다. 만나면 만날수록 그들을 사랑하게 되었다.

젊은 날의 나는 사람과 사람 사이를 있는 힘껏 벌리고 싶었다. 그 사이가 너무 촘촘하게 느껴져 가끔은 숨이 막힐 것 같았으니까. 그 시절에는 내가 혼자서도 얼마든지 살 수 있을 줄 알았다. 아주 멀리 가서 살 용기는 없어서 숨을 쉬려고 밖을 떠돌았다. 그렇게 떠도는 시간이 길어질수록 타인을 향한 내 마음의 거리가 줄어들었다. 저마다의 슬픔과 상처를 품고도 삶을 포기하지 않는 이들에게 마음이 끌렸다. 살기 위해 애쓰고, 끝내 살아내는 모든 생명에게 측은지심이 생겨났다. 밖을 떠도는 삶이 내게 간절한 것이듯, 안에서 버티는 삶도 어떤 이에게는 애달프도록 절실한 것임을 알게 되었다. 어떤 길을 선택하든 모든 삶에는 용기가 필요하다는 것도. 큰 꿈이 사라진 후에야 작고 사소한 것들을 끌어안고 견디는 삶에도 시선이 갔다. 사는 일의 긴 고단함과 서러움, 찰나의 기쁨과 유쾌함이 어느 자리에나 고루 머문다는 것을 늦게서야 알게 되었다. 이제 나는 타인의 온기 없이는 살아갈 수 없는 사람이 되었다. 사이를 존중하면서, 사이를 허물어 새로운 관계를 엮어내는 사람이 되고 싶어졌다. 사람들 사이의 좁은 거리를 견디지 못해 밖으로 돌다가, 그렇게 만난 사람들의 이야기를 들려주며 사람 사이의 거리를 좁혀보려는 사람이 되었다고나 할까.

신이치 선생님, 마유미와 함께 찾아간 가와이 간지로의 기념관도 한국과 일본이 서로의 거리를 좁힌 곳이었다. 일본의 근대 도예가인 그는 한국과 중국 도자기에 영향을 크게 받았고, 한국의 공예품을 사랑했다. 그의 집에는 조선의 소반들이 놓여 있었다. 옥빛의 화병을 가리키며 신이치 선생님이 말씀하셨다.

"이 색을 봐. 한국의 영향을 깊이 받은 색이지?"

아라시야마의 두부 요리 전문점에서 저녁을 먹고 나온 밤은 마침 개기월식이었다. 붉은 달이 지구의 그림자에 덮여 있었다. 우리는 그림자에 갇혀 이지러진 달을 바라보며 '달로 향하는 다리' 도게츠교를 건넜다. 함께 걷는 사람들도, 강물에 비치는 붉은 달빛도 따스하기만 해서 어쩐지 눈물이 날 것 같은 밤이었다.

우리가 마지막으로 찾아간 친구는 나라 외곽의 시골 마을에 사는 카오리였다. 나라 역에서 한 시간에 한 번 다니는 한 량짜리 기차를 타고 30분쯤 가면 그녀의 마을이다. 기차역에는 카오리와 그녀의 연인 우메짱이 나와 있었다. 가을빛이 넉넉히 드리운 강변을 따라 그녀의 집까지 천천히 걸었다. 카오리가 이 마을로 내려온 건 10년 전. 오사카에서 살던 그녀는 자연 가까이에서 자신의 먹거리를 스스로 해결하며 살고 싶다는 소망으로 귀촌했다. 그녀의 친구가 이곳에서 가죽 공예를 하며 살고 있던 덕분이었다. 처음엔 시골집을 빌려 월세로 5년을 살았다. 그 후 텃밭과 마당이 딸린 60년 된 집을 2천 5백만 원에 구입, 그 집을 1년에 걸쳐 직접 고쳤다. 이 정도 규모의 집이라면 리모델링 비용이 3억쯤 나오는데 그녀는 1억 내외로 해결했다. 타일까지 직접 붙였기 때문이다. 벽에 석회를 입힐 때는 3백 킬로그램의 석회를 사서 친구들과 같이 발랐다. 이 집에는 친구들 스무 명의 도움이 깃들어 있다고 말하며 그녀는 웃었다.

시골로 이사 와서 가장 좋은 점이 뭐냐고 물으니 "천천히 흘러가는 시간을 누리며 사는 것, 자연 속에서 계절의 변화를 오롯이 느끼며 지내는 것, 내가 먹는 음식의 많은 부분을 스스로 키우는 것"이라고 했다. 시골로 내려온 일을 한 번도 후회한 적은 없다고 했다. 봄부터 가을까지는 텃밭 농사를 지으며 바느질 작업으로 만든 지갑과 가방을 일본 전역에서 전시하며 팔고, 겨울에는 좀 더 느긋한 시간을 가지며 살아간다. 그야말로 덜 갖되 더 충실한 삶을 누리고 있다. 우리의 방문을 위해 그녀는 친구 이마짱과 함께 자연농법으로 키운 채소와 작물로 점심을 준비했다. 카오리가 수확한 땅콩과 검은콩을 올린 밥도, 우메짱이 재배하고 발효시킨 우롱차를 넣고 끓인 죽도, 이마짱 텃밭의 무화과와 귤을 넣은 샐러드도, 가지나물도, 새우와 쑥갓을 넣은 튀김도, 무와 단감 초절임도 한결같이 맛이 좋았다. 결코 서두르지 않는 계절의 시간이 오롯이 배어 있는 음식들이었다. 우리는 카오리의 또 다른 친구 치애짱을 따라 그녀가 만든 버섯춤을 함께 추며 깔깔거리기도 했다. 버섯춤은 치애짱이 바느질해서 만든 표고버섯 모양의 거대한 모자를 쓰고 우스꽝스러운 동작을 하며 추는 춤이다. 일본 영화 〈안경〉에 나온 메르시 체조의 숲 버전이랄까. 그 인상적인 버섯 모자를 치애짱이 내게 선물하려는 걸 사양하느라 진땀을 빼야 했다. 우리는 그렇게 지금 여기에 더불어 존재하는 일의 아름다움과 경이로움을 온전히 나누었다. 내가 좋아하는 이들이 한국과 일본이라는 국경을 가로질러 서로의 마음을 두드렸던 시간이었다.

신이치 선생님과 작별하던 날, 우리는 가와이 간지로 기념관 근처의 조용한 카페에 모여 앉았다. 선생님은 라쿠고가(일본의 전통 1인 만담을 하는 사람)로 데뷔한 재능을 살려 《어린 왕자》 이야기를 재미나게 들려주셨다. 어린 왕자의 친구가 된 여우는 어린 왕자와 헤어지기 전에 이런 말을 했다.

"너의 장미를 그토록 소중하게 만든 건 네가 그 장미를 위해 낭비한 시간이란다."

생텍쥐페리의 프랑스어 원서를 영어로 처음 번역한 이는 생텍쥐페리와 가까운 친구였다. 그 영문판에서는 "네가 낭비한 시간"이라고 번역되어 있었다(선생님은 이 번역본이 가장 프랑스어 원본에 가까울 거라고 했다).《어린 왕자》의 일본어 번역본 열두 개를 확인하니 그중 열 개가 그 표현을 바꿨다. "네가 낭비한 시간"이 아니라 "네가 쏟은 시간"으로. 낭비라는 단어는 너무나 부정적인 의미를 지니고 있어서 번역자들이 단어를 바꿨을 거라는 게 선생님의 추측이었다. 낭비의 사전적 의미를 찾아보면 '시간이나 재물 따위를 헛되이 헤프게 씀'이라고 되어 있다. 좋은 의미라고는 없다. 언제부터인가 우리는 헤프지 않게, 헛되지 않도록 시간과 재물을 사용해야 한다는 강박에 사로잡혀 있다. 그로인해 매사에 경제성과 효율성, 생산성을 따진다. 여행에서도 마찬가지다. 조지아를 '가성비 스위스'라고 표현하는 글을 읽고 혼자 서글퍼한 적이 있다. 조지아는 조지아만의 아름다움을 지닌 나라인데 왜 굳이 스위스와 비교를 해야 하는 걸까 싶어서였다. 여행지의 식당을 고르거나 명소를 찾는 일에서도 순위를 따지고, 리뷰의 평점을 체크한다. 경쟁이 심한 사회일수록 실패라는 경험의 무게는 무거워진다. 그러니 어떤 일에서도 실패하지 않으려 애를 쓴다. 심지어 여행에서조차! 매사에 가성비를 중심에 놓고 살아갈수록 삶은 팍팍해지지 않을까. 가성비만을 놓고 따진다면 내 인생은 정말 답 없는 삶이었다. 나는 아마 앞으로도 그렇게 살아갈 것이다. 계산도, 계획도 없이 마음이 이끄는 대로 하루하루를 사는 삶. 그런 삶이 가장 나다운 삶이기에. 그러니 여행도 가성비라는 잣대로 평가하고 싶지 않다. 무용한 것들에 헌신해보는 경험도, 쓸모라고는 없을 일에 시간을 낭비해보는 일도 여행이라면 좀 부담이 덜하지 않을까. 비생산적이고, 비경제적이고, 비효율적인 일에 더 많은 시간을 쓰며 살고 싶다. 시를 읽고, 그림을 보러 가고(예술이야말로 가장 헛된 낭비니까), 꽃을 사는 일에 망설이지 않고, 지루하고 긴 시간을 견뎌야 하는 음식도 만들어보고, 친구와 마주 앉아 온갖 시시한 이야기를 나누고 싶다.

교토와 나라의 친구들은 나를 위해 기꺼이 시간을 낭비했다. 마유미도, 신이치 선생님도, 카오리도 '돈이 되지 않는 헛된 일'에 헌신했다. 나도 누군가에게 그렇게 시간을 낭비하며 살아가고 싶다. 무용한 것들, 쓸모없는 것들에 기꺼이 에너지를 쓰며 살고 싶다. 과거를 돌아보거나 미래를 계획하지 않으며, 지금 여기에 온전히 몰입하면서 그렇게 살다가 가고 싶다.

이번 여행을 함께 한 시인 K쌤은 그녀의 소셜미디어에 우리의 일본 여행을 이렇게 정리했다.

'사람들 사이에 섬이 있다. 나는 그 섬에 다녀왔다.'

살아가는 일의 기쁨과 슬픔

에어비앤비
Airbnb

바드 아우시에 갈 계획은 없었다. 호숫가의 뾰족탑 교회 풍경으로 유명한 할슈타트에 가던 길이었다. 할슈타트는 애니메이션 〈겨울왕국〉의 배경이 되었다는 소문 탓에 '오버 투어리즘'을 앓고 있었다. 인구 8백 명의 작은 마을이 수용할 수 없는 수의 관광객이 몰려들었기 때문이다. 그 대부분은 중국인, 일본인, 한국인. 넘쳐나는 쓰레기, 빈번한 사생활 침해, 치솟는 물가 등의 이유로 주민 삶의 질이 현저히 떨어졌다. 마을 곳곳에는 한국어와 중국어, 일본어로 안내판이 붙어 있었다. 쓰레기를 버리지 마세요, 사적 공간에 들어가지 마세요, 조용히 해주세요, 같은 당부였다. 머물기에는 여러모로 부담스러웠다. 물론 숙박비도 비쌌다. 예약도 없이 다니던 때라 할슈타트의 묘지 벤치에 앉아 숙소를 찾았다. 에어비앤비 앱에서 외곽의 숙소를 골랐다. 할슈타트에서 기차를 타고 20분쯤 가면 바드 아우시라는 마을이 있었다. 2천 미터 내외의 산이 마을을 감싸고 있지만 산골이라는 느낌은 들지 않았다. 에어비앤비에 올라온 알렉산드라의 집은 평이 꽤 좋았다. 에어비앤비는 공유 경제에 기반한 숙박업이다. 원래 의미는 자기 집의 남는 공간을 숙소로 내놓고 손님과 주인이 교류하는 곳이었다. 이 앱이 세계적인 인기를 누리면서 에어비앤비의 본래 의미는 퇴색하고 변해갔다. 자기 집이 아닌 아파트를 몇 채씩 빌려 세를 놓거나 전문 업체에 관리를 맡기는 임대업자가 늘어났다. '비대면 체크인'에, 모든 응답이 문자 메시지로 이루어지는 일도 흔하다. 늘 혼자 다니느라 대화가 아쉬운 나는 가끔 에어비앤비에서 숙소를 고르곤 한다. 하지만 주인 얼굴도 보지 못하는 경우가 점점 많아졌다. 그런데도 버릇을 못끊고 사람이 그리워질 때면 에어비앤비를 뒤적인다. 알렉산드라의 집을 예약할 때도 큰 기대는 없었다. 예약 후 받은 첫 문자 내용은 도착 시간을 알려주면 기차역으로 픽업을 오겠다는 내용이었다. 기차역에서 숙소까지는 걸어서 13분. 굳이 그럴 필요가 있나 싶었지만 나는 도착 시간을 알려줬다. 기차역으로 나를 데리러 온 알렉산드라는 내 또래의 여성이었다. 숙소로 가는 길에 그녀가 이 근처에 예쁜 호수가 있는데 둘러보고 가겠냐고 물었다. "예스!"라고 답하며 나는 속으로 중얼거렸다. '당연히 가죠. 호의는 거절하지 않습니다.'

우리는 호숫가에 차를 세워두고 호수 주변을 천천히 걸었다. 7월 중순의 오스트리아는 날씨가 좋았다. 시원한 바람이 산들산들 불었고, 하늘은 붓질 한 번으로 꽉 채운 캔버스처럼 푸른빛으로 가득했다. 어디에도 마스크를 쓴 사람이 없어서 코로나 따위는 이미 사라진 것 같은 분위기였다. 호숫가의 카페에서는 결혼식 피로연에 온 이들이 라이브 음악에 맞춰 춤을 추고 있었다. 해변을 뛰어다니는 아이들 너머로는 작은 조각배 한 척이 천천히 흘러갔다. 마음이 몰랑몰랑해지는 풍경이었다. 그녀에게 손님과 자주 산책하냐고 물었다.

"그러고 싶지만 바쁠 때가 많아 자주는 못 해요. 하지만 손님을 통해 다른 세상의 이야기를 듣는 걸 좋아해요."

그녀는 어렸을 때 바드 아우시를 떠나 빈에서 젊은 시절
을 보내고, 10년 전 고향인 이곳으로 돌아와 에어비앤비를
시작했다. 소란스럽고 소비적인 도시에서의 삶에 지쳤다
고 했다. 그녀는 녹색당의 열렬한 당원이었고 이 지역 위원
장이기도 했다. 여행을 좋아하고, 낯선 문화에 호기심이 많
고, 환경 문제에 관심이 크다는 것. 둘 다 싱글이며, 에어비
앤비 호스트라는 점. 우리는 공통점이 많아서인지 이야기
가 잘 통했다.

호수를 한 바퀴 걷고 숙소로 돌아오는 길에 그녀가 다시
물었다.

"옆 마을에서 소방관 돕기 자선 바자를 하는데 가볼래요?"

와이 낫. 다시 차를 몰고 10여 분을 달렸다. 장터에는 옷
과 가구와 그릇, 책 등 다양한 물건이 나와 있었다. 집마다
무언가를 무료로 내놓고, 수익금은 전액 소방관의 장비 마
련을 위해 기부한다고 했다. 동네 청년들로 꾸려진 밴드가
음악을 연주하고, 전통옷 던들dirndl을 차려입은 청년들이
간이주점에서 술과 음료를 팔았다. 나는 십자수를 놓은 테
이블 매트와 방석 커버를 1유로씩 주고 샀다. 알렉산드라
는 손님 방에 놓을 램프와 좋아하는 작가의 책 예닐곱 권.

천막을 쳐서 만든 주점에서 맥주를 마시며 물었다.

"소방관들이 왜 기금 마련을 위한 바자회를 열어요? 국가가 보조를 안 해줘요?"

"이런 작은 마을의 소방서는 대부분 자원봉사자로 구성되어 있어요. 국가 보조가 없어서 훈련도, 장비 구입도 알아서 해야 해요. 그래서 마을마다 소모품인 장갑이나 헬멧, 방호복 같은 장비 마련을 위해 바자회를 열고는 하죠."

우리보다 훨씬 잘 사는 오스트리아마저도 소방관에 대한 처우가 좋지 않은 건가 싶었다. 달리 생각하면 자원봉사와 기부 시스템으로 마을의 화재 예방과 진압이 다 이루어진다는 건 성숙한 시민 사회의 증명이라는 생각도 들었다. 우리는 각자 '득템'한 물건을 손에 들고 뿌듯한 마음으로 귀가했다.

다음 날은 기차와 배를 갈아타고 다시 할슈타트로 건너갔다. 이 지역 경제와 문화의 중심이었던 소금광산 투어는 꽤 알차고 재미있었지만, 마을은 딱히 볼거리가 없었다. 호숫가의 작고 예쁜 마을, 딱 그 정도였다. 무엇보다 사람이 너무 많아 번잡했다. 이 동네 사람들이 느낄 피곤함을 알 것 같았다. 어서 바드 아우시로 돌아가고 싶었다. 마을로 돌아와 그녀가 추천한 산책로를 걸었다. 할슈타트에서 나는 반갑지 않은 관광객일 수 있지만, 이곳에서는 미움받지 않는 존재인 것 같았다. 일단 외지인으로 붐비지 않으니 부담이 없었다. 바드 아우시는 고요하고 평화로웠다. 그녀가 왜 빈을 떠나 이곳에 정착했는지 알 것 같았다. 7박 8일의 짧은 오스트리아 여행 중 가장 충만했던 시간은 바드 아우시에서 보낸 이틀이었다. 그곳에 알렉산드라의 집이 있었기 때문이다. 외롭고 고단한 여행자의 어깨를 담담히 토닥이는 손길이 그곳에 있었다.

나도 우리 집 아래층을 여성 전용 에어비앤비로 활용하고 있다. 여행하지 않는 달에, 그것도 한 달에 딱 열흘만 여는 에어비앤비라 문 닫는 날이 훨씬 더 많지만. 아래층에는 내 서재가 있어서 우리 집에 오는 손님은 대부분 '북스테이'를 위해 찾아온다. 손님의 8할은 이삼십 대 여성. 평소에는 만날 일이 거의 없는 세대다. 아침을 먹는 자리에서 그녀들은 꽤 많은 이야기를 털어놓는다. 직장에서 속상했던일, 친한 친구와의 갈등, 지난 여행의 추억, 최근에 본 전시와 읽은 책, 부모와의 관계, 반려동물이나 키우는 식물, 채식과 기후 위기…, 이야기의 주제는 다양하게 변주된다. 때로는 눈물을 떨구며 깊은 속내를 드러내기도 한다. 내가 모르는 그녀들만의 세상 이야기를 들려준다. 그럴 때면 앉은 자리에서 여행하는 것 같다. 내가 차려주는 밥상은 어쩌면 미끼인지도 모르겠다.

'자, 나는 당신을 위해 이렇게 공을 들였어요. 당신도 무언가 내놓아보세요.'

그렇게 말하는 일은 물론 없지만, 밥은 사람의 마음을 약하게 만든다. 한 공간에서 잠을 자고, 마주 앉아 밥을 먹는 것만으로 사람의 마음은 느슨해진다. 낯선 여행지에서 우리 마음의 빗장은 쉽게 헐거워진다. 스쳐 지나는 사람이기에 누구에게도 하지 못했던 이야기를 털어놓기도 한다. 예기치 않았던 그런 순간을 통해 어떤 해방감을 맛보기도 하고. 그럴 때 나는 대나무숲이 된 기분으로 그들의 이야기에 귀를 기울인다. 살아가는 동안 우리는 내내 누군가를 찾고 있는 건 아닐까. 내 이야기에 귀 기울여주는 한 사람을.

생애 첫 혼자 하는 여행으로 우리 집에 오신 손님이 있었다. 다리가 불편해서 차를 가지고 오기로 했는데 하필이면 골목길 공사로 차량 진입이 금지되었다. 이박 삼일 내내 집 안에만 머물다 가셨다. 그런데도 너무 행복했다고, 숲보다 여기가 더 좋았다고, 잠도 잘 자고, 잘 먹고, 책도 잘 읽어 머리가 맑아진 시간이었다고 했다. 몇 마디 말을 기억하고 나누고 싶은 마음에 동의를 구해 SNS에 그분의 말을 올렸다.

"이 정도라도 건강을 유지하는 건 앞으로 10년? 다리가 점점 약해지니까요. 내가 휠체어에 앉게 되면 어떡할까. 앞날을 생각하면 차 떼고 포 떼고 장기 두는 기분이에요. 짜릿해요. 하하. 내가 또 뭘 해낼 수 있을지 설레고 기대되기도 해요."

"차를 사고 처음 운전한 날 창문으로 바람이 엄청나게 불어오는 거예요. 자전거를 타고 다닐 때와는 완전히 다른 바람. 전 달리기를 할 수 없었으니까 이런 바람을 맞으며 달릴 수 있다니 눈물 나게 행복했어요."

"저는 아침드라마를 못 봐요. 내가 더 심하게 겪었으니까. 8년을 연애했는데 한 번을 안 만나주시더라고요. 쌍욕이야 당연히 들었죠. 아들이 다 버리고 이민 가겠다고 하니까 그제야 마지못해 허락하셨어요."

그런데도 요양원에 계시는 시어머니를 집으로 모셔 오겠다며 우리 집에 와서도 요양보호사 공부를 하고 계셨다.

"저한테 남편을 주신 분이니까요. 남편을 못 만났으면 아이들도 없었을 테고요."

잘 웃는 분이셨다. 웃음이 맑고 고왔다. 첫돌이 지나고부터 소아마비를 앓아 자유롭게 걷지 못했다니, 세상의 온갖 사람을 만나 모진 소리도 참 많이 들었을 텐데….

"덕분에 다양한 사람을 만나서 정말 많이 배울 수 있었거든요. 사람도, 인생도 참 재밌어요."

그녀는 또 웃었다.

타인의 호의를 당연한 것으로 받아들이지 않는 사람을 만나면 고맙다. 내가 차린 아침 밥상을 보고 눈물이 날 것 같다고, 이런 밥을 받아도 되냐고 묻던 사람이었다.

"이렇게 해주면 본전 생각나지 않아요? 나라면 본전 생각 날 것 같아요."

"저는 다른 데서 더 많이 받고 있어서 그런 생각은 안 해요. 이렇게 알아주시고, 고마워해주시잖아요. 또 공짜도 아니고 방값이랑 밥값 충분히 받는데요?"

그분은 우리 집 방명록에 이런 글을 남겼다.

'세상에 맞추려 너와 싸우지 말고 너에 맞추려 세상과 싸워봐. 어차피 피할 수 없는 싸움이라면 실컷 제대로 싸워보기나 하자.'

비장애인으로 태어났다는 이유 하나만으로 나에게는 세상과의 싸움이 월등히 쉬웠다. 내가 사는 곳은 비장애인이 설계한 세상이니까. 대신 그녀에게는 나에게 없는 세상과 사람에 대한 깊고 넓은 이해가, 삶의 풍파에 쉬이 꺾이지 않는 의지가, 함부로 엄살떨지 않는 인내가 있다. 그녀는 내게 일상을 어떻게 꾸려야 할지 많이 배우고 간다고 했지만, 나야말로 그녀에게서 삶과 세상, 사람을 대하는 태도를 배운 시간이었다.

"이런 귀한 공간을 헐값에 내어준 하숙집 주인에게 큰 복이 쏟아져 내리라고 기도와 염불을 셀 수 없는 수만큼 되뇐다."

그분의 마지막 덕담이었다.

이런 소통과 공감은 때로 국적을 넘어 이어지기도 한다. 지난겨울에 찾아왔던 육십 대의 미국인 산드라. 현관을 열고 거실로 들어오자마자 서재에 길게 쌓인 여행 가이드북 《론니 플래닛》을 보며 그녀가 외쳤다.

"Oh my God(이럴 수가)!"

내가 웃으며 "여행이 취미이자 직업이라서…"라고 하니 그녀가 말했다.

"Travel is my passion(나 여행에 진심이잖아)!"

그 순간, 그녀가 좋아지리라고 예감했다. 뉴요커인 그녀는 교사로 은퇴한 후 6년째 여행하는 삶을 살고 있다. 집도 없이. 그야말로 진정한 노마드로! 그녀는 여행을 시작할 때 살고 있던 뉴욕의 집을 빼고 대부분의 짐을 처분했다.

꼭 갖고 있어야 하는 작은 짐만 유료 창고에 맡겼다. 프랑스와 미국 두 개의 시민권을 가진 그녀는 6개월마다 2주씩 파리와 뉴욕으로 돌아가는데, 주로 친구들을 만나기 위해서다. 싱글 여성. 여행하는 삶. 독서가 또 다른 취미. 우리는 공통점이 많아 앉았다 하면 두세 시간씩 이야기를 나누었다. 한국에 대해, 여성으로 살아가는 일에 대해, 여행하며 살아가는 삶에 대해, 여행에서 만난 사람들에 대해, 공통으로 좋아하는 책과 영화에 대해, 어제는 존 버거에 대해, 오늘은 리베카 솔닛에 대해…. 내 서투른 영어조차 장벽이 되지 않았다. 이해하고자 하는 마음이 앞서면 언어의 장벽은 쉽게 무너진다는 걸 우리는 잘 알고 있었다.

"뉴욕에 돌아갈 때마다 친구들이 늘 묻고는 해. 너는 뉴욕의 미술관이나 박물관이 그립지 않냐고. 그럼 나는 이렇게 답하곤 해. 지금 내 미술관은 산과 들판과 사막과 바다야. 지금 내 박물관은 시장과 골목길, 공원이고."

편견 없이 세상을 바라보고자 하는 이에게는 세상 모든 곳이 학교이고, 만나는 이 모두가 스승임을 나 또한 잘 알고 있었다.

"네 책장의 책들을 들여다보고 있으면 살아가는 일의 신비함을 실감하곤 해. 한 번도 만나본 적 없고, 수천 마일을 떨어져 살아온 우리가 이렇게 같은 책을 읽으며 이어져 있었다는 게 믿어져?"

어느 밤, 그녀가 내 책장 앞에 쪼그리고 앉아 메리 올리버의 시집을 펼쳐보며 이렇게 말한 순간, 나는 그녀를 와락 끌어안고 싶었다. 그녀의 그런 마음이야말로 세상을 떠돌다가 낯선 골목의 서점이나 도서관에서 내가 읽은 책을 발견할 때마다 느끼곤 하는 안도감이었으니. 그 도시의 사람들과 내가 가늘고 희미하게라도 이어져 있다는 믿음. 나는 매번 그 흐릿한 인연의 끈을 잡고 멀리까지 떠나가고는 했다.

내가 에어비앤비를 하지 않았다면, 방과후 산책단을 꾸리지 않았다면, 어디서 이런 보석 같은 이들을 만나 나까지 반짝반짝 빛나는 일상을 꾸려 갈 수 있었을까. 그러니 내게는 코비드가 전화위복이었던 셈이다. 가파른 언덕을 올라 우리 집까지 찾아와 내가 미처 몰랐던 세상의 이야기를 (그것도 숙박비를 내가면서!) 들려주는 모든 이가 눈물겹도록 고맙다. 배려와 다정함, 예의 같은 품성으로 본다면 우리 집에 오는 이들이 대한민국 상위 1퍼센트가 아닐까. 내가 준비한 작은 간식과 차 정도에도 진심 어린 감사를 표현하고, 아침 식사 자리에서 나누는 이야기를 선물처럼 여기

며, 뒷정리조차 더없이 깔끔하게 해놓고 떠난다. 딸이 다녀
가면 다음에 어머니를 보내고, 어머니가 머물고 간 후에는
딸이 찾아온다. 친구를 위해 예약을 선물하는 일도 종종 있
다. 이 작은 공간이 누군가를 위한 마음의 선물로 순환되는
걸 볼 때면 따뜻한 손이 내 어깨를 토닥여주는 것 같다.

　이 고단한 여관업이 내게 주는 선물은 이런 찰나의 소통
이다. 나이와 하는 일과 국적과 종교, 이 모든 의미 없는 선
을 뛰어넘어 이뤄지는, 살아가는 일의 기쁨과 슬픔에 대한
공감. 비록 순간일지라도, 단 한 번일지라도, 이렇게 번개
처럼 찾아드는 찰나의 소통이 있어 삶은 살아갈 만한 것이
된다. 사람과 사람이 만나 마음을 나누는 그 드물고 귀한
순간을 위해 오늘도 나는 앞치마를 두르고 부엌에 선다. 두
손으로 칼등을 누르며 단호박을 가르고, 양파와 당근을 썰
어놓고 가스레인지를 켠다. 수프를 끓이고, 디저트를 만들
고, 샐러드용 채소를 다듬어 놓는다. 아끼는 화기에 꽃 몇
송이를 꽂아 아래층 탁자 위에 올려둔다. 다시 시작이다.
우리 집 벨을 누르며 찾아온 낯선 이와 보내는, 보통의 특
별한 하루가.

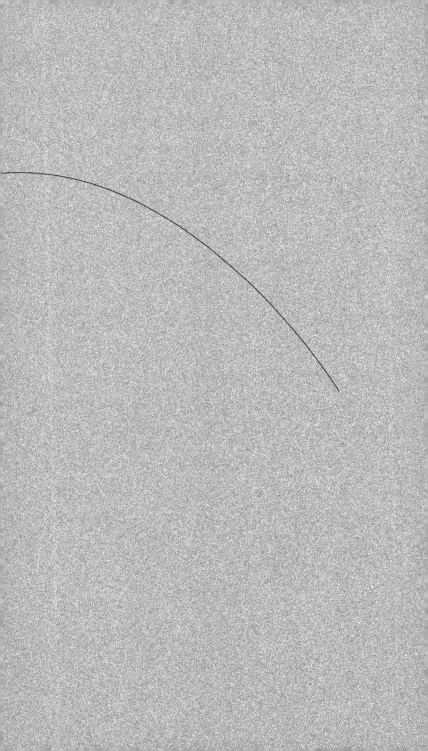

2부

삶이 향하는 곳으로, 기꺼이

여행만큼 사랑하던 일상이 무너졌다

헝가리
Hungary

"엄마 내가 누군지 알겠어?"

"그럼 알지. 알고 말고, 우리 딸."

엄마가 의식을 잃기 전에 마지막으로 나눈 대화였다. 고통을 참으며 희미하게 웃던 엄마의 얼굴과 그만큼이나 흐릿하던 엄마의 목소리. 사라져가던 엄마의 그 목소리와 얼굴은 지워지지 않는 문신처럼 내게 새겨졌다. 내 존재의 근원이 사라진 순간, 내 삶의 의미도 사라졌다. 잠이 달아난 자리를 눈물이 채웠다. 내가 여행만큼이나 사랑하던 일상은 쉽게도 부스러졌다. 단단하다고 믿었던 내 삶의 질서는 파도에 휩쓸려 쓰러지는 모래성만큼이나 허무하게 무너졌다.

엄마가 떠난 지 29일이 되던 날, 나는 부다페스트 어부의 요새에 서 있었다. 엄마가 몇 달은 더 버텨줄 거라 믿었기에 포기했던 여행이었다. 엄마의 빈 자리를 채우려는 어떤 다짐이나, 무너진 일상을 회복하려는 각오도 없이 떠나왔다. 집에 머물렀다면 내내 울고만 있을 터여서 억지로 몸을 일으켰다. 몸과 영혼에 새겨진 오랜 습관의 힘은 강력했다. 나는 눈물을 훔치며 숟가락을 들었고, 신음 같은 한숨을 뱉으며 짐을 쌌다. 빈을 거쳐 부다페스트로 날아갔다. 어부의 요새 테라스에 앉아 다뉴브강을 내려다보며 와인을 마시던 순간에도, 타인의 시선 속에 공개적으로 프러포즈를 주고받는 연인을 구경할 때도, 노란 가로등 불빛 아래 트램이 꼬리를 끌며 강변을 지나갈 때도, 나는 시들했다. 눈앞에 유리 벽이라도 세워진 것처럼 그 모든 일이 아득했다.

지난날 나를 열광하게 만들던 모든 것을 공허한 시선으로 바라보던 내 안에서 격렬한 감정이 인 건 돈 때문이었다. 유럽에서 가장 크다는 시나고그의 입장권을 끊는데 어쩐지 기분이 싸했다. 첫날이라 아직 헝가리 돈에 대한 개념이 없었다. 티켓을 받고 나서 확인하니 3만 원. 유대교 회당을 들어가기 위해 3만 원의 입장료를 지불하다니, 어이가 없었다. 내게는 딱히 의미도 없는 데다가, 시오니즘을 찬양하는 글귀가 가득해서 불편했다. 엄마의 목소리가 내 등을 후려치는 것 같았다.

"정신 좀 차리고 다녀!"

돈이 생기면 나가서 다 쓰고 들어와 다시 무일푼으로 사는 삶을 반복해왔던 나를 언제나 불안한 마음으로 지켜보던 엄마였기에.

3만 원으로 달아오른 내 심장을 식힌 건 두 개의 공연이었다. 이반 피셔가 지휘하는 부다페스트 페스티벌 오케스트라의 공연과 네덜란드 피아니스트 욥 베빙의 피아노 독주회. 여행을 함께한 친구가 클래식 애호가인 덕분에 보게된 공연이었다. 공연보다 더 좋았던 건 S석이 2만 원대라는 가격이었다. 이런 공연을 부담 없는 가격에 누리는 이 도시의 사람들이 부럽다는 생각을 하며 공연장을 나올 때, 늙은 어머니를 모시고 온 내 또래의 여성과 마주쳤다. 나는 엄마와 함께 음악회 한 번 와본 적이 없다는 뒤늦은 자각이 나를 덮쳤다.

여행의 모든 풍경 안에 엄마가 있었다. 엄마는 불시에 습격하듯 나타났다. 어두운 밤에 발밑의 턱을 보지 못해 고꾸라지듯이 나는 매번 무너져내렸다. 아무리 돌아다녀도, 어떤 풍경과 마주해도 슬픔은 요지부동이었다. 여행용 트렁크의 떨어지지 않는 스티커처럼 슬픔이 내게 달라붙어 있었다. 그나마 부다페스트에서 제일 좋았던 건 따뜻한 물에 몸을 담그고 저무는 하늘을 바라보던 시간이었다. 바로크 양식의 건물이 아름다웠던 세체니 온천도, 터키식 욕탕이 있던 루다스 온천도 떠나기가 싫을 정도였다. 어떤 것으로도 메울 수 없는 큰 구멍이 뚫려버린 내 가슴에 따뜻한 물이 찰랑이며 밀려들었다. 찰나일지언정, 공허하고 차가운 세상을 데워주는 온기였다. 이 따뜻한 물속에 잠겨 잠들었다가 기나긴 시간이 흐른 후에 깨어날 수는 없을까. 그럴 수만 있다면 물에 불은 스티커가 떨어져 나가듯이 내게 들러붙은 슬픔이 떼어질지도 모를 텐데….

부다페스트에서 기차를 타고 세 시간쯤 서쪽으로 향하면 오스트리아와 가까운 마을 쇼프론이었다. 역사적인 건축물과 임플란트 투어로 유명한 곳이다. 나는 치과가 아니라 수도원을 찾아갔다. 여행을 시작하기도 전에 이미 지쳐 있었고, 여행의 의무에서 벗어나 쉬고 싶었다. 수도원 숙소는 나를 실망시키지 않았다. 1710년에 세워진 수도원을 2009년에 개조했는데, 수도원의 경건함을 훼손하지 않으면서도 안온한 공간이 되었다. 고딕 양식의 소박한 수도원은 마을에서 살짝 떨어진 곳에 자리해 고요했다. 아침과 저녁을 먹는 식당의 천장은 프레스코화가 아름다웠고, 무엇보다 박공지붕의 도서관이 인상적이었다. 낮에는 도서관에서 책을 읽고, 아침저녁으로는 산책을 했다.

산책길에 만난 독일인 부부와 인사를 나누는데 그들이 알려줬다. 근처에 50년 동안 혼자서 성을 지은 미친 남자가 있다고. 수도원 뒷길을 산책하다가 그 미친 남자가 지은 성을 찾아 나섰다. 스티븐 타로디라는 남자가 이 마을에 땅을 산 건 1951년. 평생의 소원이었던 자기만의 성을 갖기 위해 직접 돌을 깎고, 나무를 잘라 성을 쌓아 올리기 시작했다. 그것도 무려 50년 동안, 비가 오나 눈이 오나 변함없이 성실하게. 20미터 높이의 탑까지 있는 성을 만들고 그는 2010년에 세상을 떠났다. 그가 죽은 후 그의 가족이 입장료를 받고 성을 공개하고 있었다. 막상 가보니 성은 여기저기 방치되거나 여전히 공사가 진행 중인 상태이고, 빈말로라도 아름답다고는 할 수 없었다. 그렇지만 제대로 미친한 사내가 집념으로 일구어놓은 성취여서 어쩐지 애잔한 마음으로 들여다보게 되는 곳이었다. 평생에 걸친 노력을 쏟아부었지만 남들이 보기에는 신통치 않은 결과물이다. 이 성을 짓는 동안 그 남자는 점점 쪼그라들고, 그가 작아지는 만큼 성은 점점 커졌을 것이다. 투박한 이 성도, 이 성을 짓느라 일생을 소진한 남자도 내가 아는 사람들 같았다. 자식이라는 미완성의 성을 짓느라 일생을 소진하다가 정작 자신의 성은 짓지도 못하고 떠난 내 엄마와 아빠. 꿈 하나를 좇느라 다른 모든 것은 버려야 했던 나. 50년이 넘도록 지어 올린 나라는 성은 어떤 모습일지 생각해본다. 균형이 맞지 않아 볼품없이 기울어진 성이 떠오른다. 모두의 마음에는 이렇듯 평생을 헌신했지만 아직 완성을 보지 못한 성이 하나씩 있을 것이다. 보잘것없는 성을 쉽게 떠나지 못했던 건 그 성에 내 그림자도 깃들어 있는 것 같아서였다.

성을 구경하고 오는 길, 근처의 공동묘지에 들렀다. 고즈넉한 정적에 감싸인 곳이었다. 젊은 날에도 나는 공동묘지에서 더없는 평화로움을 느끼던 사람이었다. 묘지는 언제나 나에게 안전한 공간이었다. 그곳에는 가난한 여행자의 호주머니 따위를 노리는 사람이 없었기에. 엄마가 세상을 떠나니 묘지는 내게 더 애틋한 공간이 되었다. 거기에 더해 이제는 못된 버릇마저 들었다. 나를 위로하기 위해 불행을 저울질하는 버릇. 그래도 엄마는 50년 넘게 내 곁에 머물러줬으니까. 그래도 엄마는 노년에라도 하고 싶은 것들을 조금씩 하셨으니까. 그래도 엄마는 나에게 작별할 시간을 주었으니까. 제1차, 제2차 세계대전에서 목숨을 잃은 청춘들의 묘지 앞에서 이런 생각이나 하고 있다니. 젊은 아들과 남편과 오라비를 가슴에 묻고 평생을 견뎠을 이들을 떠올리며 스스로를 위로하다니, 몹쓸 짓임을 알면서도 멈추지 못했다. 나는 고작 이런 식의 위로에 기대어 하루하루를 견디고 있었다. 아무리 고단한 날들에도 삶을 향한 의지를 단 한 순간도 잃지 않았던 엄마. 사는 일이 지루했던 적은 한 번도 없었다고 수줍게 고백하던 엄마. 엄마가 그토록 갈망했을 오늘을 나는 그저 습관처럼 살아낼 뿐이었다. 그렇다고 해도, 그래서 비난받는다 해도, 어쩔 수 없다고 여겼다. 지금의 나는 살아 있는 것만으로도 의무를 다하는 거라고 믿었기에. 마로니에와 전나무 가지를 흔드는 바람 소리, 낡은 십자가 위로 내려앉는 따사로운 햇살, 건조하고 맑은 가을날의 공기, 세상을 떠난 이토록 많은 영혼들…,

그 안에 머무는 것만으로 숨이 쉬어지는 것 같았다. 죽은 자의 공간은 지금의 내게 엄마와 가장 가까이 있을 수 있는 곳으로 다가왔다. 내 뒤에 조금 떨어져서 걸어오는 친구만 없다면, 나는 아무 묘비나 끌어안고 앉아 하염없는 넋두리를 풀어놓았을 것이다.

삶은 필연적으로 죽음으로 향하지만 그래서 죽음은 삶을 끌어주기도 하는 걸까. 공동묘지를 지나고 나니 걸음이 조금씩 나를 밀어갔다. 이제 좀 움직여볼까 싶은 기분이 들었다. 헝가리 와인의 성지, 에게르로 향했다. 토카이가 달콤한 화이트 와인으로 유명하다면 에게르는 레드 와인으로 유명하다. 특히 '황소의 피(헝가리어로는 Egri Bikaver)'라고 불리는 와인이 이곳의 특산품이었다. 도시의 언덕에 위치한 에게르성에서는 시내가 한눈에 내려다보였다. 이 성에는 헝가리인들의 자부심이 배어 있는데 역시나 와인과 얽혀 있다. 1522년, 빈으로 진군하던 오스만 튀르크 군이 에게르를 침략했다. 에게르의 성주였던 도보 이슈트반의 지휘 아래 항전이 시작되었다. 사실 성주는 2천 명의 군인으로 8만의 튀르크 군을 상대하는 건 불가능하다고 여겨 진작에 전의 상실 상태. 결사 항전의 날, 자포자기하는 심정(이지 않았을까 싶다)으로 와인 저장고를 열었다. 남은 와인은 몽땅 군인들 차지가 되었다. 와인을 진탕 퍼마신 에게르 남자들은 수염 위로 붉은 와인을 뚝뚝 흘리며 튀르크 군에게 달려들었다. 그 모습은 튀르크 군에게 공포를 불러일으켰다. 마침 황소의 피를 마시고 싸우는 미친놈들이라는 소문까지 돌았다. 술김에 괴력을 발휘했다는 건데, 어쨌든 역사적 진실은 에게르인들이 격렬한 저항으로 튀르크 군의 침략을 저지했다는 것. 물론 '와인빨' 떨어진 몇 년 후, 결국 패배하고 말았지만. 그 후 도보 이슈트반은 헝가리인에게 영웅으로 각인되었고, 그의 청동 조각상이 우뚝 서 있는 에게르 중심 광장도 그의 이름을 땄다. 이 일화는 소설과 영화로도 자주 등장하는데, 대표적인 소설이 가르도니게저의《에게르의 별》. 헝가리인들이 가장 좋아하는 소설로도 꼽혔다. 우리로 치면 이순신 장군과 한산대첩 정도의 이야기인 듯.

그런 에게르에 왔으니 '황소의 피'를 안 마시고 갈 수는 없다. 채석장 터에 자리한 와이너리는 디자인부터 인상적이었다. 꽤 유명한 곳인지 폴란드에서 온 이십 대 청년들이 와인을 '박스 떼기'로 사고 있었다. 순전히 여기 와인을 사려고 왕복 여덟 시간을 운전해서 왔단다. 우리는 친절한 매니저의 호의로 대중적인 와인부터 최고급 황소의 피까지 예닐곱 가지를 천천히 시음했다. 맛보는 와인마다 제각기 다 맛이 좋아 깜짝 놀랐다. 한 시간 넘도록 우리 둘을 위해 수고한 매니저를 위해 '박스 떼기'를 하고 싶었지만, 들고 다닐 수가 없다는 이유로 포기했다. 나는 1만 원대의 스파클링 와인을, 함께 여행 중인 친구 크리스털은 가장 비싼 황소의 피를 한 병 샀다. 소중히 들고 온 와인을 마시던 밤, 나는 5백 년 전의 어느 밤 전투를 앞두고 와인을 퍼마셨을 이 도시의 남자들을 생각했다. 자포자기의 심정이 죽음을 불사하는 투지로 승화되는 기적의 순간을 상상했다. 내 생의 의지가 무참히 꺾여버린 이날들이 생을 가장 깊이 이해하는 걸음으로 이어지기를 바라면서. 어쩌면 나는 에게르의 군인들처럼 싸우고 있는 건지도 몰랐다. 그들이 술기운을 빌어 죽음도 두려워하지 않는 투지를 불태웠던 것처럼. 나도 이 먼 곳까지 날아와 황소의 피를 마시며 삶에의 불꽃을 다시 피워올리려 애쓰고 있다. 지금껏 쌓아온 나의 성이 허무와 슬픔에 무참히 무너지기 직전이다. 나의 부모님이 평생을 통해 지어 올린 성은 나였다. 비록 보잘것없는 성일지라도 그들은 포기하지 않고 끝까지 싸웠고, 패배하지 않았다. 나에게도 내 부모처럼, 다른 사람들처럼, 보잘것없는 나의 성이 있다. 혼자서 세상을 떠돌고, 그 만남에 관한 글을 쓰고, 방과후 산책단으로 다른 사람들을 이끄는, 온통 여행으로 가득한 삶. 그 성을 지키기 위해 이제 무릎을 일으켜 세워야 한다. 나는 눈물로 흐려진 시야를 닦으며, 잔을 들었다. 싸울 거야, 이 무기력한 날들과. 살아낼 거야, 엄마의 몫까지. 벌어진 상처 위로 눈물을 쏟으면서도 나는 앞으로 나가기를 포기하지 않기로 했다.

나란히 앉아 쏟아지는 삶의 환희를

오스트리아
Austria

헝가리, 체코, 슬로바키아, 루마니아, 북부 이탈리아를 지배했던 광대한 제국. 모차르트, 하이든, 베토벤, 슈베르트, 브람스, 슈트라우스, 말러가 활약한 음악의 수도. 영화 〈비포 선라이즈〉. 크림을 얹은 커피. 오스트리아의 수도 빈을 설명하는 단어다. 그해는 어쩌다 보니 빈을 두 번 왕복했다. 여름에는 인스브루크와 잘츠부르크를 거쳐 빈까지 다녀왔고, 가을에는 동유럽 여행의 시작과 끝이 빈이었다.

사실 나는 빈이라는 도시에 큰 애정이 없었다. 빈이 부족해서가 아니다. 단지 취향의 문제일 뿐. 내게 이 도시는 너무 화려하고, 깔끔하고, 질서정연하다. 거대한 제국을 통치했던 합스부르크 왕가의 640년 수도로서 긴 황금기를 누렸던 도시. 몰락했으나 몰락의 기미가 조금도 보이지 않는 곳이 빈이다. 역시 대제국의 수도였던 이스탄불은 도시의 거의 모든 곳에서 몰락의 흔적을 마주하게 되는데, 빈은 여전히 눈이 부시게 번듯하다. 아무래도 나는 무너지고 바스러지는 것들, 폐허로 남은 과거의 영광, 사라진 광휘의 빈자리, 이런 것들에 흔들리는 사람이어서 빈은 늘 심심했다. 과장되게 말한다면, 이스탄불의 혼돈 속으로 뛰어들고 말지 빈의 질서 속으로는 투항하고 싶지 않다고나 할까. 반듯하기만 해서 살짝 지루한 모범생을 보는 것 같았다. 게다가 물가도 비싸 지갑이 얄팍한 여행자를 옹색하게 만들기도 한다. 그래서인지 빈에서 내가 가장 좋아하는 건축물은 모차르트의 결혼식과 장례식이 치러졌다는 슈테판 대성당도, 제국의 심장이었던 호프부르크 왕궁도 아닌, 영구 임대주택 훈데르트바서 하우스였다. 환경운동가이기도 했던 건축가의 철학이 드러난 공동 주택은 부드러운 곡선과 다채로운 색상으로 시선을 끌었다. 이렇게나 재미있고 참

신한 영구 임대주택이라니! 가우디가 설계한 까사 바트요의 서민 버전 같았다. 실제로 훈데르트바서는 오스트리아의 가우디로 불리기도 한다. 저마다의 독립 공간이 확실하지만, 비슷한 취향을 공유하는 이들의 공동 주거지는 늘 내가 꿈꿔온 곳이었다. 해 질 무렵 찾아간 공동 주택의 마당에 앉아 나는 하염없이 건물을 바라봤다. 이런 건물에 산다면 이웃과도 다정하게 지낼 것만 같다는 철없는 상상을 하면서.

　당연하지만 올 때마다 나를 설레게 만드는 것들이 이 도시에도 있다. 클림트와 실레의 그림이다. 클림트의 그림은 내가 좋아하는 스타일은 아니지만 이 도시와 잘 어울린다. 금가루를 아낌없이 뿌린 화사하고 관능적인 그림들. 그의 삶조차도 그랬다. 큰 고생은 해본 적 없이 거의 삶 내내 전성기를 누렸던 화가. 생긴 건 수더분한 동네 아저씨 스타일인데 수많은 여인과 염문을 뿌렸고, 누구와도 결혼하지 않은 채 자유연애를 즐겼다. 거기에 더해 영원한 연인 에밀리 플뢰게까지 있었던 복 많은 남자다. 죽은 후에 열네 건의 양육비 청구 소송을 당하기도 했지만, 죽은 자는 말이 없다. 나는 〈키스〉나 〈유디트〉 같은 그의 대표작보다 초록에 둘러싸인 집을 그린 소품들이 더 좋다. 몽환적이며 에로 틱한 클림트의 그림에 자연히 눈이 가지만, 내 영혼이 이끌 리는 곳은 실레다. 강렬한 선, 어두운 색채, 기괴한 포즈, 대 범한 노출. 어딘가 뒤틀린 내면을 응시하는 것 같은 불편한 그림이다. 짧은 생애 동안 외설적 그림을 그렸다는 이유로 감옥에 갇히기도 하고, 거주하던 마을에서 쫓겨나기도 하 는 등 논란을 몰고 다니다가 고작 스물여덟의 나이에 스페 인 독감에 걸려 세상을 떠난 천재. 실레의 그림에서 풍기는 그 불안하고 불온한 정서는 외면하고 싶으면서도 자꾸 바 라보게끔 끌어당기는 힘이 있다. 누구도 모르게 감추고 싶 은 내 안의 어두운 부분을 드러낸 것 같아서일까. 그가 사 랑했던 체스키크룸로프조차 그림에서는 음울하고 공허한 유령의 마을처럼 보인다. 가만히 들여다보고 있으면 벽과 창을 넘어 집 안에 웅크려 앉은 쓸쓸한 존재와 마주칠 것만 같다. 실레의 그림은 덧날 걸 알면서도 자꾸 만져보게 되는 상처 부위처럼 눈을 떼기 어렵다.

　나이 차에도 불구하고 서로를 존경하며 좋아했던 클림 트와 실레는 20세기 초, 빈 미술의 황금 시기를 공유했다. 그 시절 빈에는 수많은 예술가와 철학자가 활약했다. 그림 에서는 클림트와 실레, 코코슈카 같은 이들이, 건축에서는 오토 바그너와 요제프 호프만, 아돌프 로스, 디자이너 콜로만 모저, 문학의 카를 크라우스나 슈테판 츠바이크, 철학의 비트켄슈타인, 의학의 프로이트, 음악의 구스타프 말러 등…, 그들은 카페 센트럴이나 카페 데멜에 모여 저항을 도모하고, 관습을 거부하고, 인간의 심연을 응시했다. 때마침 빈의 레오폴트 박물관에서는 이들이 활약하던 1900년을 주제로 한 전시가 한창이었다. 이 전시에서 내 눈을 끌어당긴 건 그 시절에 활약한 여성들이다. 클림트의 영원한 뮤즈로 불리던 에밀리 플뢰게. 난잡할 정도로 자유분방했던 클림트였지만 뇌졸중으로 죽어갈 때 에밀리를 불러달라고 했을 정도로 평생 그녀와 가까웠다. 클림트의 뮤즈였다지만 그녀는 뛰어난 패션 디자이너로서 그 시절 빈의 유행을 선도한 여성이었다. 전시에 등장한 또 다른 여성은 작곡가 알마 말러 베르펠. 19세기 말부터 20세기 초반까지, 그 시절 "빈의 꽃"으로 불렸던 그녀는 작곡가 구스타프 말러, 건축가 발터 프로피우스(바우하우스 설립자), 시인 프란츠 베르펠과 세 번 결혼했다. 화가 오스카 코코슈카의 연인이자 집착의 대상이기도 했다. 결혼한 상태에서 매번 다른 남자와 사랑에 빠져 그 남자와 결혼하곤 했으니, 그야말로 마음이 가는 대로 살았던 여성이 아닐까. 사진 속의 에밀리 플뢰게도, 알마 말러도 총기 가득한 눈동자를 지닌 매혹적인 여성이었다. 이 전시의 주인공들은 그들이 훗날 '황금 시기'로 불리게 될 빛나는 시절을 살고 있다는 걸 알았을까. 그림만이 아니라 클로만 모저와 요세프 호프만 같은 이들이 디자인한 가구, 직물, 도자기와 유리공예품도 단순한 선에 기능적이면서도 아름다워 절로 눈길을 끌었다.

빈에서의 마지막 날은 목적지도 정하지 않고 천천히 걸어 다녔다. 걷다 보니 흰색 건물 위에 황금색 월계수 잎이 촘촘히 박힌 둥근 돔이 눈에 들어왔다. 빈 분리파의 성전 제체시온이었다. 낡은 인습에 빠져 있던 빈 미술가협회에 반기를 들고 새로운 예술을 추구하며 결성된 빈 분리파. 귀족과 왕실, 부르주아만을 위한 예술이 아니라 누구나 누릴 수 있는 예술을 추구해 노동자 계급에는 입장료도 받지 않았다는 곳. 그 시절의 빈은 지금보다 훨씬 활기찼을 것이다. 옛것과 새것, 전통과 혁신이 충돌하며 새 시대를 향해 열정을 쏟아붓는 예술가들이 있었으니.

제체시온의 지하에는 그 유명한 클림트의 〈베토벤 프리즈〉가 있다. 〈베토벤 프리즈〉는 클림트가 베토벤의 9번 교향곡 합창의 마지막 악장 〈환희의 송가〉를 모티브로 만든 작품이다. 행복을 향한 염원이 적대적인 힘을 넘어 시를 통해 이루어지는 과정을 묘사한, 길이 34미터의 프레스코화 대작. 첫 빈 여행 때 봤지만 30년 전 이야기다. 표를 끊고 들어갔다. 9번 교향곡을 들으며 그림을 볼 수 있도록 한편에 헤드폰 세트가 걸려 있었다. 헤드폰을 쓰고 맨 오른쪽 벽, 행복의 염원이 이루어지는 그림 '온 세상을 향한 입맞춤'을 향해 시선을 고정하고 음악을 들었다.

노래도, 그림도 지나치게 생생했다. 귓전을 터트릴 듯 격렬하게 송가가 울려 퍼지고, 눈앞에는 클림트의 황금색이 빛나고 있었다. 부드럽고 상냥한 광채가 가득한 그림이었다. 귀가 거의 들리지 않는 절망적인 상황에서 이렇게나 아름다운 음악을 만들어낸 이의 의지는 또 얼마나 경이로운지. 노래가 클라이맥스를 향해 달려갈수록 내 감정도 고조되었다.

"환희여! 신의 아름다운 불꽃이여! 온 세상에 입맞춤을!"

합창단원의 노래가 절정을 향해 치달을 때, 한 단어가 내 가슴을 찢듯이 짓눌러왔다. 엄마. 음악으로 고양된 온몸과 마음을 가르며 엄마의 얼굴이 떠올랐다. 밀려드는 슬픔이 핏기 없는 엄마의 얼굴을 덮어갔다. 이 아름다운 선율을 엄마는 듣지 못한다니. 엄마의 부재가 낙뢰처럼 나를 때렸다.

눈물이 쏟아졌다.

삶을 향해 온몸으로 입 맞추며 살았던 나의 엄마. 엄마에게 이 그림을 보여드리고 싶었다. 여성적이고 화사한 것을 좋아했던 엄마는 클림트의 그림도 사랑했을 것이다. 삶을 사랑했던 엄마는 사라지고, 생에 아무런 미련이 없는 나만 살아 있는 현실이 거짓말 같았다. 평생을 건강하게 살았던 엄마가 암에 걸리고 1년 반 만에 세상을 떠날 때까지도, 나는 여행을 멈추지 않았다. 그 시간 동안 엄마 곁에 있었더라면. 내가 본 세상의 이야기를 다정하게 들려드리고, 얼른 나아서 함께 그 나라에 가자고 속삭였다면. 그런 거짓 희망에라도 함께 발을 적셨더라면 엄마는 조금 더 삶의 의지를 태울 수 있었을까. 엄마에게 항암치료를 권유했더라면. 적어도 암과 싸워볼 기회를 제시했다면 엄마는 좀 더 오래 내 곁에 있지 않았을까. 살아오면서 내가 저지른 그 어떤 실수와 잘못, 가장 처참한 실패도 엄마의 죽음을 둘러싼 과정만큼의 후회와 미련을 남기지 않았다.

내 삶은 이제 둘로 나뉜다. 엄마가 곁에 있었던 날들과 혼자가 된 날들. 무조건적인 사랑을 쏟아주던 엄마가 사라진 후 거대한 모래사막에 맨발로 서 있는 것 같은 막막함에 휩싸이고는 한다. 엄마와 나란히 여기 앉아 쏟아지는 삶의 환희를 누릴 수만 있다면, 엄마가 내 곁에 있을 수만 있다면! 두 번 다시 여행하지 못한다 해도, 내 남은 생의 절반을 바쳐야 한다 해도, 나는 기꺼이 엄마가 있는 삶을 선택할 텐데. 그치지 않는 울음을 씹어 삼키며 눈을 감은 천사들을 바라봤다. 환희의 송가는 이제 절정을 향해 치닫고 있었다.

"형제들아, 별이 빛나는 하늘 너머 좋으신 아버지가 반드시 계시리라. … 별이 빛나는 하늘에서 그분을 찾으라, 별들 너머에 반드시 계시리라."

신을 믿지 않는 나에게 별들 너머에 반드시 있는 그분은 나의 엄마, 나의 아빠다. 아니, 엄마가 내 인생에서 사라진 이후, 나는 신의 존재를 갈망하게 되었다. 천국이라는 곳이 정말로 저 하늘 너머에 있어서 나의 부모가 그곳에 있기를, 고통이 사라진 세계에서 환희의 송가를 부르고 있기를, 간절히 바라게 되었다. 한바탕 울고 나니 막혀 있던 가슴 한 켠이 조금은 뚫린 것도 같았다. 눈물이 어울리지 않는 화려한 도시에서 눈물을 쏟아내다니. 좁은 공간에서 사연 있는 여자가 되어버린 처지가 쑥스러워 걸음을 서둘렀다.

제체시온을 나와 하늘을 올려다봤다. 보이지 않는 별들 너머에 있을 엄마의 영혼을 상상하면서. 내 모든 발걸음마다 엄마가 함께하는 거라고, 엄마는 나를 지켜보고 있을 거라고 믿으면서. 그 허망한 믿음이 지금 내가 붙잡을 수 있는 유일한 밧줄이기에. 사람이 위로하지 못한 상처를 때로는 그림이나 음악이 어루만져주기도 한다. 나는 그 찰나의 시간을 통해서야 뒤늦게 빈의 저력을 인정하게 되었다.

그날 오후에는 오스트리아 남자와 결혼해 빈에서 사는 후배를 만났다. 그녀는 이 도시가 살수록 좋은 곳이라며 극찬했다. 잘 갖춰진 사회보장 제도에 더해 이 도시에서는 자신이 원하는 대로 살아갈 수가 있다고, 여기서 살기를 잘했다고. 나는 그녀처럼 빈을 사랑하기는 어려울 것이다. 다만 사무치게 외로웠던 날에 음악과 그림을 통해 삶의 환희와 고독을 절감했던 그날 오후만은 오래도록 잊지 못할 것 같았다.

혼자가 아닐 거라는 믿음

유럽
Europe

2022년 봄, 카미노 데 산티아고를 걷고 있을 때였다. 포르투갈의 아름다운 도시 포르투에서 시작해 산티아고 데 콤포스텔라로 향하는 14일의 여정이었다. 방과후 산책단과 함께 걷는 카미노였다. 숲길에 앉아 쉬고 있던 어느 오후, 유아차에 아기를 태우고 걷는 여성 순례자와 마주쳤다. 갓 돌이 지났을까 싶은 아기였다. 오르막은 아니었지만 길이 고르지 않았다. 유아차를 밀며 걷기에는 힘이 꽤 드는 길이었다. 나무 그늘에 앉아 있던 우리 팀 막내가 몸을 일으켜 그녀에게 다가갔다. 초콜릿을 건네니 그녀가 환히 웃으며 받았다. 포르투갈 길은 급한 경사가 없어서 쉬운 길로 꼽히지만, 숲이 많았다. 배낭만 메고 걸어도 힘든 길을 아기와 함께 걷다니! 그 용감한 결단이 놀라웠다. 내면의 용기에 더해 그녀가 이 길에 오르게끔 등을 떠민 다른 손길은 무엇이었을까. 내 경험에 빗대어본다면 어려움에 처해도 도움받을 수 있을 거라는 막연한 기대 정도 아니었을까. 그녀에게 도움의 손길이 줄곧 이어졌다. 우리도 걸어가는 동안 그녀의 유아차를 밀어주거나, 들어서 옮겨주기도 했다. 도움을 받는 이도, 도움을 주는 이도 자연스러웠다. 호의를 거절하지 않는 그녀의 모습을 보며 산티아고까지 무사히 가겠구나 싶어 안심이 되었다. 역시나 우리가 산티아고에 들어선 다음 날, 그녀와 아기도 타인의 친절에 기대어 산티아고에 도착했다. 카미노의 정신이 오롯이 구현된 순례길이었다. 목적지에 도달하는 것만 중요한 게 아니라, 어떻게 걷느냐가 더 중요하니까. 순례자들의 전용 숙소인 어느 알베르게 벽에는 이런 글이 적혀 있었다.

"우정보다 귀한 카미노는 없다."

걷기에 급급해 그녀가 도움이 필요한 순간에 모른 척했

다면 제대로 카미노를 걸었다고 말하기에 부끄러울 것이다. 그녀 또한 누구의 도움도 받지 못하고 오로지 혼자 힘으로 걸어야 했다면 좀 서글프지 않았을까? 지금껏 여덟 번 카미노를 걸었지만 다리에 힘이 남아 있는 한 계속 걷고 싶은 이유는 바로 길 위에서 만나는 순례자의 열린 마음 때문이다. 그 마음 덕분에 카미노는 도움을 기대할 수 있고, 기꺼이 도움을 받을 수 있는 길이 되었다.

그녀의 이야기를 내 소셜미디어에서 읽은 이가 질문을 남겼다. 전동 휠체어를 타고 다니는 자신도 그 길을 걸을 수 있겠느냐고. 전동 휠체어로 카미노를 걷는 일은 외부의 도움 없이는 불가능할 것 같았다. 갈리시아 관광청에서 일하는 친구 카르멘에게 물었는데, 스페인에 장애인이 카미노를 걸을 수 있도록 지원하는 단체들이 있다고 했다. 전 구간은 아니더라도 카미노의 일부라도 경험할 수 있도록 힘과 지혜를 모아주는 단체가 활동하고 있었다. 카미노를 관리하고 유지하는 공공기관도 '모두의 카미노'를 궁극적으로 지향하고 있다고 했다. 모두를 위한 카미노라니. 장애인도, 아이도, 노인도 걸을 수 있는 카미노를 상상하는 것만으로도 설렜다. 단지 구호로 끝내지 않고, 현실화를 위해 그들은 노력하고 있었다. 갈리시아에서는 모든 알베르게는 장애인 화장실과 휠체어가 자유롭게 움직일 수 있는 방을 하나씩 갖춰야 한다고 법으로 정해놓았다. 실제로 우리가 머문 알베르게마다 장애인 화장실이 있었고, 알베르게 안에도 턱이 없어 휠체어가 이동하기에 수월했다.

안뜰 축제가 한창이던 스페인 남부 코르도바도 다르지 않았다. 안뜰을 공개한 집이 표시된 지도 한 장을 들고 매일 남의 집 정원을 기웃거렸는데, 지도에는 휠체어로 둘러볼 수 있는 집이 따로 표시되어 있었다. 작은 도시 아빌라의 관광안내소에서 받은 지도에도 휠체어가 진입할 수 있는 모든 거리가 표시되어 있었다. 비단 스페인만이 아니다. 유럽의 미술관이나 상점은 휠체어 장애인의 접근이 가능한 곳이 많았다. 공공기관은 말할 것도 없다. 혼자 힘으로 저상버스에 오르는 휠체어 장애인을 마주치거나 미술관에서 휠체어에 앉아 그림을 감상하는 이를 만나면 나도 모르게 걸음을 멈추고 그 뒷모습을 바라보고는 했다. 아무렇지 않은 그 주변의 공기까지 부러워하면서.

이런 부러움이 들 때면 내 마음에 자연스레 떠오르는 공간이 있다. 길고 넓은 통창 아래 자작나무로 만든 밝은색의 책상과 의자들, 햇살 속 떠다니는 먼지마저 예쁘게만 보이던 헬싱키의 공립도서관이다. 도서관은 긴 타원형의 개방형 공간이었는데, 낮은 계단식으로 된 한쪽 끝에서는 사람들이 바닥에 앉거나 드러누워 책을 읽고 있었다. 중앙 부분은 어디서나 볼 수 있는 책장과 책상이 자리한 공간이었다. 햇살이 아낌없이 들어오는 창가에 앉아 진지한 얼굴로 책을 읽는 사람들을 지나니 카페가 나왔다. 간단한 뷔페식 점심까지 먹을 수 있는 카페는 열린 공간이었다. 높지 않은 목소리로 이야기를 나누며 밥을 먹는 사람들 옆에서 나도 연어 수프와 샐러드로 점심을 먹었다. 가끔 눈을 들어 창밖의 하늘과 노랗게 물든 자작나무를 바라보면서. 점심을 먹고 카페 옆 공간으로 걸어가던 나는 눈을 의심했다. 도서관에서는 볼 수 없는 풍경이 펼쳐지고 있었다. 막 유아차를 끌고 엘리베이터에서 내리는 젊은 엄마, 뛰어다니는 어린 아이들, 아기에게 동화책을 읽어주는 엄마, 노는 아이들을 돌보며 이야기를 나누는 엄마들. 어디선가 칭얼거리는 소리와 울음을 터트리는 소리도 들려왔다. 밝고 화사한 카펫이 깔린 그곳에는 신발을 벗고 편히 앉은 엄마와 아기가 가득했다. 그제야 문득 헬싱키 가이드가 했던 말이 이해되었다. "핀란드인에게 도서관은 조용히 책만 읽는 공간이 아니다"라던. 눈치를 주거나 눈치를 받는 이도 없이, 아기들은 웃고 떠들고 뛰어다니고 있었다. 도서관은 모두에게 평등하게 열려 있었다. 차별과 배제를 노골화하는 '노키즈존'이 개인의 권리나 자유로 옹호되는 나라에서 온 나는 먹먹해져서 그 낯선 모습을 오래 바라보았다.

1993년 여름, 처음 유럽을 여행할 때, 런던에서도 베를린에서도 암스테르담에서도 낯선 풍경과 자주 마주쳤다. 거리에 휠체어를 탄 장애인이 많았다. '아니, 선진국이라면서 길에 왜 이렇게 장애인이 많은 거지? 인구 대비 장애인수가 더 많은 건가?' 그 답을 알게 된 건 2천 년대 초반, 우리나라의 장애인들이 이동권 시위를 시작하면서였다. 인구의 5퍼센트가 넘는 우리나라 등록 장애인은 외출을 하지 못해 거리에서 보이지 않았을 뿐이었다. 장애인과 비장애인이 더불어 살아가는 사회를 당연히 여기는 사람들이 서울의 거리를 돌아다닌다면 어떤 기묘함을 느끼지는 않을까. 여전히 우리나라의 장애인은 잘 눈에 띄지 않으니까. 장애인을 비롯해 교통약자가 탑승할 수 있는 저상버스의 전국 도입률은 2024년 기준 39.7퍼센트에 불과하다. 서울 고속버스터미널의 경우, 휠체어가 탑승할 수 있는 시외, 고속버스는 전체 노선의 4퍼센트다. 여기까지 오기 위해서도 장애인들은 목숨을 버려가며 싸워야 했다. 정당의 대표였던 이가 장애인 이동권 시위에 대해 막말 수준의 '아무말 대잔치'를 벌이고, 언론은 아직도 "시민을 볼모로" 식의 헤드라인을 쏟아내는 모습을 보면서 열차를 세우고, 버스 앞에 드러누워야 했다.

약자의 삶을 세심히 돌보는 나라는 언제나 부럽다. 국민으로서의 의무를 수행하기에 권리를 인정해주는 것이 아니라, 쓸모와 경제력, 역할 같은 것과 상관없이 국민으로 존중하고 지켜주는 나라. 나에게는 그런 나라가 선진국이다. 그런 면에서 우리는 아직 갈 길이 멀다. 선진국 진입을 자랑하는 지금에도 장애인이 이동권 시위를 해야 할 정도로 우리는 그들에게 무관심했다. 화를 낼 일이 아니라 부끄러워해야 할 일이다.

장애인, 어린이, 노인, 여성, 성소수자, 이주 노동자. 본능적으로 내 마음이 가닿는 존재들이다. 내가 좋은 사람이어서가 아니다. 약자에게 내 시선이 멈추는 건 그들의 모습에서 나의 과거와 현재, 미래를 보기 때문이다. 나는 사회적 약자로 삶을 시작해서 사회적 약자로 삶을 마감하게 될 것이다.

지난해는 밥벌이하느라 여러 번 바깥나들이를 했다. 인

천공항에 내려 지하철을 타고 집으로 올 때마다 트렁크를 끌고 엘리베이터를 탔다. 장애인들의 목숨값으로 생겨난 결과물에 무임승차하며 생각했다. 비장애인이 설계한 세상에서 살아가는 장애인들이 포기하지 말고 더 끈질기게 싸워주면 좋겠다고. 세상이 저절로 나아진 적은 한 번도 없었으니까. 우리 삶의 질은 언제나 계란으로 바위를 치는 소수의 사람 덕분에 향상되어 왔다. 그들이 싸울 때 함께 선로에 드러누울 용기는 없지만, 내가 할 수 있는 일은 있다. 지하철이 멈췄을 때, 평생 그 지하철을 타지 못하고 살아온 누군가의 삶을 상상해보며 30분이든, 세 시간이든 견뎌낼 수 있는 사람이고 싶다. 그 시위는 결국 내 미래를 위한 싸움이기도 하기 때문이다.

환하고 맑은, 빛의 위안

프랑스 방스
France Vence

미사는 여러 면에서 기이했다. 작은 예배당만 새것처럼 눈부시게 빛날 뿐, 미사를 집전하는 신부님도, 성가대석에 앉은 이들도, 서른 명 남짓 되는 신자들도 모두 머리가 하얗게 센 노인들이었다. 미사를 시작할 때, 신부님은 "봉쥬르"를 일곱 번쯤 했다. 성가대원들과, 신자들과, 맨 앞줄에 앉은 어린이 둘과도 일일이 눈을 맞추면서. 처음 보는 신자들에게는 어디서 왔느냐고 물었는지 "리옹!", "안시!"라고 답하는 소리가 들렸다. 신부님은 '안시'를 못 알아들었다. 나중에는 앞줄에 앉은 한 할아버지가 "안시"라고 힘껏 외쳤다. 신부님이 농담을 하는지 웃음이 터졌다. 불어를 알아들어 나도 저렇게 웃을 수 있다면 얼마나 좋을까, 그런 생각이 들 만큼 편안하고 다정한 분위기였다.

화려한 프레스코화도, 금테를 두른 제단도 없이, 이 작은 예배당에 가득한 건 환하고 밝은 빛뿐이었다. 노랑과 파랑, 초록의 스테인드글라스 사이로 스며든 빛. 하얀 타일 위로 어른거리는 색유리의 반사된 빛. 모두를 품어주는 깨끗하고 따스한 빛이 가득했다. "할렐루야"로만 이루어진 찬송가를 부를 때 신부님이 손을 들어 박수를 유도했다. 신부님도 늙었고, 신자들도 늙어서인가. 박수의 박자는 계속 어긋나고, 소리마저 기력이 달리는 듯 주춤거리는데 그게 또 더없이 자연스럽고 평화로웠다. 아직 죄짓지 않은 어린아이들. 이제는 죄지을 힘조차 없을 것 같은 노인들. 질투나 욕망 같은 것도 다 사라졌을 법한 사람들의 희미한 목소리가 작은 예배당을 채우고 있었다. 신부님이 강론을 하다가 천국으로 올라가신다 해도 이상할 것 같지 않았다.

신부님이 모두 손을 잡으라고 했는지 다들 자리를 옮겨가며 손을 잡았다. 신부님의 양손도 제단까지 올라간 이들의 손과 맞닿았다. 내 손도 양옆 늙은 여인들의 주름진 손 안으로 들어갔다. 그렇게 서로가 서로의 손을 잡고 기도문을 외웠다. 그러더니 모두가 흰 벽에 그려진 성모자를 향해 돌아섰다. 뜻도 알 수 없는 성가가 이어지는데, 나도 모르게 눈물이 흘렀다. 눈코입도 없이 그저 둥근 선 하나로 표현된 성모자의 얼굴을 보며 나는 터지는 울음을 삼켰다. 내 상상력이 그려내는 성모자의 얼굴은 그리운 내 어머니의 얼굴이었다가, 내 사랑하는 이들의 얼굴이 되었다가, 내 얼굴이기도 했다. 이 예배당을 지은 이가 어째서 마리아와 예수의 얼굴을 둥근 선만으로 표현했는지 알 것 같았다. 성모자의 얼굴을 비움으로써 이곳은 현실의 공간을 벗어나 비현실적인 상상력의 공간이 되었고, 그로 인해 누구나 자신 안의 신성을 깨달을 수 있도록 하기 위해서였을 거라고 나는 멋대로 생각했다.

아, 이 작은 예배당은 너무 커서 두 번은 와야 하는 곳이구나. 한 번은 입장권을 끊어 호기심 가득한 여행자가 되어 들어오고, 다른 한 번은 저마다 지닌 가장 선한 얼굴의 겸손한 인간으로 앉아 있어야 하는 곳. 맨 뒷자리에 앉아 알아듣지 못하는 언어의 강론을 듣고, 고개를 숙이고 기도를 해봐야 하는 곳. 그러면 겨우 알게 된다. 이곳은 부드럽고 은은한 향기를 지닌 커다란 꽃. 그 꽃 한 송이 안에 모두 깃들어 앉은 것 같은, 그런 예배당임을.

그제야 이 예배당을 설계하고 지은 앙리 마티스가 한 말이 이해되었다. 1951년 여름, 마티스는 노트르담 대성당을 보기 위해 파리를 방문하고 이렇게 적었다.

"엄청난 군중, 끝없이 보이는 사람들의 머리, 건축물, 스테인드글라스 창문. 때때로 머리 위로 지나가는 오르간 음악의 파도. 모두가 인상적이었다. 성당을 떠나면서 스스로에게 물었다. 좋아. 이 모든 걸 고려했을 때 내 예배당은 무엇일 수 있지? 그리고 나는 생각했다. 그것은 꽃이지. 그것은 단지 꽃일 뿐. 그래, 꽃이다."

간결한 선과 절제된 색상. 공간에 가득한 여백. 이 공간의 지극한 단순함이 만들어내는 어떤 신성함과 깊이 때문이었을까. 미사가 끝난 후 나는 용기를 내어 신부님에게 다가갔다. 늙은 신부님은 두 남성에게 의지해 걷고 있었다.

"한마디도 알아듣지 못했지만 은혜로운 시간이었어요."

신부님을 부축하던 노인이 그 말을 통역했다. 그 순간, 신부님이 나를 보며 웃으셨다. 마치 꽃이 피어나는 듯, 환한 미소였다. 신부님이 한마디 한마디 힘주어, 느리게 말씀하셨다.

"Thank you very much(고맙습니다)."

　프랑스 남부의 작은 마을 방스에 자리한 이 아름다운 예배당은 마티스 채플 혹은 로사리오 채플이라 불린다. 우리나라 카톨릭에서는 경당이라 부르는 작은 예배당은 마티스와 도미니크회 수녀의 우정 덕분에 만들어졌다. 1942년, 마티스가 일흔셋의 나이에 대수술을 받고 니스에서 요양할 때였다. 간호학교 학생이었던 모니크 부르주아가 마티스의 개인 간호사로 일하게 되었다. 50년의 세월을 뛰어넘은 두 사람의 우정은 후일 모니크가 자끄 마리라는 수도명을 받고 도미니크 수도회에 입회한 후에도 계속되었고, 방스 경당을 짓는 일까지 이어졌다. 마티스는 이 예배당을 4년에 걸쳐 지었고, 제단의 십자가와 예수상까지 직접 만들었다. 심지어 신부복까지 디자인했다. 단순하고 간결한 공간이 지닌 품격에 더해 편안하고 밝은 분위기까지 갖춘 이런 예배당은 처음이었다.

　어느 순간부터 마티스의 선과 색감을 점점 좋아하게 되었는데, 작년 봄 도쿄에서 마티스가 디자인한 로사리오 채플의 다큐멘터리를 보게 되었다. 영상에 나온 작은 예배당을 보고 있으려니 가슴이 먹먹해졌다. 검이불루 화이불치.

검소하나 누추하지 않고, 화려하나 사치스럽지 않은 공간이 거기 있었다. 저길 가봐야겠다고 결심했고, 그 덕에 이번 여행이 시작되었다. 당연히 로사리오 채플이 자리한 마을 방스에 이틀간 머물 숙소를 구했다. 오전과 오후, 적어도 두 번은 찾아가 빛에 따라 달라질 예배당을 보고 싶었다. 내가 예약한 숙소에서 예배당까지는 걸어서 50분. 첫날 오후에는 숙소의 주인 샤샤가 성당까지 태워다줘서 문 닫기 한 시간 전에 들어갔다. 그리고 직원들이 나가라고 할 때까지 혼자 앉아 있었다. 다음 날인 오늘은 마침 일요일이어서 미사가 있었다. 이번에도 샤샤가 태워다준 덕분에 편하게 예배당까지 와서 미사에 참여할 수 있었으니 운이 좋았다.

내 안의 작은 신전에 반짝 불이 들어온 것만 같은 기분으로 작은 예배당을 나섰다. 바람에 오렌지꽃 향기가 실려 날아왔다. 4월 중순의 남프랑스는 어디에나 봄 내음이 가득했다. 여행 나흘째인데, 남프랑스에 온 목적을 다 이룬 기분이었다. 남프랑스에 가야겠다고 결심한 이유가 마티스 채플 때문이었으니까. 그래도 보고 싶은 채플 하나가 더 남아 있었다. 방스에서 5킬로미터 남쪽에 자리한 생폴드방스 마을의 폴롱 채플. 이 예배당에 가기 위해 정거장에서 버스를 기다리던 중이었다. 옆에 서 있던 스웨덴 여성들 아나, 마리와 눈이 마주쳐 이야기를 나누게 되었다. 아나의 어머니가 방스로 이주해서 둘은 자주 이 마을을 방문한다고 했다. 오늘 아침 마티스 채플에서 미사드린 이야기를 했더니 아나가 "나도 거기 있었어!"라며 반가워했다.

"나는 올 때마다 이번이 그 신부님의 마지막 미사일 것만 같은 기분이 들곤 해. 신부님 올해 아흔다섯이거든. 작년에 뇌졸중으로 쓰러지시기도 했고. 너도 느꼈겠지만 신부님은 정말 남다른 분이셔. 늘 아이들을 특별히 대우하고, 제단에 올라오라 해서 손도 잡고, 질문도 하고 그러셔. 신도들 눈높이에서 같이 이야기를 나누고, 성경을 문자 그대로 해석하지 않으시지. '오늘은 이런 구절을 읽었는데, 사실 나조차도 믿기 힘든 이야기죠.' 이런 식으로 이야기도 하시고. 무조건 믿고 따르라고 이야기하지 않아서 좋아. 그런 면에서 좀 프로테스탄트적이기도 해."

이런 이야기를 하던 아나가 갑자기 핸드폰을 열더니 사진 두 장을 보여줬다.

"예배당 안에서 사진 촬영이 금지된 걸 알지만 오늘 너무 사진을 찍고 싶어서 범죄를 저지르는 기분으로 찍었어. 신부님 얼굴을 꼭 남겨두고 싶었거든."

나는 그 사진 두 장을 내 핸드폰에 저장했다. 내가 찍을 용기는 없었지만, 이 정도의 범죄 공모는 가능하기에.

생폴드방스에 도착하니 점심시간이라 폴롱 채플은 문을 닫은 상태였다. 나는 느긋한 마음으로 작은 마을의 골목을 기웃거렸다. 석회암으로 지어진 건물이 세월에 마모되면서 만드는 부드럽고 자연스러운 분위기가 골목에 가득했다. 좁은 골목마다 무성한 식물이 드리우는 작은 그늘, 담장 너머로 피어 있는 붉고 흰 꽃들. 분수대 앞에 모여 앉아 크레이프를 먹는 사람들. 그림과 조각을 파는 작은 갤러리들. 예술적인 감성이 흐르는 마을이었다. 마침내 폴롱 예배당의 문이 열렸다. 이곳은 원래 '백인 참회자'라 불리며 자선 및 구호 활동을 했던 평신도 형제회의 본당이었다. 17세기에 지어진 이 오래된 성당의 예술 작업 프로젝트는 이 마을과 30년 이상 유대 관계를 맺었던 벨기에 예술가 장미셸 폴롱이 맡았다. 그의 마지막 작품이 이 예배당이다. 백인 참회자들의 구호와 자선 정신을 표현한 예배당 내부 장식은 조각, 스테인드글라스, 그림으로 구현되었는데, 백만 개 이상의 조각을 사용한 모자이크 벽화가 압도적이었다. 문을 열고 들어가는 순간, 오렌지색의 화사한 벽화가 배경음악 〈G선상의 아리아〉와 어우러지며 마음을 차분하게 만들었다. 마티스 채플과는 또 다른 느낌의 공간이었다. 다만 의자가 없어 오래 있을 수 없다는 점이 아쉬웠다.

　종교도 없는 내가 기독교든 이슬람교든 불교든 조로아스터교든 가리지 않고 성소를 찾아다니는 이유는 뭘까. 아마도 성소가 주는 신성한 경건함이 좋아서였을 것이다. 사는 동안 알게 모르게 지은 죄를 생각하면서 좀 더 나은 사람이 되어야겠다는 마음이 들게 하는 분위기 말이다. 매사에 그렇듯 종교적 성소에 대해서도 나는 호불호가 강하다. 이 땅에 더불어 사는 가난한 이웃, 다른 종교를 믿는 사람들을 배척하는 성소라면 아무리 아름다워도 내 마음은 그곳으로 향하지 못했다. 전쟁의 명분을 정당화하는 곳도, 헌금을 강요하는 곳도, 규모를 자랑하는 곳도 나는 관심이 가지 않았다. 지금껏 먹지도 않았고, 앞으로도 먹을 생각이라고는 없는 음식에 대해 평하는 미식가 같아 스스로가 우습기도 하다. 그 음식이 누군가에겐 하루를 살아내는 끼니일지도 모르는데.

　내가 마티스 채플과 폴롱 채플에 끌린 이유는 지금까지 본 종교적 공간과는 분위기가 달랐기 때문이다. 기존의 성소가 권위적이고 엄숙한 분위기여서 무릎 꿇고 죄를 고백하고 싶어지는 곳이었다면 이 작은 경당들은 따스하고, 밝고, 다정한 느낌의 공간이었다. 깨끗하고 투명한 빛의 세례를 받는 그곳에서는 신도 내 안의 선한 얼굴을 먼저 봐줄 것 같았다. 너는 지금 이대로도 괜찮다고, 최선을 다해 여기까지 오지 않았냐고 위로해주는 것 같은 공간. 성소로부터 내가 받을 수 있는 최고의 위안이 그곳에 있었다.

혼돈과 무질서와 비능률의 세계로

이탈리아
Italy

　가을날의 며칠을 이탈리아 페루자에서 보낸 적이 있다. 축구선수 안정환이 활약했던 축구팀이 있는, 피렌체에서 멀지 않은 곳이었다. 근처에는 아시시, 산지미냐노, 시에나 이런 이름난 곳들이 있다. 페루자는 내가 좋아하는 도시의 여건을 갖춘 곳이었다. 도시의 중심지가 걸어 다닐 만큼 작고, 골목마다 오랜 역사와 문화가 깃들어 있고, 주변이 산으로 둘러싸인 곳이었다. 페루자의 중심지는 11월 4일

광장. 산 로렌초 성당 계단에 앉아 지나가는 사람들 구경하기 좋은 곳이었다. 13세기에 조반니 피사노가 설계한 마조레 분수, 산 로렌초 대성당, 프리오리 궁전이 다 이곳에 서 있다. 도시 전체가 하나의 오래된 박물관 같았다. 백 년 전에 헤이즐넛을 채운 다크초콜릿 바찌Baci를 만들어낸 초콜릿 회사도 이 도시에 있었다. 나는 매일 바찌 초콜릿을 까먹으며 도시의 이곳저곳을 돌아다녔다.

텍스타일 박물관에는 1801년에 이탈리아에서 세계 최초로 개발된 컴퓨터 형식의 직조 기계가 있었다. 디자인을 그린 필름을 넣으면 기계가 그걸 읽어내고, 사람이 손으로 직조하는 방식이다. 그 오리지널 기계를 사용해 전통적인 방식으로 텍스타일 제품을 생산하는 공방이 있다 해서 찾아갔다. 공방의 가장 오래된 기계는 1836년 산. 이 공방의 모든 기계가 19세기 원제품이었다. 이탈리아에서 이런 방식으로 천을 짜는 곳은 이곳 하나만 남았다. 세 명의 직조 장인과 함께 이 공방을 이끄는 사람은 마르타. 총기 있는 눈빛을 한 젊은 여성이었다. 한때 페루자에서 가장 유명했던 텍스타일 공방이 그의 고조할머니가 운영하던 곳이었다. 대를 이어오던 공방은 수지타산이 맞지 않아 그의 어머니 대인 1993년에 문을 닫았다. 1994년, 마르타의 아버지가 경매에 나온 교회 건물을 구입했고, 마르타는 다음 해 그 교회에 공방을 다시 열었다. 공방은 아름다운 기물이 가득해 공간 자체가 품격 있는 전시장 같았다.

"내가 철이 없고 어리석었지. 이게 얼마나 힘든 일인지 몰랐으니까. 열두 명이 앉는 식탁의 테이블 클로스를 하나 짜는 데 최소 22일에서 30일이 걸려. 근데 이탈리아에선 이런 제품의 세금이 68퍼센트야. 상상해봐. 세금 내고, 장인들 월급 주고, 스튜디오 운영 비용을 마련하려면 테이블 클로스 하나에 5천 유로에서 6천 유로(대략 8백만 원)를 받아야 하는 계산이 나오거든. 그걸 누가 살 수 있겠어?"

그럼 도대체 어떻게 꾸려가냐는 내 질문에 그가 눈을 찡긋하며 말했다.

"다행히도 내 남편이 치과의사야. 돈은 그가 벌어오고, 난 이것만 운영하는 거지. 비즈니스와는 상관없이!"

국가의 보조금도 조금은 있지 않을까 싶지만, 어쨌든 별로 돈이 되지 않는 일을 열정으로 꾸려나가니 대단할 수밖에. 다음 날 찾아간 스테인드글라스 박물관도 비슷한 곳이었다. 1859년에 화가이자 스테인드글라스 장인이었던 프란시스코 모레티에 의해 설립된 스테인드글라스 공방이었다. 설립자의 외가 쪽 5대손인 아나와 그 남편 조르지가 공방을 꾸려가고 있었다. 공방의 건물도 15세기 건물이라 후기 고딕 양식의 인테리어가 남아 있었다.

전날 갔던 텍스타일 공방도 그렇고, 이곳도 이탈리아의 힘을 보여주는 곳이었다. 힘들고 귀찮고 돈이 되지 않아도 묵묵히 가업을 잇고, 그 전통을 외부인과 공유하려는 노력을 포기하지 않는 사람들. 부자의 고귀한 사명이 있다면 이런 게 아닐까 싶었다. 하지만 사명감만으로 이 일을 할 수 있을까. 긍지와 자부심이 부록처럼 따라오겠지만, 그것만으로는 부족하다. 자본주의의 논리로는 설명되지 않는 이런 일을 하며 살아가는 이들을 '자본주의의 구멍'이라고 명명하고 싶다.

내가 이탈리아를 사랑하는 이유는 바로 이런 점 때문이다. 한마디로 '자본주의의 구멍'이 꽤 많이 뚫려 있다! 거기에 더해 이 나라는 어디를 가나 박물관이며 유적지다. 이탈리아의 소도시에서는 목적지를 정하지 않고 그저 내키는 대로 돌아다녀도 어디에나 볼거리가 넘쳤다. 어지간한 도시의 동서남북 어디로 걸어도 고층 건물 한 채 보이지 않는다. 명품 매장이 궁전이었고, 카페가 수도원이었고, 젤라토 가게는 귀족의 저택이었다. 오래된 것들에 대한 존중, 아름다운 것들에 대한 집착. 속도와 성장 같은 것에 연연하지 않는 느긋함, 불편함을 기꺼이 감수하고자 하는 태도. 이런 삶의 방식이 어디에나 배어 있었다. 수백 년 전의 모습을 지키며 살아간다는 건 얼마나 고단한 일일까. 촘촘한 규제의 그물에 갇혀 살겠구나, 내 집이어도 내 땅이어도 내 마음대로 하지 못하겠구나, 이 도시의 주민들은 그런 부분에 대해 나름의 사회적 합의를 이루었구나, 하는 생각을 하며 돌아다녔다. 사람처럼 도시도 지나치게 아름다우면 고통을 겪는데, 이탈리아는 도처가 그랬다. 인류 전체에게 보물 같은 나라이니 극성을 부리는 소매치기 같은 건 그냥 눈감아주고 싶다는 생각이 들었다.

이탈리아에 살아본 사람들은 행정 처리의 비능률성, 사람들의 다혈질적인 성격 같은 걸 맹렬히 불평했지만 지나가는 여행자인 내게는 그저 모든 것이 좋아 보였다. 깔끔하고 조용한 북유럽의 도시들에 비하면 좀 소란하고 슬쩍 지저분하기도 한 이탈리아가 사람 사는 곳 같아서 더 정겨웠다. 독일 작가 루이제 린저는 왜 평생을 이탈리아에서 사느냐는 기자의 질문에 이렇게 답했다.

"유럽에서 격정을 표출할 수 있는 유일한 나라가 이탈리아거든요."

그러면서 덧붙였다. 독일에서는 불법주차를 하면 이웃이 바로 신고하지만, 이탈리아에서는 불법주차를 하면 이웃이 와서 몇 시에 경찰이 단속을 나오는지 알려준다고. 오래전 이야기라 이제는 다르겠지만 작가의 이 말도 내 외사랑을 부추겼다.

격정이 넘치고, 격정을 표출할 수 있다는 건 장점만이 아니라 치명적인 단점이 되기도 한다. 코비드 첫해에 이탈리아는 여러 면에서 화제가 되었는데, 높은 사망자 수 못지않게, 자가 격리나 외출 금지 등을 비롯한 안전 수칙을 지키지 않는 사람들에게 시장이 격정적으로 호소하는 동영상도 주목을 끌었다. 격정이라면 아시아의 작은 나라 대한민국도 빠지지 않는다. 동양과 서양이 '격정'을 놓고 세기의 대결을 벌이게 될지도 모르겠다. 오랫동안 이탈리아를 사랑해 찔끔찔끔 드나들었지만 이제는 여행으로는 알 수 없는 것들, 살아봐야만 알 수 있는 것들이 궁금하다.

그래서 결심했다. 이탈리아어를 공부하며 이탈리아에서 1년쯤 살아보겠다고. 노래처럼 들리는 이 나라 말을 더듬더듬 구사하며 이탈리아 곳곳을 돌아다니겠다고. 그 혼돈과 무질서와 비능률의 세계로 뛰어들겠다고. 돌이켜보면 내 삶 자체가 계획, 능률, 효용, 이런 단어들과는 거리가 멀었다. 그저 마음 가는 곳에 몸을 두며 살아왔을 뿐이다. 다니던 회사에 사표를 쓰고 세계일주를 떠났던 서른셋 이후의 삶은 하고 싶은 일만 하며 걸어온 길이었다. 다만 나이가 들수록 새로운 일을 시도하는 데 더 많은 용기가 필요해짐을 깨닫는 중이다. '이탈리아에서 1년을!'이라고 마음먹은 지도 벌써 3년. 이십 대의 나였다면 이미 이탈리아에서 살고 있을 터였다. 젊었던 나는 무모했다. 스물다섯 나이에 영국으로 공부하러 갔을 때는 2년간 직장생활을 해서 번 돈이 전부였다. 대학원 논문을 쓰던 마지막 한 달은 생활비가 똑 떨어져 라면이 주식이었다. 한 상자 사놓고 매일 끓여 먹던 너구리에 질려서 건너편 기숙사의 선배가 쟁여놓은 신라면과 바꿔 먹기도 했다. 삼십 대에도 용기가 넘쳤다. 세계일주를 시작했을 때 방을 뺀 전 재산 3천만 원을 들고 떠났으니. 남미 여행을 가려면 스페인어가 필수라는 이유로 서른일곱에 스페인으로 어학연수를 갔을 때는 책이 좀 팔리던 시절이라 자금 상황도 조금 나았다. 살라망카라는 작은 도시에서 아홉 달을 보냈다. 물론 그때도 여행하느라 석 달은 공부를 쉬기도 했지만. 스페인에서의 내 일상은 반복적이고, 단조로웠다. 매일 같은 시간에 산책하러 나갔던 칸트처럼 내 생활도 규칙적이고 성실했다. 9시부터 2시까지 수업을 듣고, 집으로 돌아와 과제를 하고, 5시가 되면 운동을 하러 나갔다. 한 시간 반을 빠르게 걷고 돌아와 저녁을 지어 먹고 예습을 한 후 잠자리에 들던 날들이었다. 그 고요한 나날의 평화가 믿을 수 없이 좋았다. 그토록 열심히 공부했던 시기도 처음이었고, 공부가 그렇게나 재미있었던 것도 처음이었다. 게으른 내가 그렇게 성실 근면해질 수 있다는 것도 새로운 발견이었다. 인생의 소중한 친구 두 명도 그곳에서 만났다. 통장은 '텅장'이 되어버렸지만 나는 부자가 된 기분이었다. 알파벳도 읽지 못하는 상태로 스페인에 와서 그 나라를 떠날 때 여행 언어는 구사할 정도가 되었고, 돈으로 셈할 수 없는 것들을 경험한 후였으니. 낯선 도시에서 낯선 언어를 쓰며 이방인으로 살아보는 경험은 내 삶의 귀한 자산이 되었다. 자기 자신과 자신을 둘러싼 세상을 적절한 거리에서 바라볼 수 있는 시선을 지니게도 되었고.

이제 나는 늘 쓰던 단어도 혀끝에서 맴을 도는 오십 대 중반이 되었다. 알던 단어도 잊어버리는 나이에 새 언어를 배우겠다니. 그것만으로도 가상하다며 '셀프 칭찬'을 하지만, 내 용기의 바구니도 점점 비어가고 있다. 좋아하는 나라에서, 마음이 가는 도시에서 살아보는 일을 더는 미뤄서는 안 될 것 같다. 학비와 생활비는 마련되어 있느냐고 묻는다면 먼 산을 바라볼 것이다. 하지만 나는 완벽하게 준비하고 무언가를 시작했던 적은 한 번도 없다. 서울의 우리 집을 장기 렌트로 내놓고, 적금 담보 대출을 조금 받고, 방학 때 방과후 산책단을 한두 번 꾸리면 어떻게든 되지 않을까? 일단 저지르고 보는 거다. 길을 나서면 늘 새 길이 열리곤 했으니, 이번에도 시작해보는 수밖에. 가지 않은 그 길을 미리 상상하는 것만으로 올 한 해는 설레며 지나갈 듯싶다. 내가 아는 유일한 이탈리아어 문장을 중얼거려 본다. 안드라 투토 베네Andrà Tutto Bene. 다 잘될 거야.

삼십 대의 나와 오십 대의 나

프랑스 몽블랑
France Mont Blanc

옆 테이블을 노려본 지도 벌써 30분째. 정확히 말하자면 옆 테이블에 놓인 몽블랑 맥주. 차가운 물방울이 송알송알 맺혀 있는, 설산 몽블랑이 영롱하게 그려진 맥주병. 딱 한 모금이면 타는 목마름이 말끔히 사라질 것 같은데…. 몽블랑을 눈앞에 두고 앉아 몽블랑 맥주 한 잔 마실 돈이 없다니! 1년에 250만 명이 찾아오는 샤모니에 환전소라고는 달랑 하나, 그것도 '2백 달러 한정'일 줄이야. 지갑 안에 가득 든 달러 뭉치는 무용지물. 카드를 쓸 수 없는 곳이 많다고 하니 가진 유로를 최대한 아껴 쓰며 열흘을 버텨야 한다. 당분간 맥주는 내게 사치품이었다. 처량하게 남의 맥주를 바라보다가 그 맥주병을 빌려 사진을 찍다 보니… 신세가 더 처량하게 느껴졌다. 다른 곳도 아니고 여기까지 와서 맥주도 못 마신다니.

나는 지금 '알피니즘'의 발상지인 몽블랑(4,805미터)을 바라보며 앉아 있다. 나의 삼십 대는 알피니즘이라는 단어에 꽂혀 지나갔다. '알프스에서의 등반'을 뜻하는 데서 시작해 '눈과 얼음으로 덮인 고산을 오르는 행위와 정신'으로 의미가 확장된 알피니즘. 그 단어는 내게 보상 없는 고행을 자처하는 인간의 어리석은 위대함을 뜻했다. 육체의 한계를 극복함으로써 정신의 지평선까지 더불어 확장시키고자 하는 거룩한 도전이었다. 인간이라는 종에 대한 회의와 불신을 지워버리는 마법의 단어였다. 그러니 알피니즘이 시작된 몽블랑은 내 오랜 외사랑의 대상일 수밖에 없었다. 몽블랑 트레킹의 대표선수는 '투르드몽블랑'. 4천 미터급 봉우리 열한 개를 품은 몽블랑 산군을 중심으로 한 바퀴 도는 168킬로미터의 트레킹으로 줄여서 'TMBTour du Mont Blanc'라 부른다. 이 '인생 트레킹'을 하겠다면서 나만큼 준비 없이 찾아온 사람이 있을까. 보통은 1년 전에 산장 예약을 하는데 나는 두 달 전에야 검색을 시작했다. 당연히 대부분의 산장은 예약 종료. 결국 어떻게든 되겠지, 대충 수습하지, 뭐, 이런 안락한 마음으로 여기까지 왔다.

문제는 내가 이곳에 오기 일주일 전에 달리던 말에서 떨어져 몸이 좀 성치 않다는 점이다. 피를 나눈 남자에게 낙마 소식을 알렸더니 반응이 이랬다.

"누나가 무슨 태조 이성계야, 몽테뉴야?"

"근데 몽테뉴도 낙마했어?"

"몽테뉴는 낙마 후 수상록에 육체와 의식의 분리 및 통합에 대한 사유를 남겨 후대 데카르트의 코기토에 철학적 영향을 주었다는데, 우리 누님은 얼마나 더 정치하고 웅혼한 철학적 논고를 남겨 세계 승마계와 생태학계, 의료계에 지대한 영향을 미칠지 기대되네."

의료계에 지대한 영향을 미칠지, 지대한 돈을 갖다 바치게 될지는 모르겠지만, 어쨌든 초음파와 엑스레이 촬영 결과는 괜찮았다. 그런데 골반과 허리 사이에 칼로 찌르는 것 같은 통증이 점점 심해졌다. 결국 샤모니에서 이틀을 꼬박 쉬며 아픈 허리를 달랬다. 예정보다 좀 늦은 6월 말의 화창한 아침, 대망의 TMB를 시작했다. 11일 일정 중 내가 예약한 산장은 고작 5일. 거기다 허리까지 아프니 각오가 남다르게 가볍다. 할 수 있는 데까지만 해보자. 안 되면 말지 뭐. 인생을 사는 동안 때로는 '안 되면 말고'의 힘에 기대야 할 때도 있으니까.

TMB의 베이스캠프인 샤모니에는 헬멧과 로프를 배낭에 매단 이들이 가득했다. 그들 사이에 지도 한 장을 손에 든 '내'가 보였다. 산악 가이드 협회의 문을 밀고 들어서는 그녀. 홍조가 핀 얼굴로 산악 가이드에게 쉬지 않고 질문을 던지고 있다. 타고난 체력만으로도 충분해 스틱도 들지 않았다. 복장은 허름하지만 기개는 높고, 열정도 뜨겁던 '삼십 대의 나'였다. 이십 년 가까운 세월이 지나 더 좋은 등산복으로 무장하고, 스틱 두 개를 목숨줄인 양 꼭 쥔 오십 대의 내가 이 거리에 서 있다. 흰머리만큼 몸무게도 늘었고, 체력은 떨어졌다. 여전한 점도 있다. 나에게 어울리는 곳에, 나와 닮은 이들과 함께 있다는 안도감. 몸을 써서 이루어 내는 느린 성취를 즐긴다는 점도 변하지 않았다. 두근거리는 심장을 지그시 누르며 나는 눈부시게 빛나는 설산을 바라본다.

햇살이 정오 바위(에귀디미디)에 다다르면 점심을 차리고,

4시 바위(에귀디구테)에 이르면 오후의 차 한 잔을 즐기며 살아온 산간 마을의 운명이 달라지기 시작한 건 1760년. 지적 열정으로 타올랐던 스위스의 지질학자 소쉬르가 이 산의 초등을 놓고 어마어마한 상금을 내걸었다. 26년 후, 의사 미셸 가브리엘 파카르와 수정 채굴꾼 자크 발마가 그 상금의 주인공이 되었다. '보상 없는 스포츠'라는 알피니즘이 상금 때문에 시작되었다는 점도, 자크 발마가 자신의 단독 등반을 주장하며 파카르의 명예를 훼손했다는 점도 아이러니하다. 젊은 날의 나는 알피니즘의 역사를 그저 경외의 감정으로만 바라봤다. 이제는 알피니즘이라는 단어 뒤에 숨은 그림자가 보인다. 미혹과 공포의 대상이던 산이 정복의 대상으로 변하면서 식민지 경쟁하듯 산에 국기를 꽂아대기 시작했던 점. 누구의 것도 아니었던 대자연이 국가주의의 쟁탈 대상이 되었던 사실도. 어떤 방식으로, 어떤 루트로 오르느냐를 더 중요시하는 머메리즘(등로주의)을 유럽이 추구할 수 있는 이유도 이미 오래전에 오르기만 하면 되던 시기(등정주의)를 지나왔기 때문일 것이다. 마치 아이가 어른이 되듯 자연스럽게. '정상 정복' 같은 단어에 느끼는 불편함도 커졌다. 인간이 어떻게 산을 정복하나. 우리가 정복할 수 있는 건 고작해야 나약한 자신에 불과할 텐데. 불확실한 자연으로 들어가 불가능해 보이는 도전을 함으로써 자기 자신을 온전히 지배하고, 두려움을 통제하고, 자신의 한계를 극복해내는 데 등산의 의미가 있는 게 아닐까. 그럼으로써 육체의 굴레를 벗어나 자유로워지고자 하는 분투. 그런 마음으로 산을 오르는 이라면 그 산이 아무도 알아주지 않는 산이라 해도 존경하게 된다.

어쨌든 몽블랑 주변을 한 바퀴 돌아보겠다고 다시 찾아온 샤모니. 23킬로미터에 달하는 계곡을 따라 이어진 샤모니는 눈 드는 곳마다 장엄한 설산의 파노라마가 펼쳐진다. 각설탕 덩어리를 모아놓은 것 같은 보송 빙하가 쏟아질 듯 가깝게 보이고, 절반쯤 녹아버린 소프트아이스크림처럼 봉긋하게 솟은 몽블랑은 손가락을 뻗으면 쓱 크림이 묻어나올 것 같다. 몽블랑을 응시하며 나는 배낭을 메고 신발 끈을 묶었다. 되는대로 해보는 TMB. 어디까지 갈 수 있을까.

나는 늘 아름다운 것을 누리기 위해서는 불편을 감수해야 한다고 믿었다. 산은 당연히 두 발로 걸어 올라야 하고, 험한 곳은 험하게 구르며 통과해야 한다고. 걷는 일에 있어서는 요령을 모르던 내가 첫날부터 격렬한 내적 갈등을 겪고 있다.

"미쳤어? 벌써부터 편한 걸 찾기 시작하는 거야?"

"정신 차려. 넌 이제 오십 대야. 허리가 그렇게 아픈데 아껴야 산에 더 오래 다니지."

결국 늙은 내가 이겼다. 케이블카는 5분 만에 1,801미터의 벨뷰까지 나를 올려줬다. 몸은 편한데 마음은 쓰리다. 하늘을 보니 심상치 않은 기운이 가득하다. 오늘은 2,120미터의 트리코 고개를 넘어야 하는데 가이드북에 날씨가 나쁘면 가지 말라고 쓰여 있는 '변형 루트'다. 불안한 마음에 예약한 산장에 전화를 걸었다.

"여기는 바람이 심하게 불어요. 2시부터는 뇌우도 온다니 레콩타민으로 우회해서 오세요."

결국 예정했던 길을 포기하고, 노멀 루트로 선회. 금방이라도 비를 뿌릴 듯 잔뜩 흐린 하늘 아래 야생화가 바람에 흔들리고 있다. 핸드폰에 꽃 사진이 담기기 시작하면 나이가 든 거라는데, 그런 면에서 나는 확실히 나이가 들었다. 흐드러지게 피어난 들꽃 때문에 자꾸 걸음이 느려지니. 오늘 머무는 산장은 온수 샤워는커녕 전기도 들어오지 않는다. 땀내 나는 몸을 씻지도 못하고 짐을 풀었다. 해 질 무렵 천둥번개가 치며 강풍과 함께 비가 내리기 시작했다. 저녁을 먹는 사이, 비가 그치고 무지개가 떴다. 밥 먹던 이들이 우르르 몰려 나가 무지개를 바라보며 환호한다. 이런 모습을 볼 때면 인간은 선한 존재라고 믿고 싶어진다.

　더 이상 이렇게 살 수는 없다! 나는 주먹을 불끈 쥐고 결심했다. 레콩타민 마을의 ATM에서 유로를 찾았다. 원할 때 맥주는 마시며 걸어야 할 게 아닌가. 술을 즐기지 않는 나인데도 몽블랑에서만큼은 맥주 한 모금의 행복을 누리고 싶다. 지갑은 두둑해지고, 내 마음도 부풀어 올랐다. 문제라면 적절한 거리에 빈 산장이 없다는 것. 고작 한 시간 반을 걷고 끝을 내야 했다. 다음 날은 여섯 시간 반을 걷고 완전히 뻗었다. 허리가 제대로 고장 난 것 같았다. 천 4백 미터를 올라갔다가 9백 미터를 내려오는 동안 내 신음이 산길을 뒤흔들었다. 그런데도 비현실적인 풍경에 사로잡혀 흐느적거리는 발걸음을 멈출 수가 없었다. 프랑스와 이탈리아의 국경인 2,512미터의 세이뉴 고개에서 바라보는 하얀 산(몽블랑)과 검은 바늘(에귀 누아)의 강렬한 대비. 저마다의 색으로 들판을 화려하게 물들인 야생화들. 스틱으로 찌르면 푸른 물이 뚝뚝 떨어질 것 같던 하늘. 초록의 능선을 캔버스 삼아 내키는 대로 칠한 흰 붓질 자국 같은 눈덩이들. 아이젠을 차고 조심조심 눈길을 걸어가는 트레커들의 알록달록한 옷차림. 눈앞의 풍경에 심장이 울렁거렸다. 하산할 것인가 계속 갈 것인가, 기로에 섰지만 여기까지 온 것만으로도 그저 감사했다.

전날 밤에는 하산 여부를 놓고 한산대첩을 앞둔 이 장군님만큼이나 고뇌했건만…. 아침에 일어나니 컨디션이 나쁘지 않았다. 이번에는 젊은 내가 늙은 나를 눌렀다. 결국 다시 배낭을 메고 네 시간을 걸었으니. 비록 내 다리가 좀 짧기는 해도 튼튼하게 타고난 덕분에 어지간한 서양 남자들한테도 안 밀리고 걸어 다녔다. 내 몸만 한 배낭을 메고 히말라야며 파타고니아를 누볐다. 아, 옛날이여…. 오늘은 모든 사람이 나를 추월해 지나갔다. 도로 건너 풀숲의 친구를 만나러 가는 달팽이의 속도랄까. 허리를 숙일 때마다 칼로 찌르는 통증이 여전했다. 덕분에 오르막에서도 허리를 굽히지 않는 기개를 발휘하느라 분투한 하루였다. 그런데도 하산할 마음은 조금도 들지 않았다. 몽블랑의 장엄한 풍경에 취해 아픔마저 잊어버리는 건가.

어느새 TMB의 절반을 돌았다. 긴 하루였다. 꼬박 열두 시간 만에 산장에 도착했으니. 오늘은 TMB의 경로를 이탈해 이탈리아 쿠르마유르에서 케이블카로 프랑스의 에귀디미디까지 올라갔다 오는 모험을 감행했다. 그 대가로 오후에 휴식 없이 네 시간 반을 걸어야 했지만, 멋진 일탈이었다. 요 며칠 내 동반자는 홍콩에서 온 올리버. 로스쿨을 졸업하고 변호사가 되기 전 프랑스에서 1년간 불어를 배우는 청년이다. 호기심이 많고 성품도 다정하다.

"나 오늘 에귀디미디까지 올라갈 건데 같이 갈래?"

그 한마디에 가던 길을 포기하고 따라나선 그가 몇 번이나 말했다.

"오늘 같이 가자고 권해줘서 정말 고마워."

포인트 헬브로너(3,462미터)에서 곤돌라로 갈아타 에귀디미디(3,842미터)까지 가는 5킬로미터의 여정이 오늘의 하이라이트였다. 곤돌라의 열린 창 너머 한 점이 되어 몽블랑을 오르는 이들이 보였다. 육체를 지닌 인간의 고통과 희열을 그들은 생생하게 느끼고 있을 것이다. 수족냉증을 앓는 나는 저 눈길을 걷는 상상만으로도 발가락이 얼어붙는 것 같아 그저 감탄하며 바라볼 뿐. 젊은 날의 나였다면 저 산을 오르겠다며 가이드를 구했을 것 같다. 쉰을 넘긴 나는 점점 '정상'이나 '완주' 이런 단어에 무심해지고 있다. 반드시 이뤄야겠다는 성취욕 같은 것은 사라지고, 큰 산을 오르던 이들에게 품었던 존경의 마음도 더불어 희미해졌다. 대신 멀고 높은 산만큼 가까이 있는 낮은 산도 사랑하게 되었다. 별다른 장비 없이, 마음이 내킬 때면 언제나, 가벼운 몸과 마음으로 찾아가도 되는 낮은 산, 가까이 있는 산의 소중함을 뒤늦게 알게 되었다. 그래도 몽블랑은 몽블랑. 바라보는 것만으로도 좋을 수밖에. 상기된 얼굴로 연신 감탄을 멈추지 않는 올리버를 향해 나는 '라떼족'이 되어 이야기를 시작했다.

"내가 30년 전에 에귀디미디에 처음 왔을 때 일인데…."

걷고, 먹고, 자고, 일어나 다시 걷고

프랑스 몽블랑
France Mont Blanc

"스물세 살 때 첫 유럽 여행을 왔거든. 누군가 던진 '샤모니 정말 아름답더라'라는 한마디에 꽂혀서 샤모니를 찾아왔어."

혼자 아련해진 나는 올리버에게 30년 전의 이야기를 이어갔다. 케이블카를 타고 에귀디미디에 오른 날, 정전인지 고장인지 정상에서 케이블카가 멈췄다. 매점에 파는 먹거리는 바닥나고, 케이블카는 언제 운행을 재개할지도 모르는 상황. 모두가 피난민처럼 여기저기 모여 앉아 시간을 죽일 때, 내 앞에 한국 남자 둘이 등장했다. 한국인이라는 이유만으로 서로를 반가워하던 시절이었다. 대학생 조카와 여행 중인 중년 남성이 갑자기 배낭에서 버너와 코펠을 꺼냈다. "원래는 이런 곳에선 취사가 안 되지만 지금은 비상 상황이니까"라며 물을 끓이더니 너구리 두 마리를 투하했다. 몽블랑을 눈앞에 두고 먹는 너구리는 그야말로 '인생 라면'이었다. 그날 결국 샤모니 쪽 케이블카는 운행을 하지 못해 이탈리아 쿠르마유르로 내려와 버스를 타고 샤모니로 돌아갔던 기억이 생생하다. 오늘은 그 루트를 거꾸로 오른 셈이다. 꼭 30년 만에 이 자리에 다시 섰다. 몽블랑의 장엄한 산군을 향한 내 설렘은 여전하다. 달라진 점이 있다면 젊은 날 들끓었던 저 산을 오르고 싶다는 욕망의 거품은 꺼지고, 지금의 나는 여기에 있다는 사실만으로도 충만하다는 점이다.

쿠르마유르 마을로 내려와 루콜라를 듬뿍 얹은 피자 한 판을 다 먹고 올리버와 작별했다. 쉬지 않고 네 시간 반을 걸었다. 오늘의 숙소는 위대한 산악인 월터 보나티의 이름을 딴 보나티 산장. 삼십 대 초반 한창 산악 문학에 심취해 있던 시절, 월터 보나티의 이름은 여러 책에 등장했다. 그랑드조라스 북벽 동계초등, 마터호른 단독 동계초등 등 무수한 업적을 이룬 그가 한때 산악 가이드로 일했던 마을이 바로 쿠르마유르. 라인홀트 메스너와 함께 이탈리아 사람들이 가장 사랑하는 산악인이지만, 그는 배신과 모략으로 고통의 세월을 보내야 했다. 스물네 살이라는 젊은 나이에 이탈리아 K2 원정대에 막내로 합류했을 때, 팀의 정상 공격조 대원들은 젊고 가장 힘이 좋은 그가 정상에 오르게 될까 봐 계략을 짰다. 그를 따돌리고자 산소통을 예정된 고도보다 더 높은 곳에 가져다 놓도록 시켰다. 거기에 더해 체력이 저하된 그와 셰르파가 다다르기 어려운 위치로 정상 공격을 위한 캠프를 옮겼다. 보나티와 셰르파 메흐디는 8천 백 미터 고도에서 슬리핑백조차 없이 밤을 꼬박 새우고 살아남았다. 심지어 보나티는 자신이 산소를 소진해 정상 공격조가 하산할 때 고통을 겪어야 했다는 거짓 비난까지 당했다. 그 후 수십 년간 그는 자신의 명예 회복을 위해 싸워야 했다. 2007년에야 이탈리아 산악 연맹은 보나티의 진술에 기반한 K2 등반을 공식적으로 받아들였다. 이탈리아 정부가 보나티에게 최고 등급의 공로 훈장을 수여하려 했을 때 공동 수상자에 그를 속인 선배 등반인의 이름이 있다는 이유로 보나티는 훈장을 거부했다. 서른다섯이라는 나이의 이른 은퇴에는 어쩌면 그런 세상에 대한 환멸의 의미도 있지 않았을까. 긴 하루를 보내고 그의 이름을 딴 산장에 머물게 되니 먹먹한 마음이 든다. 보나티는 "등산은 도피가 아니라 스스로의 인간적 나약함에 대한 승리"라고 했는데, 나는 이곳에서 매일 나 자신과 싸워 이기는 중일까. 거센 바람 소리에 흔들리는 유리창 저 너머에는 저마다의 신화를 만들기 위해 저 높은 산을 오르고 있을 이들이 있으리라.

TMB 트레킹 6일째. 이탈리아가 끝나고 스위스가 시작되었다. TMB의 즐거움 중 하나는 국경을 넘을 때마다 음식과 언어가 달라지는 일이다. 역시 음식은 이탈리아가 최고. 물가는 당연히 스위스가 '넘사벽'. 프랑스는 투르드몽블랑 최고의 풍경을 가졌달까. 걷다 보면 텐트를 지고 다니며 캠핑하는 트레커도 종종 만난다. 보기에도 무거워 보이는 캠핑 장비를 주렁주렁 매달고 걸어가는 청춘들을 보면 부러움 반 안도감 반이 뒤섞인다. TMB 루트에서 야영장이 아닌 곳에서의 불법 야영에 대한 각 나라의 원칙도 다 달라서 재미있다. 프랑스가 가장 관용적이다. 저녁 7시 이후 아침 9시 이전이라면 어디에서든 1박에 한해 캠핑이 가능하다. 이탈리아는 해발고도 2천 5백 미터 이상에서, 비상 상황일 경우에만 하룻밤 캠핑을 허가한다. 스위스는? 정해진 야영장 이외에서의 캠핑은 무조건 벌금 최소 1천 스위스 프랑(약 170만 원). 자연환경을 지키기에는 역시 엄격한 스위스가 가장 나을 것이다.

국경을 넘나들며 산길을 걷고 있지만 허리의 통증은 여전하다. 육체의 굴레에 갇혀 생생하게 고통을 느끼며 산을 오르다 보면 아이러니하게도 신체적인 자유를 깨닫는 순간이 찾아온다. 내 몸을 한계까지 밀어붙이고 있다는 사실이 주는 만족. 한계라고 여겼던 지점을 넘어 확장되는 몸의 가용성을 확인할 때의 희열. 생명을 유지하기 위한 최소한의 활동으로서의 몸 사용이 아니라, 잉여의 고통을 자초함으로써 얻는 기묘한 쾌락. 내 몸이 내 정신의 지평선을 넓혀주고, 나를 한없이 자유롭게 만들어주고 있음을 깨닫는다.

쉰을 넘기고 나니 산에 오를 때마다 질문이 많아진다. 나는 언제까지 오를 수 있을까. 내가 가고 싶은 곳으로 달려가 마음껏 걸을 수 있는 날이 얼마나 남았을까. 내 조카들이 성인이 되어 고모와 여행하고 싶다고 말하는 날, 그때도 여행할 수 있는 체력과 세상에 대한 호기심이 남아 있을까.

무엇보다 산은, 지구는 언제까지 버텨줄까. 기후 위기로 인해 점점 더 많은 빙하가 더 빠르게 녹고 있고, 몽블랑 산군도 예외는 아니다. 이런저런 생각을 하며 걷는 길, 위로라도 하듯 꽃들이 하늘거린다. 고개를 넘어 능선길에 접어드니 붉고 희고 노랗고 파란 꽃들이 길 위에 색채를 더한다. 연보라색 꽃마리, 노란색 금매화와 기는 뱀무, 자주색 범의귀, 샛노란 노랑벌이와 동이나물, 진보라색 트럼펫 용담, 연분홍 솔채꽃과 진분홍 앵초와 알핀 로제, 무리 지어 하얗게 핀 알파인 데이지…. 꽃들의 이름을 불러주며 걷다 보니 어느새 오늘의 산장. 저녁을 기다리는 동안 산장 앞 안락의자에 앉아 저무는 몽블랑을 지켜봤다. 바람결에 날아오는 워낭소리가 골짜기로 번져가는 시간이다. 산장에 머물러야만 누릴 수 있는 순간이다. 이토록 고요하고 아름다운 저녁과 아침을 위해서라면 '국경 없는 코골이회'의 중단 없는 밤샘 공격도 견뎌내리라. 다음 날 펼쳐질 고생은 생각도 하지 못한 채 나는 몽블랑이 붉게 물드는 모습을 보며 앉아 있었다.

태양 아래 꼬치구이가 되어 지글지글 익어가는 것 같았다. 걷기 시작한 지 한 시간 만에 녹초가 되었다. 오르막은 도대체 어디가 끝인지 가늠조차 되지 않았다. 배낭의 방석을 꺼낼 여유도 없이 길바닥에 주저앉았다. 물통을 꺼내 벌컥벌컥 마셨다. 목이 타는 듯한 갈증까지 나를 괴롭히고 있었다. 산행할 때 물을 많이 마시는 편이 아닌 데다 TMB는 곳곳에 급수대가 있어서 내가 지닌 물은 5백 밀리리터 물통 하나가 전부였다. 물통의 물은 이제 3분의 1쯤 남았다. 마침 내려오는 부녀가 보였다. 딸은 중학생쯤 되었을까? 아버지는 반바지에 반팔 티, 작은 배낭. 이 동네 주민 분위기였다.

"저, 여기 오르막에 물을 구할 수 있는 곳이 있나요?"

"앞으로 세 시간 넘게 물 구할 곳은 없는데요? 물 떨어졌어요?"

"아니요, 아직은 있는데⋯."

그가 자신의 배낭을 주섬주섬 풀며 말했다.

"그 물 다 마셔요. 어서요."

나는 시키는 대로 남은 물통의 물을 다 마셨다. 물통을 꺼낸 그가 내 물통에 물을 절반쯤 부었다.

"더 마셔요. 더는 목이 안 마를 때까지."

나는 말 잘 듣는 아이처럼 시키는 대로 물을 마셨다. 물통이 다시 비었다. 그가 남은 물을 내 물통 가득 채우며 말했다.

"우린 이제 내려가거든요. 근데 어디서 왔어요?"

"한국이요."

그가 딸을 마주 보며 싱긋 미소를 지었다.

"지난 4월에 서울에 2주 동안 머물렀는데."

"2주 동안 서울에서 뭐 했어요?"

"직업이 기자라 취재하러 갔어요."

"그 기사 제목이 뭔데요?"

"한국에서의 삶?"

"치열한 경쟁에 낮은 행복지수, 뭐 이런 내용인 건가요?"

"하하. 맞아요."

"그런 거라면 몇 년 전에 이코노미스트 기자가 책 한 권 썼어요. 《기적을 이룬 나라 기쁨을 잃은 나라》, 이런 제목으로. 근데 당신 그 기사는 어디서 볼 수 있어요? 르몽드?"

아는 프랑스 신문이 르몽드 밖에 없어서 그냥 던진 이름이었다.

"맞아요. 르몽드 디플로마티크."

"아, 그거라면 한국에서도 번역판이 나오고 있어요."

"이 기사가 한국판에 실렸을지는 아직 모르겠네요."

배낭을 여미고 일어서는 그에게 이름을 물었다. 그가 구글 검색창에서 자신이 쓴 기사를 찾아 알려줬다.

"고마워요. 이제 당신은 갈증으로 죽어가던 한국인 한 명을 구했네요."

그가 준 물 덕분에 힘을 얻은 나는 다시 일어나 비척비척 걸어가기 시작했다. 한 시간쯤 지났을까. 어쩌면 두 시간쯤? 수직의 철사다리를 오르느라 끙끙대고 있는데 밑에서 누군가 소리를 쳤다.

"당신 물 상황은 어때요?"

누군가 일행에게 외치는 소리려니 싶어 무시했다. 다시 그가 외쳤다.

"당신 물 상황은 어떠냐고요?"

아니 이 첩첩산중에서 이게 무슨 귀신 씻나락 까먹는 소리? 시끄러워 죽겠네. 얼굴이나 좀 볼까? 천천히 뒤를 돌았다. 르몽드 디플로마티크의 그가 웃고 있었다.

"물 아직 있어요?"

"아… 뭐, 네. 근데 여기서 뭐 해요?"

"딸 집에 데려다주고 다시 산행하는 중이죠."

한 번 하는 것도 힘든데 내려갔다가 다시 올라간다고? 이건 그야말로 '헉' 소리와 '헐' 소리가 동시에 나는 일이었다. 과연 백 년 가까운 세월 동안 혁명만 일고여덟 번을 해

내며 지치지 않고 공화정을 요구한 국민의 후예답다. 왕과 왕비를 단두대에서 처형한 혁명정신이 그냥 나온 건 아니겠지. 나는 쿡쿡 쑤셔대는 허리 통증에 더위까지 먹었는지 몸이 문어처럼 늘어져 그야말로 흐느적거리며 걷고 있는데, 누구는 세상 가벼운 발걸음으로 이 길을 두 번 오르는구나. 인생은 불공평해. 그런 시답잖은 생각을 하며 그를 보냈다. 앞서가던 그가 저 멀리서 한 번 돌아보는 모습이 보였다. 나는 손을 흔들어주고 다시 비틀거리며 철사다리 앞에 섰다. 여섯 시간을 걷고 완전히 뻗었다. 쓸 수 있는 몸의 모든 기운을 마지막 한 방울까지 다 짜내서 쓴 것 같다. 숙소로 와서 씻고, 이른 저녁을 먹은 후에도 몸에 기운이 하나도 없다. 고장 난 내 허리를 어루만지며 당부했다. 내일이 마지막이니 조금만 더 버티자!

TMB 마지막 날. 날은 역시나 청명했지만 오늘도 태양이 문제다. 태양신에게 산 채로 바쳐진 제물이라도 된 것 같으니. 눈이 채 녹지 않아 온몸을 긴장하며 다다른 브레방은 고도 2,525미터. 이제 고도 1,035미터의 샤모니까지 내려가는 지루한 하산이 남았다. 나는 아픈 허리를 핑계 삼아 요령을 부렸다. 케이블카로 10분 만에 하산을 해버렸으니. 이로써 '내 맘대로 TMB'가 끝났다. 산장 예약을 제대로 못해 하루에 걷는 거리도 들쭉날쭉, 버스로 하루를 건너뛰기도 해서 정통주의자들 눈에는 차지 않겠지만, 나로서는 만족스러운 날들이었다. 원 없이 알프스를 뒹굴다 가는 기분이니까. 게다가 통증에도 지지 않았다는 만족감도 얻었고. 무엇보다 걷고, 먹고, 자고, 다시 일어나 걷는 단순한 일상이 주는 충만함이 컸다. 이 간결한 삶이 주는 만족감을 서울에서도 누리며 살 수 있다면 좋을 텐데. 샤모니로 내려와 열어본 인터넷 세상에는 당장 자동차세와 재산세 고지서, 집 앞에 세워둔 차의 주차 위반 딱지, 자동차 보험 만료 안내 메일이 나를 기다리고 있었다.

모두가 뜨거운 삶이었다

프랑스 그르노블
France Grenoble

가느다란 인연의 실에 끌려온 곳에서 나와는 전혀 다른 삶을 살아가는 이들을 만났다. 알프스 자락 아래, 프랑스 혁명이 태동한 도시까지 나를 데려온 이들은 안느마리와 욜란다. 그들을 만난 곳은 2019년 여름의 타지키스탄, 파미르 하이웨이를 넘을 때였다. 대중교통이 없는 곳이라 운전사가 딸린 사륜구동차를 빌려서 고도 3천 미터에서 4천 미터를 넘나들며 민박집에 머무는 여정이 닷새간 이어졌다.

전기가 들어오지 않고, 상수도 시설도 없는 곳이라 씻는 일부터 먹고 자는 일까지 불편함이 큰 여행이었다. 민박집 저녁 식사 자리에서 우리는 같은 테이블에 앉게 되었다. 올해 일흔하나인 안느마리와 일흔이 된 욜란다는 15년 전, 각자 인도를 여행하다 만났다. 그 후 해마다 한두 달씩 여행을 같이 다니는 사이가 되었다. 그들은 여행 고수답게 파미르 하이웨이의 열악한 환경에서도 늘 위트가 넘쳤다. 쉰을 넘기면서 깨닫게 된 인생의 격언이 있다면 이렇다.

"체력이 인성이다."

체력이 떨어지는 만큼 정신도 위축되기 마련이다. 무엇이든 다 감당할 수 있다 믿었던 마음의 대양도 말라가기 시작한다. 체력이 부족하면 여행에서도 사소한 일에 불만이 생기고, 짜증이 날 수밖에 없다. 체력이 있어야 타인에게도 친절할 수 있다. 그들은 고단한 여정에도 지친 티가 전혀 나지 않고, 어떤 상황에서도 유쾌하고 다정했다. 자기가 떠나온 곳과 여행지를 비교하며 불평하지 않는 점은 귀한 미덕이라 나는 그들이 좋았다. 타지키스탄을 지나 우즈베키스탄으로 넘어갔을 때도 그들과 종종 만나 밥을 먹곤 했다. 그들은 타슈켄트에서 파리로 돌아가는 여정이었고, 그 사흘 후 나와 친구도 타슈켄트에서 인천행 비행기를 탈 예정이었다. 우리가 우즈베키스탄의 다른 지역을 여행하고 있을 때 그들에게서 연락이 왔다.

"오늘 타슈켄트의 국립극장에서 오페라 〈라 트라비아타〉를 봤는데 정말 좋았어. 이 즐거움을 너희와도 나누고 싶어. 일등석 티켓을 사서 매표소에 맡겨뒀어. 놀랄 만큼 싼 가격이니까 부담 갖지 말고 즐기길 바라."

이토록 세련된 방식으로 마음을 전하다니! 나도 누군가에게 이런 선물을 하고 싶다는 생각이 절로 들 만큼 멋진 선물이었다. 사흘 후 우리는 타슈켄트의 국립극장에서 〈라 트라비아타〉를 즐겁게 관람했다. 그들은 다음 해 4월부터 두 달간 일본을 여행할 예정이었다. 그중 한 달을 한국에서 보내기로 변경했다. 기다리던 그 만남은 코비드 시국이 시작되는 바람에 취소되고 말았다. 그 후 안느마리는 어떻게 지내냐고, 어디를 여행하냐고 가끔 메일을 보내왔다. 게으른 나는 한참 후에야 답을 하곤 했다.

그해 7월, 투르드몽블랑 트레킹을 마치고 귀국 비행기를 타는 곳은 제네바. 지도를 보니 제네바에서 안느마리가 사는 그르노블이 차로 두 시간 반 거리였다. 그르노블이나 제네바에서 만나 밥 한 끼 먹으면 좋겠다 생각하면서 메일을 보냈다. 다음 날 바로 답이 왔다.

"제네바에 온다고? 내가 차로 데리러 갈게. 우리 집에 머물러. 일주일 정도 가능해? 욜란다도 내려오기로 했어. 우린 벌써 네가 오면 뭐 할지 계획을 세우고 있어."

제네바에서 만난 우리는 옥색 호수로 유명한 안시에 들러 점심을 먹은 후, 그르노블의 안느마리 집으로 넘어갔다. 혼자 사는 안느마리의 집은 화려하진 않지만 그가 직접 그린 그림들 덕분에 예술적 감성이 배어났다. 안느마리는 안방을 나에게 양보하고 자신은 공부방으로 쓰는 방에 매트리스를 깔아 지내겠다고 했다. 미안한 마음에 방을 바꾸자고 아무리 말해도 소용없었다.

다음 날, 점심을 먹으러 나간 길이었다. 시내 가판대에 배우 알랭 들롱의 얼굴이 찍힌 잡지가 보였다.

"알랭 들롱 아직 살아 있어?"

"살아 있는데 멘털이 별로야."

"왜?"

"극우에 가까운 보수주의자인데 어리석기까지 해. 인종차별주의자기도 하고."

그러다 화제는 프랑스의 정치 상황에 대한 이야기로 흘러갔다.

197

"프랑스는 이제 예전의 톨레랑스를 다 잃어버렸어. 매일 이민자나 난민을 공격해대고, 점점 우경화되고 있어. 다들 겁먹은 채로 편견에 가득 차서 언론과 정치인에게 휘둘리기나 하지."

"유럽은 과거에 우리가 저지른 짓에 대한 책임이 있어. 난민을 받아들여야만 해."

유럽인으로 산다는 일은 다른 세계에 빚진 자로 산다는 거라는 어느 작가의 말이 생각났다. 그녀들의 이런 태도는 아마도 여행을 통해 키워진 게 아닐까. 여행이란 결국 낯선 세계 속으로 뛰어들어 자신의 편협한 세계를 부수는 행위이자 타인의 존재를 내 이웃으로 받아들이는 과정이기도 하니까. 이방인인 나를 받아준 타국에서의 경험이 쌓여갈수록 나 또한 낯선 타인을 자연스레 받아들이는 법을 배워간다.

원래 누군가의 집을 방문할 때 내 원칙은 '피시즘Fishism'을 따른다. 피시즘이란? 생선을 갓 잡은 날은 신선하다. 다음 날도 그런대로 먹을 만하다. 셋째 날? 상해가며 냄새를 피우기 시작하니 버려야 한다. 그러니 타인의 집에 머무는 건 사흘 이내가 딱 좋다는 신념인데, 이번에는 일주일이나 있게 되었으니 고민이었다. 냄새가 나기 전에 자발적으로 탈출해야겠다 생각하며 첫날을 보냈다. 남의 집에 머물면서도 부담이 크지 않았던 이유는 우선 저녁과 아침 식사가 안느마리의 일상 그대로이기 때문. 나라면 외국에서 손님이 왔으니 있는 솜씨 없는 솜씨 잔뜩 부려서 상다리가 부러지기 직전까지 차리느라 스트레스도 꽤나 받았을 텐데, 안느마리는 평소 그대로에 그야말로 포크 하나 더 냈다. 첫날 저녁은 라따뚜이를 만들어 빵과 샐러드, 와인과 함께 먹었다. 다음 날 아침은 남은 라따뚜이에 바게트와 치즈, 과일과 커피. 차리거나 치우는 데 별 시간이 들지 않는 간단한 식사라 내 마음도 편했다. 대신 빵만큼은 꼭 아침에 동네 빵집에 가서 갓 구운 빵을 사 왔다. 아침 먹는 자리에서 내가 말했다.

"네가 요리하는 데 시간을 많이 쓰지 않아서 내 마음이 편해."

당연하다는 듯 안느마리가 답했다.

"멀리서 친구가 왔는데 음식 하느라 이야기할 시간을 뺏기고 싶지 않거든."

안느마리가 일주일간의 일정을 쭉 브리핑했다. 산간 마을의 영화제, 야외에서의 저녁 식사, 혁명기념일 콘서트, 트레킹, 미술관과 박물관 방문 등 프로그램은 다양했다.

그르노블 시내에서 내 마음을 사로잡은 건 트램 정거장이었다. 정거장 유리 벽면에는 빅토르 위고의 장편《웃는 남자》의 소설의 마지막 장면이 인쇄되어 있었다. 정거장 이름도 작가의 이름을 따서 '빅토르 위고'. 문학의 향기가 피어나는 정거장이었다. 다음 날은 케이블카를 타고 19세기 요새에 올라가 그르노블을 조망하고, 지역 예술가의 전시를 보고 내려와 레바논 식당에서 점심을 먹었다. 오후에는 그르노블 시립미술관으로 사이 톰블리 전시를 보러 갔다. 그는 낙서와 그림, 드로잉과 페인팅의 경계를 넘나든 미국 추상표현주의 화가. 그가 영감을 받은 시인과 작가의 이름이 아주 성의 없는 필체로 달랑 적힌 그림이 가득했다. 2015년 소더비에서도, 작년 하반기 뉴욕 크리스티 경매에서도 그 낙서 같은 그림이 최고가에 낙찰되기도 했단다. 정말이지 세상은 넓고 취향은 다양했다. 진지함과 엄숙함을 비웃기라도 하듯 가볍고 자유롭게 그려낸 선들이 시원한 해방감을 주기도 했지만 결코 우리 집 거실에 걸고 싶은 그림은 아니었다. 저녁을 먹고 공원에서 열리는 혁명기념일 기념 콘서트에 갔더니 온 도시의 사람들이 절반은 모여 있는 것 같았다. 귓전에서 폭탄이 연달아 터지는 것 같은 하드록 음악에 혼이 나갈 것 같은 밤이었다. 그날 밤에는 집

테라스에서 불꽃놀이를 보며 하루를 마감했다.

일주일의 하이라이트는 그르노블에서 30킬로미터 남짓 떨어진 봉쇄수도원 방문이었다. 한번 들어가면 죽어서도 나올 수 없다는 봉쇄수도원. 알프스 자락 천 3백 미터에 숨듯이 자리한 봉쇄수도원 그랑드 샤르트뢰즈 수도원은 주변 산의 이름을 땄다. 라틴어인 카르투시오 수도회로도 불린다. 1084년 성 브루노가 설립한 이후 천 년 동안 그 모습을 드러내지 않다가 2005년 독일인 감독 필립 그로닝의 다큐 영화 〈위대한 침묵Into great silence〉으로 세상에 알려지기 시작했다. 수도원의 시간은 세속의 시간과 다르게 흐르는지 감독이 영화를 만들고 싶다는 청을 넣은 후 16년 뒤에야 수도원에서 답이 왔다. 이제 때가 왔으니 촬영을 원한다면 당신 혼자 들어오라고. 감독은 카메라 한 대 들고 수도원으로 들어가 장비나 스태프도 없이 6개월간 혼자 촬영을 마쳤다.

차를 세우고 2킬로미터 남짓 걸어가야 하는 숲길에는 침묵 표시가 그려져 있었다. 높은 담장에 둘러싸인 수도원에서 일반인에게 공개한 유일한 장소는 작은 예배당 하나. 그 예배당은 십자가도, 스테인드글라스도, 봉헌대의 조각도 미니멀한 현대적 디자인이어서 신기했다. 예배당 문을 열고 나오니 놀랍게도 수도원 정문이 열려 있었다. 멀리 잔디를 깎는 수도사가 보이고, 얼마 후 젊은 수도사가 트랙 터를 몰고 그 문을 통해 나왔다. 찰나로 문이 열렸다 닫힌 순간이었다. 수도원 앞에는 수사나 신부의 가족을 위한 작은 건물이 있었다. 그곳에서 책을 읽고 있던 독일인 여성은 수도사인 오빠를 만나러 왔다고 했다. 그녀의 오빠는 40년째 카르투시오 수도사로 재직 중인데, 가족 면회 가능한 날짜는 1년에 딱 나흘. 이곳에는 현재 서른 명의 수도사와 신부가 머무는데 평균연령은 오십 대다. 그녀의 설명에 따르면 카르투시오 수도회는 이제 세계 열한 개 나라에 열여섯 곳만 남아 있는데 아시아에서는 유일하게 한국에 한 곳이 있단다.

다시 숲길을 걸어 내려와 박물관으로 향했다. 원래 수도원의 일부였던 건물이 수도회를 소개하는 박물관이 되었다. 카르투시오 수도원 건물은 어디를 가나 같은 구조인데, 수도사의 방이 원형 그대로 남아 있었다. 수도사의 방은 좁은 나무 침대와 창가의 작은 테이블, 기도대, 책상과 책꽂이, 난로가 전부였다. 이 수도회는 로마 카톨릭 중에서 규율이 가장 엄격하고 생활이 청빈하기로 유명하다. 그래서인지 하루 일정이 가혹할 정도다. 저녁 7시 반에 취침해 밤

11시 반에 일어나 새벽 3시 반까지 기도와 성경 암송, 다시 취침 후 새벽 6시 반에 기상해서 기도. 하루 세 번의 공동 예배를 드리고, 나머지 시간에는 각자의 작업장에서 여러 가지 일을 한다. 채소 재배, 목공, 성경 필사 등등. 침묵과 고독을 통해 신에게 닿고자 하는 이들답게 이들의 일상은 침묵과 기도로 이루어져 있다. 일요일만큼은 모두 함께 모여 점심을 먹으며 침묵이 해제된다. 월요일 오후에는 주변 산자락을 네 시간 동안 산책하며 수도사끼리 대화를 나눈다. 식사는 하루 한 번, 각 방에 딸린 작은 창을 통해 배식이 되는데 육류는 전혀 없다. 빵과 치즈, 과일과 물 정도. 삶의 필수품인 핸드폰조차 이들은 소유할 수 없다. 사람이 이것만 가지고도, 이것만 먹고도 살 수 있는 걸까.

　이들의 삶은 나와는 극단의 지점에 서 있다. 나에게 사랑은 보이는 존재가 있어야 가능하다. 나를 살게 하는 것은 얼굴과 이름을 지닌 구체적인 존재들이다. 나는 끝없이 돌아다니며 타인과 연결되고 접속되어야 삶의 의미를 찾을 수 있다. 이곳의 사람들은 보이지 않는 존재를 사랑한다. 그들을 살게 하는 것은 얼굴도 이름도 알지 못하는 어떤 초월적 존재다. 이들은 한곳에 머물며 자신을 고립시킨 후 기도로 다른 존재와 연결된다. "모두로부터 떨어져 있는 우리는 모두와 일치되어 있다. 우리는 하나님 앞에 모두의 이름으로 서 있는 것"이라는 카르투시오 수도회의 선언처럼. 혈연도, 지연도 없는 전 세계의 사람들을 점처럼 만나 그점이 이어진 긴 선을 따라 이동하며 살아가는 내 삶과 오직 신과 교감하기 위해 지상과 천상을 잇는 보이지 않는 줄에 기대어 한 자리에 멈춘 채 살아가는 삶. 우리는 얼마나 다른지. 한편으로는 삐딱한 마음도 들었다. 세상은 엉망진창인데 이 삶은 자신만 구원하는 삶이 아닌가, 그런 삶은 종교인으로서 무슨 의미인 걸까. 이들의 기도 역시 세상과 타인을 향하고 있으리라 믿지만, 추상적인 인류 전체를 사랑하기란 쉬운 일이 아닌가. 열렬한 신앙인으로 살면서 세상을 바꾸는 일에도 헌신적이었다가 군부 독재에 의해 총살당한 엘살바도르의 오스카르 로메로 주교. 교회는 악을 방관해서는 안 된다고 믿고 반나치 레지스탕스 활동에 적극적으로 참여했던 독일의 신학자 본회퍼. 이런 이들의 삶이 내게는 더 큰 울림을 준다. 그렇다 해도, 카르투시오 수사들의 삶은 숭고해 보인다. 자발적 가난에 따르는 청빈한 삶, 위대한 포기와 헌신적인 기도, 노동을 통한 겸손. 이토록 고독한 수행을 통해 인간은 어디까지 나아갈 수 있을까. 신이 있다면 이들의 기도에는 응답해야 하는 게 아닐까. 이들은 어떻게 신과 소통한다고 여길까. 어떤 심정으로 죽음을 맞을까. 답을 들을 수 없는 수많은 질문이 머릿속을 맴돌았다. 이 시대에 이런 곳이 살아남아 그 정신을 이어간다는 것 자체가 내게는 하나의 기적 같았다.

먹먹한 마음으로 박물관을 나오는데 기념품 가게가 눈에 들어왔다. 신성의 공간에서 바로 세속의 공간으로 곤두박질 당한 기분도 들지만, 수도사들의 이 간소한 삶도 돈이 없으면 불가능하다. 이 수도원의 주 수입원은 술 판매다. 18세기부터 판매해 온 샤르트뢰즈 리큐어. 무려 131가지의 약초를 넣어 '리큐어의 여왕'이라 불리는 고급술이라는데, 유래가 재밌다. 앙리 4세 시대인 1605년에 어딘가에서 연금술사의 필사본이 발견되었다. 그 안에는 생명 연장의 비약이라는 엘릭서를 만드는 레시피가 적혀 있었고. 그 레시피를 20년인가 연구해 마침내 만들어낸 술이 바로 샤르트뢰즈. 이 정도 스토리텔링이라면 아무리 술 못 마시는 나라 해도 안 살 수는 없다. 오리지널 55도짜리 두 병을 바구니에 담았다.

샤르트뢰즈 수도원을 나서니 어느새 6시가 넘었다. 여름 해는 길기만 해서 아직 환했다. 다시 차를 몰아 피크닉하기 좋은 산 중턱으로 올라갔다. 샐러드와 바게트, 치즈 몇 가지와 로제 와인을 펼쳐놓고 앉아 맛있게 저녁을 먹었다. 안느마리와 욜란다가 근처 카페에서 기다리는 동안 나는 왕복 한 시간 거리의 산 정상에 올랐다. 1,876미터의 봉우리 샤망 솜Chamant Som. 정상에서 샤르트뢰즈 수도원을 보기 위해 일부러 올라온다는데, 나는 까맣게 잊고 있었다. 몽블랑을 찾아보느라! 산을 내려오니 안느마리가 수도원을 봤느냐고 물었다. 그제야 생각이 나 원통했지만, 정상에서 찍은 사진에 수도원이 희미하게 잡혀 있었다. 그 저녁에도 서른 명의 수도사는 작은 방에서 무릎을 꿇고 기도를 올리고 있었을 것이다. 자신의 안위가 아닌, 만난 적도 없는 타인의 안녕을 위해. 누군가가 나를 위해 기도하리라는 믿음은 덧없는 희망이지만, 때로 삶은 그토록 미약한 것에 의지해 이어지기도 한다. 지구가 이만큼밖에 망가지지 않은 건 어쩌면 저이들의 기도 덕분이 아닐까. 무신론자에게는 어울리지 않는 생각을 하며 해 저무는 산에서 내려왔다. 집으로 돌아가는 소들의 워낭소리가 알프스산맥 너머로 길게 번져가는 여름밤이었다.

어느새 그르노블에서의 마지막 날이 찾아왔다. 도심에서 50킬로미터쯤 떨어진 호숫가를 한 바퀴 도는 하이킹에 나섰다. 숲과 호수와 평원이 이어지는 하이킹 코스가 지루하지 않고 아름다웠다. 프랑스는 혁명기념일 이후가 휴가 기간이라 아이를 데리고 걷는 프랑스 가족이 많았다. 옷을 벗어 던지고 일광욕을 하며 책을 읽는 이들도 종종 보였다. 우리도 호숫가에서 도시락을 먹으며 여름철 태양이 선물하는 비타민D를 마음껏 흡수했다. 그르노블과 더불어 프랑스 혁명의 발원지인 비질 성에 들렀다가 귀가하니 모든 일정이 끝났다. 다음 날이면 나는 제네바에서 인천행 비행기에 오를 예정이었고, 욜란다는 집으로 돌아가 모두가 휴가를 떠나 텅 빈 파리를 즐길 계획이었다. 에너지 넘치는 안느마리는 프랑스 남부의 어느 도시에서 열리는 탱고 페스티벌에서 탱고를 추며 한 주를 보낼 예정이었고.

그들이 그르노블을 중심으로 프로그램을 짠 덕분에 나는 그 도시의 속살까지 들여다볼 수 있었다. 더 근사한 곳을 찾아 멀리 가지 않고 자신이 사는 도시를 세심히 누릴 수 있게 해준 시간이었다. 한 번의 여행을 통해 한 사람이 남으면 최고의 여행이라고 믿는 나에게 타지키스탄이 남긴 건 안느마리와 욜란다였다. 육체의 나이를 의식하지 않기에 정신도 젊고 건강한 그들. 소박하게 살지만 예술을 향유하는 습관이 배어 있고, 낯선 이와 마음을 나누는 일에 경계심이 없는 사람들. 좋아하는 일은 망설임 없이 즐기고, 타인의 시선에 휘둘리지 않는 삶이었다. 그들 덕분에 허세나 허영 없이 나이 들어가는 일의 즐거움을 배운 일주일이었다. 그르노블은 세계를 향해 자신을 활짝 열어놓고 살아가는 안느마리와 욜란다, 닫힌 공간에서 최소한의 접속으로 살아가는 수사들의 삶을 동시에 보여줬다. 이쪽도, 저쪽도 모두 뜨거운 삶이었다.

닮고 싶고 살고 싶은 미래로

경주와 제주

Gyeongju and Jeju

 섬세하다기보다는 거칠고 투박한 쪽에 가깝다. 세련됨과는 거리가 먼 대신 소박하고 정겹다. 지나가던 도공이 잠시 다리품을 팔려고 앉았다가 심심한 마음에 끌리며 정을 꺼내 깎아나갔던 걸까. 바위를 깎는 동안 도공이 떠올린 얼굴은 늙은 어미였을까. 아니, 아이를 낳고 아직 부기도 빠지지 않은 아내의 얼굴이었는지도 모른다. 부처라기보다는 동네 어귀에서 마주칠 법한 여인을 닮았다. 그래서인지

이 동네 사람들은 감실 아지매 혹은 감실 할매 부처로 부른다. 불곡 마애여래좌상. 화강암에 감실을 파서 부조로 앉힌 불상은 그저 편안한 얼굴이다. 재지도 따지지도 않는, 넉넉한 미소다. 경주 남산의 많은 불상 중 감실 아지매가 유독 내 마음을 끄는 이유는 무엇일까. 감실 아지매의 미소가 내가 아는 이와 똑 닮아서일 것이다.

그가 꾸리는 방 한 칸짜리 숙소의 이름이자 봄에 피는 꽃, 히어리를 닮은 그를 나는 '히어리 언니'라 부른다. 자매가 없는 내게 그는 남쪽 도시로 시집간 친정 언니 같은 사람이다. 아직은 바람이 매서운 3월 말, 나는 남산 자락에 단정히 자리한 그의 집 부엌에 앉아 있었다. 참나무 장작이 탁탁 터지는 소리와 함께 구수한 나무 냄새가 공기 중으로 번지고 있었다. 유리창 밖 막 새순을 낸 단풍나무 가지에는 빗방울이 구슬처럼 매달려 있었다. 내리는 봄비 덕분에 기압이 낮아 굴뚝의 연기가 마당을 낮게 돌며 빠져나가는 아침. 처마 아래에는 이 집에 둥지를 튼 길고양이 가지와 까불이가 졸고 있었다. 언니가 육수를 내 끓여준 떡국으로 아침을 든든히 먹고 난 후였다. 경주에 내려온 지 사흘째. 아직 일러 벚꽃은 피지 않았지만, 벚꽃이 없어도 경주는 이미 완성형. 담 너머 바깥의 경주도 물론 아름답지만, 안채와 사랑채를 더해도 서른 평을 넘지 않는 이 공간에 있는 것만으로도 내 마음은 충만하다. 이곳에 있으면 굳이 밖으로 나가지 않아도 부족함이 느껴지지 않는다. 이 집은 두 사람의 성품을 닮았다. 화려하거나 세련된 공간은 아니지만 소박한 품격이 있는 집이다. 이곳에는 부지런한 부부의 손길이 구석구석 빠짐없이 닿아 있다. 언니 부부는 세상의 번잡함을 피해 '황리단길'로 한창 뜨던 동네를 떠나 남산 자락 아래로 이사했다. 산림연구원 근처의 한적한 동네에 직접 설계한 집을 짓는 일은 코비드 시기라 쉽지 않았다. 예상보다 오랜 시간과 더 많은 돈과 더 큰 에너지를 쏟아야 했다. 그렇게 완성된 집은 주인을 닮아 단아하고, 남산의 능선을 닮아 누긋하다. 안채와 사랑채가 마주 보고 서 있는 한옥을 두른 낮은 담장 너머로는 너른 들판과 남산이 눈에 들어온다. 작은 부엌 옆 공간에는 나지막한 테이블과 의자, 무쇠 난로가 놓여 있다. 이곳에 있는 많은 것이 손으로 만든 것들이다. 언니의 퀼트 작품을 재활용해 만든 커튼, 대나무를 자르고 구리줄을 엮어 만든 수저통, 짙은 색을 입힌 선반…, 모두 언니와 아저씨가 손수 만들었다. 지치는 일도 없이, 질리는 일도 없이 살림을 살아온 한 사람의 생이 담긴 공간이어서 이런 평온함을 주는 걸까. 이름난 가구나 비싼 가전 하나 없이, 그윽하게 아름답다. 아, 집은 이런 곳이어야 하지, 그런 기분이 들게 하는 곳이다. 감실 할매 부처가 어떤 마음으로 만들어졌는지 알 수 없듯이 언니의 삶이 어떻게 여기까지 다다랐는지도 나는 알 수 없다. 내가 알지 못하는 수많은 낮과 밤 내내 이어진 반복적인 노동이 있었을 것이다. 내가 아는 건 단단하고 흔들림 없는 일상의 힘이 여기에 가득하다는 것. 간소하고 건강한 식단으로 매끼를 집에서 먹기. 부지런히 텃밭을 일구고, 길고양이들의 끼니를 챙겨주기. 찾아오는 손님을 정성껏 대접하며 마음을 나누기. 그렇게 하룻밤 인연도 소중히 붙들어 오래도록 관계를 이어가는 사람이 히어리 언니다. 언니는 계절이 바뀌는 길목마다, 혹은 내가 먼 여행을 떠났다 돌아올 무렵마다 전화를 걸어온다.

"남희 씨. 보고 싶대이. 언제 내려올란가."

그러면 나는 못 이기는 척 경주로 내려와 언니의 친절과 다정함에 기대곤 한다.

넉 달 만에 다시 찾은 경주에서 새롭게 한 일은 칠불암에 오른 일이다. 히어리 언니도 20년 만이라고 했다. 언니네 집에서부터 걷기 시작해 칠불암 가는 길로 접어들었다. 날은 따뜻했고, 숲에는 진달래가 한창이었다. 소나무 사이로 희끗희끗한 분홍색이 봄 햇살에 반짝거렸다. 전날 비가 내린 덕분에 계곡의 물소리가 시원했다. 마지막에는 제법 가파른 길을 5분쯤 올라 칠불암에 다다랐다. 암자에는 푸른 눈의 비구니 스님이 앉아 계셨다.

"차 한 잔 드시고 가세요!"

눈이 마주치자 활짝 웃으며 시원한 목소리로 우리를 불렀다. 체코에서 온 휴정 스님은 숭산 스님의 책을 읽고 출가를 결심했단다. 4년간 청도 운문사에서 공부하고, 경주에 온 지는 어느새 10년이 넘었다. 경주를 '우리 동네'라 부르는 말투가 정겨웠다. 산 아래 절에서 스님들이 돌아가며 올라와 며칠씩 머무르며 암자 관리를 한다고 했다. 스님이 내어주신 차를 몇 잔이나 마시고서야 일어섰다.

"다음에 오면 여기 칠불암에서 주무세요. 수십 명도 잘 수 있어요."

휴정 스님은 템플스테이 영업도 확실히 하셨다. 칠불암의 마애불상군은 볼수록 근사했다. 특이하게도 앞의 바위 사면에 부처님이 조각되어 있고, 뒤의 바위에 세 불상이 나란히 서 있다. 칠불암에서 건너다보이는 산줄기가 시원했다. 휴정 스님이 꼭 올라가 보라고 권한 신선암을 향해 다시 바윗길을 10여 분쯤 올랐다. 신선암은 절벽 끝에 자리하고 있었다. 천지만물을 굽어보기 좋은 위치에 마애보살반가상이 있었다. 남산은 높진 않지만 골짜기가 길고 깊다. 어떤 골짜기에서 어떤 불상과 마주칠지 알 수 없어 걷는 일이 즐겁다.

첨성대와 계림, 반월성, 동궁과 월지, 대릉원…. 수많은 유적을 지닌 경주지만 내가 가장 좋아하는 곳은 봉황대와 진평왕릉이다. 두 능 모두 우아한 느티나무들을 품고 있다. 도심에 자리한 봉황대에는 드물게도 능 위에 느티나무 일곱 그루가 자리를 잡았고, 진평왕릉은 능 주변에 우람한 느티나무 세 그루가 있다. 봉황대를 바라보며 커피를 마시거나 진평왕릉의 발치에 누워 흘러가는 구름을 바라보고 있으면 세상 근심이 다 사라지는 것 같다. 언니와 함께 산책할 때면 종종 언니에게 묻는다.

"언니, 이 능은 누구 능이에요?"

"모른대이."

잠시 후에 또 묻는다.

"그럼 이 능은요?"

"알 수 없제."

좋은 것들은 다 이렇게 어디서 왔는지 알 수 없는 걸까. 언니의 넉넉한 마음이 어디에서 비롯되었는지 알 수 없듯이.

　사흘을 경주에서 보낸 후 김해공항을 통해 제주로 날아
갔다. 제주는 내 마음의 산소호흡기 같은 곳이다. 제주 공
항의 출국장 문을 열고 나와 야자나무가 보이는 순간, 먼
이국에라도 온 듯 가슴이 뛴다. 한반도 유일의 아열대 섬
제주의 풍경은 시작부터 다르다. 겨울에도 성성히 푸른 초
목, 낮고 부드러운 오름과 멀리 보이는 바다, 머리를 풀고
누운 여인 같은 한라산. 정말이지 제주가 없었다면 한반도
는 좀 쓸쓸했을 것이다. 서울에서는 자라지 않는 나무들 옆
으로, 사이로, 뒤로, 검은 현무암으로 쌓은 나지막한 돌담
이 보인다. 돌담의 높이가 조금만 더 높았어도 이 풍경이
주는 느낌은 달라졌을 것이다. 적당히 감추고 적당히 드러
내어 이웃과 더불어 사는 풍경이 주는 안도감과 편안함. 제
주의 돌담이야말로 세계문화유산감이라고 나는 믿는다.

　공항에는 양선 언니가 나와 있었다. 유수암에서 목수로
일하는 양선 언니의 집으로 향했다. 컴퓨터 엔지니어로 일
하던 부부가 차례로 직장을 그만두고 가구 학교에 들어갔
다. 각기 서양 가구와 동양 가구를 3년~4년씩 공부한 후
제주로 내려온 지도 어느새 10년이 넘었다. 언니는 한창의

나이에 몸이 아파오자 삶을 바꾸라는 신호로 알아듣고 회사를 그만뒀다고 했다. 목수로서의 경력이나 연고도 없이 제주에 내려왔으니 얼마나 막막했을까. 온몸으로 태풍을 견디며 살아남은 제주의 나무들처럼 언니에게도 내가 모르는 폭풍의 시기가 지나가지 않았을까. 지금은 아들까지 목수의 삶을 선택해 세 사람이 'Slowly'라는 브랜드로 기능적이면서도 아름다운 가구를 만들고 있다. 언니는 늘 바쁠 텐데 바쁘다고 말하지 않는다. 누군가를 위해서라면 제주 서쪽에서 동쪽을 향해 아무렇지도 않게 달려갈 수 있는 사람이 언니다.

제주는 벚꽃이 한창 피어나고 있었다. 서울에서 하던 일을 접고 제주에 둥지를 튼 현정과 함께 한라산 둘레길을 걸었다. 언니와 나는 고사리를 꺾느라 넋을 잃었고, 현정은 그런 우리를 보며 웃었다. 곶자왈과 삼나무 숲이 번갈아 이어지는 길은 편안하고 고즈넉했다. 벚나무가 늘어선 길에서는 젊은 청년이 벚꽃 아래서 혼자 흥취에 젖고 있었다. 이 계절이면 자주 들리는 〈벚꽃 엔딩〉을 틀어놓은 채 춤을 추듯 빙글빙글 돌고 있었다. 가끔 신음 같은 감탄사가 들려왔다. 그 모습이 좀 민망해 시선을 돌리니 이번에는 젊은 연인이 카메라를 세워놓고 양손을 마주 잡고 어린아이들처럼 뛰고 있었다. 벚꽃에는 사람을 흥분시키는 무언가가 있는 게 틀림없다.

　며칠 후에는 서울에서 지인 윤주 씨가 내려왔다. 그와 함께 녹산로의 벚꽃을 보기 위해 이른 아침에 길을 나섰다. 활짝 핀 노란 유채꽃 위로 연분홍 벚꽃이 만개해 비현실적인 공간이 몇 킬로미터에 걸쳐 이어졌다. 유채와 벚꽃이 함께 피는 날은 1년에 길어야 열흘 남짓. 살면서 이런 풍경을 볼 수 있다니 운이 좋다는 생각이 절로 들었다. 여기까지 왔으니 동쪽 바닷가로 건너가 보기로 했다. 하도리에는 내가 좋아하는 현직 화가와 전직 경찰이 살고 있다. 화가는 전직 경찰의 집에 한달살이를 왔다가 1년을 넘게 살았고, 마침내 바로 옆에 땅을 구해 아틀리에와 집을 지었다. 전직 경찰은 그사이 책을 내고 글 쓰는 이가 되었고, 화가의 매니저까지 겸하게 되었다. 그러는 동안 이 고요한 동쪽 바닷가는 팍팍한 삶에 지친 이들이 마음의 안식을 얻으러 다녀가는 공간이 되었다. 세상사에 무관심하고 화폭의 세계에만 머물던 화가는 전직 경찰 매니저 덕분에 수많은 일을 벌이게 되고, 자신의 아틀리에로 찾아오는 이들을 묵묵히 받아들이게 되었다. 오롯이 붓질만 하며 살아온 그녀의 삶이 이제는 다른 이들을 위로하는 그림으로 피어났다. 한눈파는 일도 없이 자신의 세계를 치열하게 지켜온 어른 두 사람이 쉰을 넘긴 나이에 만나 서로로 인해 세상이 넓어지는 경험을 하며 살고 있다. 얼마나 멋진 인생인가. 여기까지 오는 동안 그들도 저마다의 거친 세월을 지나왔을 것이다. 그림을 사주는 이도, 알아주는 이도 없이 혼자서 묵묵히 캔버스를 마주하고 보낸 수십 년의 세월. 한국 최초의 여성 강력반 반장이라는 타이틀의 무게를 어깨에 멘 채 매일 강력범들과 보낸 숱한 시간. 자신을 믿고, 자신이 하는 일을 믿으며 걸어오는 동안 그들도 두렵고, 쓸쓸한 밤을 오래도록 견뎌야 했을 것이다. 그 밤들을 건너왔기에 오늘의 두 사람은 말이 없이도 나와 윤주 씨를 위로해준다. 우리는 반장님의 서재에서 그가 내려주는 커피를 마시며 근황을 나눴다. 그들의 단골식당에 가서 점심을 먹고, 동네도 한 바퀴 돌고 난 후, 다음엔 서울에서 만나자 인사하고 돌아섰다.

내가 경주와 제주를 유독 사랑하는 이유는 그곳에 내가 닮고 싶고, 살고 싶은 미래의 삶이 있어서일 것이다. 경주에 히어리 언니가 있듯이 제주에는 양선 언니와 윤정원 작가와 박미옥 반장님 같은 분들이 있다. 경주를 닮고, 제주를 닮은 사람들이 꾸려가는 정착민의 삶에 나도 다다르고 싶다. 아직은 때가 아닌지 서울행 비행기를 기다리는 동안 내 손가락은 벌써 다음 여행지의 항공권을 검색하고 있지만.

3부

떠나야 알 수 있는 것들

문제는 인간의 삶인 거지

아르헨티나
Argentina

인생이란 알 수 없다. 평생 돈과는 인연 없는 삶을 산다 싶었는데, 돈의 무게에 치이는 날이 올 줄이야. 배낭 안에 든 돈다발에 내 어깨가 사정없이 짓눌리고 있었다.

방과후 산책단을 이끌고 남미로 출발하기 일주일 전, 나는 그야말로 멘털이 무너져내렸다. 내가 이놈의 남미에 다시는 가나 봐라. 맹세 같은 중얼거림이 절로 터졌다. 그 전 해는 페루가 내 수명을 3년쯤 가져갔다. 시위로 쿠스코 공항이 폐쇄되는 바람에 예정에도 없던 리마에서 하룻밤을 보내고, 첩보 작전이라도 하듯 가슴 졸이며 대기한 끝에 겨우 마추픽추에 다녀올 수 있었다. 페루와 볼리비아 간 국경은 끝내 열리지 않아 급하게 항공권을 끊어 볼리비아로 넘어가느라 예정에 없던 큰 지출을 감수해야 했고.

이번에는 아르헨티나가 배턴을 이어받았다. 난데없는 페소화 가치 절하로 온 나라가 난리였다. 이 사태의 원인은 그 전해인 2023년 11월에 당선된 하비에르 밀레이 대통령이다. '아르헨티나의 트럼프'로 불리는 밀레이 대통령은 자유 지상주의 성향의 극우파 정치인. 중앙은행 폐쇄, 공용화폐로 미국 달러 사용, 장기 매매 및 무기 소지와 마약의 합법화 등 급진적 공약을 내세워 당선됐다. 암울한 현실에 염증을 느낀 젊은 층의 압도적 지지 덕분이었다. 당선 직후 그는 환율 방어를 하겠다며 페소화 가치를 54퍼센트 평가절하했다. 그동안은 아르헨티나의 이중환율제도 덕분에 환전소에서 달러를 바꾸면 공식 환율보다 40퍼센트 이상 환율이 좋았다. 호텔비든 투어비든 명시된 가격의 60퍼센트 정도에 가능한 셈이었는데, 갑자기 백 퍼센트를 고스란히 내야 하는 상황이 되었다. 당장 호텔비만으로도 수백만 원을 더 지출하게 생겼으니 충격이 컸다.

국내총생산GDP 기준으로 중·남미에서 브라질, 멕시코에 이어 세 번째로 큰 경제 규모에, 세계 경제 순위 22위인이 나라가 어쩌다 이런 지경이 되었을까. 대한민국의 스물여덟 배에 달하는 영토를 가진 아르헨티나는 20세기 초만해도 경제 규모 세계 5위의 부국으로 유럽에서 이민을 오던 나라였다. 어린 시절에 봤던 애니메이션 〈엄마 찾아 삼만리〉. 그 주인공인 이탈리아 소년 마르코의 엄마가 일하러 갔던 나라가 아르헨티나였다. 2천 년대 초반부터 시작된 국가 부도는 아홉 번이나 계속되었고, 아르헨티나는 '세계에서 IMF 구제 금융을 가장 많이 받은 나라(22회)'라는불명예를 안고 있다. 그런 화약고에 신임 대통령이 기름을 부어버렸다. 전 정부가 물가 억제를 위해 폈던 '공정 가격' 정책도 중단한 탓에 전년 12월 대비 연간 물가상승률은210퍼센트. 당연히 집권 초기부터 반정부 시위가 잇따랐다. 우리가 칠레의 파타고니아를 걷고 있던 1월 24일, 아르헨티나는 전국적인 총파업으로 비행기부터 버스까지 모든교통수단이 멈췄다. 그날, 우리나라 모 여행사의 한 팀은남은 일정을 맞추기 위해 버스를 천만 원에 빌려 다음 도시로 넘어갔다는 무서운 이야기가 들려왔다.

우리는 총 33일의 남미 여정 중 12일이 아르헨티나였다.

수도 부에노스아이레스를 빼고는 거의 매일 트레킹이 잡혀 있었다. 환율 사태가 어떻게 돌아가든, 파타고니아에서의 일정을 무사히 마쳐야만 했다. 이 땅을 사랑했던 칠레의 작가 루이스 세풀베다는 이곳에서는 정해진 계획을 짜는 것 자체가 모순이라고 했지만.

　　방과후 산책단을 꾸리기 시작한 후 내 인생의 신조는 '체력이 인성이다'가 되었다. 일상을 꾸리는 힘도, 여행을 해내는 힘도 바탕은 체력이다. 타인에게 다정할 수 있는 것도 체력이 있을 때 가능한 일. 여행이 길어지고 피로도가 쌓이면 짜증이 나기 쉽다. 그 짜증의 대상은 단장인 내가 될 확률이 높고. 내 마음의 평화를 위해 단원들의 체력부터 끌어올리자! 남미 출국 4개월을 남겨두고 단톡방을 열고, 매주 미션을 줬다. 지난해 남미팀보다 더 강도 높은 미션이었다. 만 보 걷기에서 시작해 2만 보, 3만 보로 늘려가고, 주 1회는 무조건 산행. 고도도 3백 미터에서 시작해 천 미터 이상까지 높여갔다. 4박 5일 트레킹에 필요한 짐을 싸서 배낭 메고 산행하기, 사흘 연속 산행하기 등 난이도를 조절했다. 그렇게 4개월의 체력 훈련을 끝내고 남미로 날아온 터였다. 덕분에 칠레 파타고니아의 대표선수 격인 토레스 델 파이네의 4박 5일 트레킹을 전원이 잘 마치고 아르헨티나로 넘어왔다. 엘 칼라파테 마을의 린다비스타 호텔에 짐을 풀었다. 30년 전에 이민 오신 교포 부부가 꾸리는 숙소 카운터에는 지폐계수기가 놓여 있었다. 돈 세는 기계를 들여놓고 살게 될 줄은 몰랐다며 사장님이 웃으셨다. 각오하고 왔지만 역시나 현실은 상상 이상이었다. 무거운 돈다발을 최소 열 개씩은 지고 다녀야 했다. 식당에서 밥 한 끼를 먹고 나면 백 장 묶음의 지폐 서너 다발이 기본이었다. 투어비나 호텔의 방값을 지불할 때는 주는 쪽도, 받는 쪽도 돈을 세느라 긴 시간을 보내야 했다. 술집에서 맥주를 주문할 때는 다음 잔 가격까지 미리 내야 한다는 우스갯소리가 돌았다. 첫 잔을 마시는 동안 맥주 가격이 오른다나.

아르헨티나에서의 첫 트레킹은 페리토 모레노 빙하 트레킹. 남극과 북극을 제외하고 인간이 쉽게 접근할 수 있는 빙하 중 가장 아름답다고 꼽히는 빙하다. 빙하 트레킹은 한 회사가 독점으로 운영하는데 비싸기로 악명 높았다. 2월부터 가격이 오른다기에 넉 달 전에 예약했는데 설명이나 변명도 없이 가격이 또 뛰었다. 신용이 사라진 사회가 눈앞에 있었다. 아이젠을 차고 가이드의 시범을 따라 빙하 위에서 걷는 법을 익힌 후 얼음의 세계로 들어갔다. 폭 5킬로미터, 길이 30킬로미터에 달하는 거대한 빙하는 어떤 공성 장비로도 넘어갈 수 없는 성벽처럼 단단해 보였다. 아르헨티나 국립 과학기술 연구위원회의 2023년 보고에 따르면 1년에 평균 1미터씩 줄어들었던 빙하의 크기가 지난 2년간 7백 미터가 줄어들었다. 녹는 속도가 최소 350배 빨라진 셈이다. 성채 같은 이 빙하도 녹아 사라질 날이 머지않은 걸까. 단단한 얼음의 벽이 짙푸른 하늘 아래 하얗게 펼쳐져 있었다. 가이드가 보여준 싱크홀의 물빛은 녹아내린 빙하의 푸른 피 같았다. 순수하고 투명한 블루의 세계였다. 바라보고 있으면 나도 모르게 물속으로 발을 디디게 될 것만 같은. 여전히 이 트레킹의 마지막 순서는 빙하를 깬 얼음을 넣어주는 위스키 온더록스였다. 낭만적이지만 이 또한 자연을 파괴하는 행위인 것 같아 가슴이 따끔거렸다. 가이드 다니엘에게 물었다. 빙하의 변화로 기후 위기를 실감하느냐고. 그는 지난 몇 년간 변화를 느껴왔다면서 덧붙였다.

"자연은 늘 변화하고 있으니 이건 아무것도 아니야. 문제는 인간의 삶인 거지."

20년째 국가 부도 위기를 겪는 나라의 국민이라서일까. 기후 위기보다 경제 위기가 더 크게 다가오는 건. 아니, 기후 위기는 결국 모두가 경제를 최우선 순위에 놓고 살아온 탓이 크니, 그를 뭐라 할 일이 아니다. 이제는 우리가 누려온 편리함에 대한 대가를 치르는 일이 남았을 뿐.

아르헨티나 빙하 국립공원의 남쪽에 페리토 모레노 빙하가 있다면, 북쪽에는 세로 토레와 엘 찰텐(피츠로이)을 비롯한 3천 미터급 바위산이 있다. 등산복 브랜드 파타고니아의 로고가 된 산이 바로 엘 찰텐. 바람의 땅 파타고니아답게 거센 바람이 불어왔지만, 시리도록 짙푸른 하늘이 펼쳐진 날이었다. 칠레의 토레스 델 파이네가 광활하고 장엄하다면 아르헨티나의 엘 찰텐은 화려하고 우아하다. 토레스가 지리산 같다면, 엘 찰텐은 설악산이랄까. 올해는 엘 찰텐을 가까이 조망할 수 있는 호수까지 올라가는 길에 사람이 너무나 많았다. 주말의 북한산 백운대 오르는 길에서 보는 병목 현상을 여기서도 볼 줄이야. 왕복 여덟 시간이 걸리는 트레킹은 자연스레 시간이 늘어났지만, 풍경에 취해 힘든 줄도 모르고 보낸 하루였다.

파타고니아 트레킹의 종착지는 지구 최남단 도시 우수아이아. 남위 54도인 이곳에서 남극까지는 겨우 천 킬로미터. 도착했으나 끝내 다다르지 못한 곳이라고 세풀베다가 말했던가. 지구 끝까지 내려와 떠오르는 그리운 이름이 있음에 감사하며 우수아이아 국립공원 안의 땅끝 우체국에서 조카 해윤에게 엽서를 썼다. 우표와 엽서 한 장의 가격은 물가 폭등을 반영해 역대급이었다. 우수아이아 국립공원의 아름다움은 엘 찰텐이나 토레스 델 파이네와는 결이 달랐다. 힘을 뺀 듯 순하고 부드러운 아름다움. 우리도 모처럼 느긋하게 산책을 즐겼다. 이곳에서 화원을 운영하고 계신 임영선 님의 농장을 방문해 이야기를 듣기도 하면서. 변하는 모든 것 사이에서 변하지 않고 남아 있는 것도 있었다. 비글해협 투어를 하며 찾아간 최남단 등대도, 바위섬에서 낮잠을 자는 바다사자 떼도, 해변의 펭귄 무리도 그대로였다. 2011년 처음 이곳에 왔을 때 봤던, 젠투 펭귄 사이에 혼자 남은 킹 펭귄 한 마리조차 여전했다. 어떤 안도감이 밀려들었다.

2023년 2월, 아르헨티나 가톨릭대학UCA 산하 아르헨티나 사회부채 관측소 연구진이 발표한 바에 의하면 아르헨티나 국민의 57.4퍼센트인 2천 7백만 명이 빈곤층이며 그중 15퍼센트는 '극빈자'에 속한다고 했다. 밀레이 대통령 취임 2개월 만에 누적 물가상승률은 51퍼센트가 됐다. 당연히 강도와 약탈 사고도 늘었다. 땅에 파묻힌 고압선을 훔치다 이십 대 청년이 감전사했다는 뉴스도 들려왔다. 고달픈 현실을 버텨내는 이들에게도 어떤 변하지 않은 점이 있었다. 14년 전과 달라지지 않은 건 몸에 밴 여유였다. 식당에서 서빙하는 이의 손길에도, 길을 물었을 때 알려주는 이의 태도에도 배려와 유머가 살아 있었다. 부에노스아이레스의 공원에서 운동하던 시민들이 사진을 찍던 우리에게 같이 하자고 권해 때아닌 아침 운동을 함께하기도 했다. 개를 산책시키는 아르바이트를 하던 여성도, 숯불에 소시지를 굽던 고깃집 청년도 사진을 찍는 우리에게 활짝 웃으며 포즈를 취해줬다. 경제 상황의 악화에도 이방인에게 다정함을 잃지 않은 이들을 쉽게 만날 수 있었다. 체 게바라, 프란체스코 교황, 탱고 가수 카를로스 가르델, 마라도나와 메시, 에바 페론. 작가 보르헤스와 시인 알폰시나 스토르니. 이 나라 사람들이 자랑스러워하는 인물이다. 부에노스아이레스는 더 이상 그 이름처럼 '좋은 공기'가 아닐지 몰라도, 이들이 사랑하는 대상은 여전했다. 150년 역사의 카페 토르토니에도, 피아졸라 극장의 탱고 댄서들에게도 아직 잃지 않은 자부심이 남아 있었다. 이 혼돈의 시기를 부디 잘 견뎌내기를 바라며 부에노스아이레스를 떠났다.

이 고단한 여정을 나는 왜 또 꾸렸던 걸까. 남미를 떠나기 전날 밤, 단원들이 내 손에 쥐여준 노트에 그 답이 있었다. 내가 느꼈던 이 땅의 공기와 바람, 햇살, 슬픈 역사와 장엄한 자연, 삶의 고달픔과 기쁨. 이런 것들을 나보다 더 강렬하게 느끼고 깨달은 그들의 감정이 노트의 갈피마다 적혀 있었다. 그 감정의 파고가 이렇듯 생생히 전해질 때, 어쩔 수 없이 나는 또 다음 산책단을 꿈꾸고 만다. 아르헨티나의 시민들이 삶을 포기하지 않듯이, 나 또한 앞으로 나아가겠다고 다짐하면서.

나무늘보의 속도로

코스타리카
Costa Rica

가벼운 회색 구름 사이로 햇살이 드리우고 있다. 햇살을 받아 반짝이는 분홍색 꽃송이들이 공중에 떠 있다. 아이들이 놓쳐버린 풍선처럼. 잎도 없는 가지마다 아기 얼굴만 한 꽃을 잔뜩 매단 나무가 도시의 분위기를 부드럽게 만들고 있다. 택시 기사에게 꽃 이름을 물었다. '로블리 사와나'라는 이름의 꽃나무였다. 입가에서 굴러가는 발음마저 사랑스러웠다. 공항에서 시내로 향하는 길 내내 나무와 꽃이 무성했다. 도심에 가까워져도 새들의 울음소리가 소란스러웠다. 도시를 감싸듯 펼쳐진 완만한 능선의 산들이 조금씩 어둠에 묻혀갔다. 늙은 보리수나무들이 서로 몸을 얽은 채 도로 위에 묵상하듯 서 있었다. 남미 트레킹을 함께했던 방과후 산책단이 떠나고 다시 혼자 여행을 시작한 터라 나는 약간의 용기가 필요했다. 그런 나를 이 나라의 자연이 위로하듯 어루만져준다.

여기는 코스타리카. '에코 투어리즘'이라는 단어로 여행자를 끌어들이는 나라다. 생태계와 자연을 파괴하지 않으며 즐기는 관광이라니, '녹색 성장'이라는 단어만큼이나 모순적으로 들리기도 한다. 그런 여행이 가능한 나라가 있다니, 당연히 가보고 싶었다. 첫 남미 여행을 왔던 2011년, 코스타리카에 가보라는 이야기를 종종 들었다. 문제는 비용. 저예산 배낭여행자가 감당하기에는 너무 비싸 마음을 고이 접었다. 다음에 여유가 생기면 와야지 하면서. 그때나 지금이나 경제적으로는 큰 차이가 없다. 다만 이제는 알게 되었다. 세월은 나를 기다려주지 않고, 인생은 계획대로 풀리지 않는다. 그러니 마음이 끌릴 때 가야 한다는 사실을. 급격한 기후 위기, 오십 대 중반의 나이, 이런 것들도 조금은 나를 조급하게 만든다. 보고 싶은 것을 마음껏 보고, 걷고 싶은 곳을 마음껏 걸을 수 있는 시간과 체력, 열정과 호기심이 나에게 얼마나 남았을지 알 수 없다. 무엇보다 기후 위기로 병든 지구가 언제까지 버텨줄지도 모르겠다.

수도 산호세에 큰 짐을 맡겨놓고, 바로 남동쪽 카리브해 바닷가로 내려갔다. 푸에르토 비에호. '옛 항구'라는 뜻의 이름을 지닌 이곳의 바다는 야생의 기운이 물씬 풍겼다. 몇 그루 야자나무 아래로 텅 빈 해변을 맨발의 여인 두셋이 걷고 있을 뿐. 파라솔 하나 없이 자연 그대로인 바닷가의 마을은 소박하지만 배낭족이 좋아할 만한 바이브는 다 갖췄다. 카리브해를 눈앞에 둔 카페들이 있고, 해변에는 젊은 연인들이 누워 책을 읽고 있었다. 나는 호스텔의 평균연령 확장자로, 이 동네 패션 테러리스트로, 혼자 등산복을 입은 채 바닷가를 거닐었다. 상하이에서 땅을 보러 온 큰손 투기꾼으로 보인다 해도 어쩔 수 없다.

이곳은 바다를 즐기러 온 게 아니라 재규어 구조 센터 때문에 찾아왔다. 야생동물을 구조해 치료한 후 자연으로 돌려보내는 곳이다. 비가 세차게 쏟아지는 아침에 찾아간 구조 센터는 궂은 날씨에도 사람이 붐볐다. 하루에 두 번 있는 가이드 투어는 꽤 인기가 높아 예약이 자주 마감된다고 했다. 우리의 영어 가이드는 미국인 조니. 9년째 코스타리카에 살고 있고, 여기서 세 번째 자원봉사를 하는 중이라고 했다. 이곳에서 작년에 구조한 동물은 모두 967마리. 그중 380마리가 야생으로 돌아갔고, 119마리는 야생 생존 가능성이 희박해 이곳에 남았고, 467마리는 죽었다. 가이드 투어를 시작하자마자 그날의 주인공이 등장했다. 이곳이 보유한 숲에 사는 야생 나무늘보 한 마리가 새끼를 품에 매단 채 나무에서 내려오기 시작했다. 모두가 일제히 핸드폰을 꺼내 촬영을 시작했다. 마치 영화제에서 여우주연상 후보라도 마주친 듯한 분위기였다. 나무늘보는 저를 지켜보는 사람들은 안중에도 없이 느릿느릿 나무 밑동까지 내려와 볼일을 봤다. 그러더니 진흙탕이 된 길을 기어 다른 나무를 향해 가기 시작했다. 하루 평균 이동 거리가 37미터에 불과하고, 평균 시속 240미터의 속도로 이동한다는 느림보에게 급한 일이라도 생긴 걸까? 나무늘보는 제 속도로 끈질기게 기어가더니 새로운 나무를 기어 올라가기 시작했다.

"나무늘보가 왜 다른 나무로 가는 건가요?"

누군가 물었다. 조니의 답은 솔직했다.

"모르죠. 먼저 살던 나무가 마음에 안 들었나?"

나무 그늘에 가려 더 이상 보이지 않을 때까지 나는 목을 있는 힘껏 늘이고 나무늘보를 지켜봤다. 내가 코스타리카에 온 이유가 나무늘보를 보기 위해서였는데, 사흘 만에 나무늘보를 만날 줄이야. 이 행운이 믿기지 않았다.

게으름뱅이의 대명사인 나무늘보는 여러 면에서 나를 매혹한다. 우선은 나무늘보의 삶 자체가 게으른 내가 꿈꾸는 최고의 삶이다. 여행에 대한 지독한 갈망으로 많은 것을 포기하고 20년째 떠돌며 사는 처지라, 내게 나무늘보는 정착하는 삶에 대한 어떤 은유 같다. 하루 열다섯 시간을 자고, 일주일에 한 번 나무에서 내려오는, 움직임에 있어서 극단적인 미니멀리스트. 무엇보다 나무늘보는 친환경적인 동물이다. 느린 속도의 생활 방식을 선택해 가능한 한 적은 에너지를 소비한다. 신진대사율이 극단적으로 낮아 나뭇잎 몇 장만 먹어도 살 수 있고, 근육도 적고, 체중도 적게 나가서 에너지 소모량도 적다. 그 최소한의 움직임은 포식자의 눈에 띄는 횟수를 줄여 살아남는 데도 유리했다. 6천 5백만 년 이상 나무늘보가 생존할 수 있었던 비법인 셈이다. 나무늘보는 주로 나뭇잎이나 수액, 과일을 먹지만 소화하는 데너무나 긴 시간이 걸리기 때문에 며칠 혹은 몇 주까지 아무것도 먹지 않기도 한다. 출산, 잠자기, 짝짓기, 먹이 주기, 밥 먹기 등 삶 전체가 나무에서 이루어진다. 나무늘보가 하는 가장 힘들고 먼 여행이 바로 일주일에 한 번 배변을 위해 나무 아래로 내려오는 일이다. 이토록 지독한 정착민이 또 어디에 있을까. 나무늘보의 털에 자라는 녹조류는 보호색이 되어주고, 몸의 털은 수많은 미생물, 곤충, 곰팡이, 나방과 딱정벌레들이 공생하는 집이다. 그들은 그 안의 해로운 진드기와 세균을 먹어 치운다. 이렇게 자신의 몸을 내주어 다른 존재와 더불어 살아가는 나무늘보는 서식지인 열대우림이 빠르게 사라지고 있어 생존을 위협받고 있다. 거주하던 숲이 벌목으로 사라지면 원숭이처럼 다른 숲으로 이동하지도 못하기에.

나무늘보에 한껏 정신이 팔렸던 시간이 끝나고, 조니와 함께 구조 센터의 곳곳을 돌아보며 이곳에 남게 된 동물들의 사연을 들었다. 악어과인 카이만을 예로 들자면 이름은 파초. 이 근처 정글 호텔로 신혼여행을 왔던 독일인 부부가 트레킹을 다녀와 화장실에 들어갔더니 야외 욕조에 이 녀석이 떡하니 들어앉아 있더란다. 건기에 물 냄새를 맡고 거기까지 왔던 것이다. 이미 인간 세계에 익숙해진 상태여서 야생으로 돌아가지 못하고 10년째 거주 중이다.

야생으로 돌려보내야 하는 동물은 우리 같은 방문객이 접촉할 수 없다. 이곳이 집이 된 동물만 만날 수 있는 셈이다. 정부 지원이 전혀 없는 이곳의 운영은 입장료와 기념품 판매, 카페 수입으로 이뤄진다. 서른 명 남짓한 자원봉사자들의 도움과 함께. 가이드 조니는 투어를 끝내면서 이렇게 말했다.

"최소 한 달 이상 머물 수 있는 자원봉사자가 필요합니다. 제가 약속드릴 수 있는 것은 두 가지입니다. 당신이 한 달 예정으로 온다 해도, 최소 석 달은 머물게 될 것입니다. 평생 간직하게 될 추억을 안고 이곳을 나가게 될 것이고요."

그에게 이곳에서 세 번째 자원봉사를 하는 이유가 뭐냐고 물었다.

"동물을 구조하고 그들을 돌보는 일은 너무나 놀라운 경험이거든요. 자연계의 동물을 바꿀 수는 없지만 인간의 행동은 바꿀 수 있어요! 동물과 인간이 함께 살아갈 수 있도록 교육하는 일은 꽤 매력적이죠."

3주간 코스타리카를 여행하는 동안 내가 매일 놀란 지점이었다. 인간과 동물이 함께 공존하고 있다는 사실 말이다.

토르투게로에서도 그랬다. 거북이 마을이라는 이름처럼 여름이면 바다거북이가 알을 낳으러 오는 이곳은 1년 내내 비가 내린다. 연 강수량 6천 밀리리터에 코스타리카에서 습도가 가장 높은 곳. 무엇보다 운하의 마을이라 도로가 없어 찾아오기 힘든 곳으로 악명 높았다. 내가 간 길만 짚어보자면 푸에르토 비에호에서 버스를 타고 한 시간 반 이동 후 리몬에 내려 택시 15분 거리의 모인 항구로 이동, 모인에서는 16인승 통통배로 갈아타고 네 시간을 가야 했다. 가는 도중에 얼굴이 아플 정도의 장대비가 쏟아졌다. 연중 비가 내리는 곳답게 배 안에 준비된 비옷을 걸쳤는데, 타이어를 저며서 만든 것 같은 질감의 비옷이었다. 비냐 땀이냐를 선택해야 할 정도의 두께였다. 입고 있는 것만으로 다이어트가 될 것 같은 비옷을 걸치고 운하 위로 쏟아지는 빗소리를 듣는 기분이 이렇게 좋다니, 나도 좀 이상한 사람이구나 싶었다. 이 보트가 재밌는 건 내내 야생동물 탐사 가이드 투어를 겸한다는 점. 이곳 생태계에 대해 지식이 해박한 선장이 악어, 이구아나, 투칸(왕부리새), 왜가리, 백로, 하울러 멍키나 스파이더 멍키 같은 다양한 동물을 찾아내 배를 멈추고 설명해준다. 운하의 마을답게 좁아졌다 넓어지기를 반복하는 물길을 따라 내려오는 동안 열대의 우림에 깃들어 살아가는 수많은 생명을 만날 수 있었다. 덕분에 네 시간의 보트 여행이 조금도 지루하지 않았다.

다음 날 새벽, 아직 해도 뜨지 않은 시간에 선착장으로 나갔다. 이번에는 운하 투어. 가이드 에릭은 동물만 아니라 식물에도 해박해서 투어 내내 설명이 이어졌다. 자기가 사는 지역에 더불어 사는 다른 생명의 이름을 하나하나 불러 줄 수 있는 삶은 얼마나 근사한가. 맹그로브가 울창한 그늘을 드리우는 운하의 한가운데 수초가 무성한 곳에서 에릭이 배의 엔진을 껐다. 작은 악어 한 마리가 느릿느릿 헤엄쳐 가고 있었다. 모두가 약속이나 한 듯 숨을 죽이고 악어를 지켜봤다. 악어의 까만 눈동자에는 맹그로브 나무와 빛을 받아 반짝이는 수면으로 가득했다. 그 순간, 지구는 인간의 것이 아니라 모든 생명의 터전이라는 사실이 새삼스럽게 마음을 흔들었다.

코스타리카는 아메리카 대륙 유일의 영세중립국이다. 70년 전 군대를 없애고 GDP의 7퍼센트를 교육에 투자해 왔는데, 세계 평균인 4.8퍼센트의 두 배 가까운 수치다. 군대를 없앤 덕분에 환경을 지키는 일에도 더 많은 비용을 쏠 수 있었다. 1980년대에 벌목과 축산업으로 인해 20퍼센트까지 떨어졌던 숲의 비율을 51퍼센트까지 끌어올렸다. 그중 절반 가까이 원시림이다. 코스타리카 전체 국토의 25퍼센트가 국립공원인데 지구상 모든 나라 중 가장 높은 비율이다. 이 나라는 지구 면적의 겨우 0.03퍼센트를 차지하는데 지구 생명체의 전체 종 중 5퍼센트가 살고 있다니, 놀라운 생태 다양성이다. 게다가 이 나라는 재생 가능한 자원으로 전력(대부분 수력)의 99퍼센트를 생산한다. 이 나라 전직 대통령은 2019년의 언론 인터뷰에서 이렇게 말하기도 했다.

"많은 사람들이 환경을 보호하는 일은 경제와 어긋나는 일이라고 말하지만 현실은 반대다. 우리의 관광산업은 환경보호로 인해 성장했다."

맞는 말이다. 나도 에코 투어리즘 때문에 이 나라에 와보고 싶었으니까. 코스타리카의 에코 투어리즘은 이 나라 GDP의 6.3퍼센트를 차지한다. 코스타리카는 세계에서 가장 행복하며, 지속 가능한 나라로도 자주 꼽혀왔다. 복지와 평균 수명, 생태 발자국으로 측정되는 'Happy Planet IndexHPI'는 2006년부터 네 번에 걸쳐 조사되었는데, 그중 세 번의 1위를 코스타리카가 차지했다. 심지어 서구 세계에서 사용하는 자원의 4분의 1만 사용하면서!

성장과 개발에 매진하는 나라를 무자비한 육식동물이라고 한다면 코스타리카는 초식동물 나무늘보다. 정말이지 코스타리카는 나무늘보를 닮았다. 나무늘보는 빠르고,

강하고, 부지런해야 생존에 유리하다는 상식에 균열을 낸다. 느리게 움직이며 적은 에너지를 사용하고, 극단적으로 적게 먹고, 최소한으로 움직이는 방식으로 생존해왔다. 기후 위기가 일상이 된 우리의 미래를 생각해보면 나무늘보코스타리카 같은 국가가 존속에 더 유리할지도 모른다.

퓨마나 재규어 같은 육식 동물의 울음소리로 가득한 정글. 온 숲이 긴장하며 바르르 떠는데 두 발가락 나무늘보한 마리가 느릿느릿 나무를 오르고 있다. 너무 느려 움직이는지조차 알 수 없을 정도다. 그 모습을 상상하는 것만으로 마음에 온기가 피어오른다.

기꺼이 불편함을 감수하는 삶

코스타리카
Costa Rica

가는 비 흩뿌리는 아침, 나는 여름 숲에 서 있다. 비에 젖은 열대의 숲은 맹렬하게 서로를 향해 팔을 뻗은 나무들로 몽환적인 분위기에 휘감겨 있다. 검은 나무의 몸피마다 초록의 이끼나 덩굴식물이 가득하다. 서로 몸을 얽은 푸른 잎들이 빗방울을 매단 채 늘어져 있고, 차가운 안개가 숲을 제 품에 가두었다 풀어놓기를 반복한다. 저마다 조금씩 다른 무수한 초록으로 채워진 공간에 원시적인 선정성이 넘실거리고 있다. 잎 사이로, 가지마다, 큰 나무 너머로 빗줄기가 소리도 없이 스며들고 있다. 길이 아닌, 숲으로 발을 내딛고 싶다. 뒤엉킨 가지들 사이로 걸어 들어가면 다른 차원의 세계가 열릴 것만 같다. 가까이서 하울러 멍키의 울음소리가 들려오고 눈앞에서 붉은 새 한 마리가 날아올랐다. 잠시 깨어진 숲의 정적이 다시 찾아오고, 흔들리던 나뭇가지도 제자리로 돌아간다. 어떤 대가가 세상에 존재하는 모든 초록색을 풀어 자유롭고 호방하게 붓질을 한 듯한 숲이다. 앙리 루소나 김보희의 그림 속으로 들어온 것만 같은. 아쉬움에 자꾸만 뒤를 돌아보게 만들던 그 숲의 이름은 몬테베르데. 그 이름대로 초록 산에 들어가 푸른 물에 흠뻑 젖은 하루였다. 숲을 빠져나오니 짧고 애틋한 꿈을 꾼 것 같았다.

코스타리카는 어디나 열대우림이었다. 내 나라에서는 보기 힘든 나무와 꽃이 가득했고, 조림하지 않은 원시림이 많았다. 나는 이틀에 한 번씩 국립공원을 옮겨 다니며 산과 바닷가와 숲을 걸었다. 인생이 이렇게 풍요로워도 되는 건가. 문득 두려워질 정도로 매 순간 생명의 환희가 일렁였다. 생명력이 이토록 충만한 땅이라면 누구라도 그 기운에 스며들어 어떻게든 살아내게 될 것 같았다.

코스타리카에서 걷는 사람은 시간을 잊어야 한다. 지금까지의 걸음과는 완전히 다른 속도로 걸어야 하기에. 평소 걷던 속도를 버리고 느리게 걸어야 한다. 그래야만 주변의 나무와 숲과 하늘에 시선을 둘 수 있다. 시선을 주고 기다려야만 숲에 깃든 생명을 만날 수 있다. 이 나라 트레킹에서 제일 힘든 점은 열대우림답게 비가 자주 내려 진흙탕이 되는 길도, 후텁지근한 습도와 살갗에 달라붙는 더위도 아닌, 속도 조절이다. 나무늘보처럼 느릿느릿 걸으며 숲을 유심히 들여다보면 조금씩 시선이 열리게 된다. 나뭇가지에 몸을 감고 천천히 가지를 건너가는 긴 형광 연둣빛 뱀이, 덩치가 새끼 돼지만 한 설치류 아구티가 나무뿌리 사이로 고개를 내민 모습이, 라쿤 패밀리 중에서 유일하게 주행성인 코아티가 코를 킁킁거리며 먹이를 찾는 모습이, 거대한 몸체를 끌고 뒤뚱거리듯 걸어가는 새 크레스티드구안(볏봉관조)이, 나뭇가지에 다리를 걸고 잠에 빠진 두 발가락 나무늘보가, 키 큰 나무의 꼭대기 가지에 앉은 투칸의 노란 부리가, 속도를 늦추고 걸음을 멈춘 이에게만 모습을 드러낸다. 수백 년을 살아온, 세월에도 더 성성해지는 나무들은 또 어떤가. 앙코르와트의 유적을 뚫고 자라나는 걸로 유명한 케이폭 나무의 땅 위로 뻗어나간 뿌리와 압도적인 몸피. 온몸에 푸른 이끼를 두르고 서로의 몸을 지지대 삼아 뻗어나간 이름을 알 수 없는 수많은 나무들. 그렇게 숲에 사는 무수한 생명과 눈을 맞추며 감탄하고 신기해하며 걷다 보면 고개를 끄덕이게 된다. 맞아, 지구는 원래 이런 곳이었지. 다양한 생명이 어울려 더불어 살아가는 곳이지. 오래전에는 어디나, 누구나 이렇게 살았겠지. 이런 생각이 절로 든다. 그래서 코스타리카의 야생은 그 어느 곳과도 다르다. 인간의 손길이 채 미치지 못해 막막할 정도로 강대한 자연의 힘을 깨닫게 되는 파타고니아와도 다르고, 일체의 생명이 절멸한 후의 지구를 상상하게 만드는 아이슬란드와도 다르다. 코스타리카는 인간과 동물이 경계나 구분 없이 서로의 존재를 인정하고 받아들이며 살아가는 곳 같았다.

코스타리카에서는 밤 산책의 기쁨도 빼놓을 수 없었다. 어두운 밤에 가이드와 함께 정글을 걸으며 야생동물을 찾아보는 투어다. 밤 산책을 하기 전에는 몰랐다. 밤의 열대 우림이 얼마나 풍부한 표정을 지녔는지를. 검은 하늘을 촘촘하게 채운 별들도, 옷깃을 여미게 만드는 서늘한 밤의 공기도, 짝을 찾는 벌레들의 가냘픈 울음소리도, 무성한 잎들을 흔들며 지나가는 바람의 노래도, 나뭇가지 위 깃털 사이로 부리를 파묻고 잠든 투칸도, 랜턴 불빛에 형광색으로 빛나는 작은 스콜피온도, 먹이를 노리며 나뭇잎 위에 앉아 있는 붉은 눈의 독개구리도, 저마다의 존재감을 내뿜으면서도 조화로운 세계를 이루고 있었다. 무수한 생명을 거두어 안은 밤의 숲은 마법의 성 같았다. 깊고 어두운 세계 안에는 잠든 생명과 깨어 있는 생명이 공존하는 시간이 흐르고 있었다. 숲은 저 홀로 고요히 분주했다. 코스타리카의 숲은 한 번 들어가면 나오고 싶지 않게 만드는 마력을 품은 것 같았다. 태양의 시간에도, 달의 시간에도.

푸라 비다Pura vida(순수한 삶). 코스타리카에서 반복적으로 듣고 쓰게 되는 말이다. 슈퍼에서 물 한 병을 산 후에도, 점심을 먹은 식당에서도, 투어를 알아보러 간 여행사에서도 누구나 말끝에 푸라 비다를 붙였다. 푸라 비다는 다양하게 응용되는 표현이었다.

"오늘 기분 어때요?"

"푸라 비다(좋아요)!"

"음식은 어때요?"

"푸라 비다(맛있어요)!"

"안녕하세요!"

"푸라 비다(안녕하세요)!"

멕시코인들이 코스타리카를 묘사할 때 "이 나라에는 순수한 삶이 살아 있다"고 한 데서 시작되었단다. 코스타리카 사람들은 이 말을 어디에나 갖다 붙이고, 관광 마케팅에도 알뜰히 써먹고 있다. 코스타리카에 머무는 시간이 길어질수록 나도 푸라 비다를 쓰는 횟수가 늘어났다. '푸라 비다'로 표현되는 자연에 깃든 충만한 삶을, 소박하고 생명력 넘치는 삶의 기운을 지나가는 나조차 느끼게 되었으니. 압도적인 자연의 힘이 다른 욕망을 다 누르는 것처럼.

야생이 살아 있는 코스타리카에서도 원시의 생태계로 손꼽히는 곳은 서남단 끝의 코르코바도 국립공원이었다. 세상 어느 나라나 '땅끝 마을'은 다다르는 데 시간이 걸린다. 내가 머물던 몬테베르데에서 아침 첫 버스를 탔는데도 코르코바도에 도착하니 오후 4시. 국립공원 매표소는 이미 3시에 문을 닫아 다음 날 입장권 예약이 불가능했다. 지구의 동물종 전체의 5퍼센트가 코스타리카에 사는데, 그중 절반이 이 국립공원 지역에 거주한다고 했다. 땅끝까지 내려왔는데…, 허탈했다. 결국 코르코바도에서는 가이드와 함께 국립공원 외곽의 숲과 해변을 걸었다. 몇 종의 야생동물을 만난 후 마지막 순서로 그가 자신의 오두막으로 우리를 데려가 점심을 제공했다. 문명의 끈이 완전히 끊어진 깊은 숲에 손수 지은 오두막은 바람이 조금만 불어도 비가 들이치는 열린 구조의 판잣집. 전기도, 수도도 없이, 지닌 것도 거의 없이 돼지 몇 마리를 키우며 살아가는 자연인이었다. 점심을 먹는 동안 그가 아무렇지도 않은 태도로 이야기했다.

"계란을 얻으려고 닭 몇 마리를 키워봤는데 매번 재규어가 물어가서 결국 포기했어. 이 숲은 원래 그들이 주인이었으니 어쩔 수 없는 일이지. 대신 재규어가 물어가기 좀 더 힘든 돼지로 바꿨어."

코스타리카는 그렇게 인간이 동물의 영역을 존중하며 공존해가고 있었다.

무언가 작은 것들이 꼬물거리고 있었다. 바스켓 위로 올라오려고 바지런히 다리를 움직이고 있지만 매번 미끄러지는 생명체는 태어난 지 하루가 된 아기 거북이었다. 세상에나. 어머나. 바스켓을 둘러싸고 머리를 모은 모두에게서 탄성이 터졌다. 그 전날 알에서 부화한 새끼 거북이 마흔일곱 마리였다. 탁구공만 한 거북이들이 바스켓 안에서 꼬물거리는데 세상의 모든 아름다움이 그 안에 다 담긴 것 같았다. 알에서 갓 깨어난 새끼 거북이를 데려와 포식자로부터 보호 중이었다. 오늘 저녁에 바다로 보낸다는데 저 중에 살아남아 성체가 되는 건 서너 마리 정도. 열 마리 중 한 마리가 겨우 살아남아 바다거북이 된다니, 얼마나 힘겨운 생존인가. 꼼지락거리는 새끼 거북이의 생존을 바라는 인간이라는 종의 다정한 기운이 그 작은 생명에게로 건너가고 있었다. 나는 지금 코르코바도 국립공원 안에 있고, 산페드리요 스테이션에 내리자마자 아기 거북이 떼와 마주쳤다. 놀랍도록 운이 좋다. 코르코바도를 떠나 올라간 바닷가 마을 우비타에서 뜻밖의 행운이 찾아왔다. 우비타에서 배를 타고 코르코바도 국립공원으로 들어가는 하이킹 투어가 있었다.

이른 아침, 우비타의 마리노 바예나 국립공원에서 배에 올랐다. 돌고래 몇 마리와 브라운 부비, 펠리칸 떼가 우리의 뱃길을 전송했다. 산페드리요 스테이션에 도착하자마자 새끼 거북을 본 흥분을 가라앉히기도 전에 우리에게 찾아온 선물은 개미핥기. 나무 위에서 개미를 찾아 이리저리 돌아다니는 개미핥기는 생각보다 덩치가 컸고 얼굴은 어딘가 맹한 귀여움이 가득했다. 투칸 세 마리, 마코 앵무 커플, 나무늘보 세 마리, 아구티 몇 마리, 코아티(긴코너구리)

대여섯 마리, 스파이더 멍키 무리와 하울러 멍키들, 빨간색 날개가 아주 강렬한 새 트로곤, 둥지 안의 회색 쿠라소 새끼 등등. 더 많은 야생 동물을, 더 가까이에서 볼 수 있던 시간이었다. 혹시나 했지만, 역시나 야행성인 퓨마나 재규어는 눈에 띄지 않았다. 내셔널지오그래픽에서 '지구에서 생명 다양성이 가장 풍부한 곳'으로 이곳을 꼽았다더니 과연! 20만 원 가까이 지불한 데이 투어는 프로그램 진행이 꽤 좋았다. 5년 전부터 생수병을 나눠주는 일을 그만두고 가이드들이 무거운 정수 물을 들고 다니며 각자 가져온 물통에 리필해준다. 심지어 이 더위에 필수적인 얼음물이다.

하이킹이 끝난 후에는 국립공원 스테이션에서 미리 준비해온 점심을 먹는데 과일과 샐러드, 가요 핀토(이 나라 국민음식으로 밥과 콩, 채소를 같이 삶은 식사), 디저트까지 다 맛있었다. 접시는 물론 물컵과 수저까지 일회용품을 전혀 쓰지 않았다. 무엇보다 가이드가 열성적이었다. 생태계에 대한 지식도 풍부해서 설명도 잘하고. 다만 열성이 지나쳐 트레일을 벗어나 동물들을 찾으러 다니면서 "파크 레인저들은 트레일에서 벗어나지 말라고 하지만 동물들은 안 기다려주는걸" 하며 합리화하는 모습을 보여서 약간 실망이었다. 이렇게까지는 안 해도 된다고 부드럽게 지적했지만,

그 후 같은 말을 또 하며 트레일을 벗어났다. 사실 코르코바도는 트레일이 제한적이고 이정표도 없어서 "길이 없는 국립공원"으로 불리지만, 오는 사람마다 더, 더, 더 깊이 들어가며 동물들에게 다가간다면 결국 그들의 생존을 위협하는 일이 되지 않을까. 우리에게 점점 더 필요해지는 능력은 보이지 않아도 존재하고 있는 다양한 생명들을 상상하는 힘, 그리고 그들과 공존하는 길을 찾는 능력일 것이다. 이런 사실을 되새기지만 알고 있다. 가장 모순적인 존재는 나 자신이라는 사실을. 지구를 위해서는 여행을 멈추는 게 답이라는 걸 알면서도 여기까지 찾아왔으니. 내 안의 두 존재가 다투고 있다. 이 아름다운 자연을 훼손하지 않고 지키고 싶은 이와 그에 반하는 행위를 지속하는 이가. 대지가 내 몸을 옥죄기라도 하는 듯 두 발이 무거워진다.

언제까지 여행할 수 있을까

이탈리아 돌로미티
Italy Dolomiti

　나지막한 신음과 한숨이 번지기 시작했다. 눈 앞에 펼쳐진 길을 보니 다들 기가 막힌 듯했다. 45도는 가뿐히 넘을 것 같은 급한 경사의 오르막은 지그재그로 끝없이 이어지고 있었다.

　"설마 저길 오른다는 건 아니죠?"

　"이거 실화인가요?"

　물을 마시며 숨을 고르던 단원들이 곧 내 멱살이라도 잡을 것 같다. 이럴 때는 부인도 긍정도 하지 않고 그저 몸을 움직이는 게 낫다. 내가 구사할 수 있는 유일한 계, 삼십육계 줄행랑을 치기 위해 나는 먼저 발을 떼었다. 뒷다리의 햄스트링이 팽팽히 당겨졌다. 고개를 오를수록 허벅지의 신경 줄도 더 팽팽해졌다. 이러다 툭 끊어진다 해도 이상하지 않을 정도였다. 자고로 산행은 이 맛에 하는 거지. 나는 자학적인 말을 중얼거리며 가쁜 숨을 내뱉었다. 뒤를 돌아보니 방과후 산책단 단원들이 체념한 듯 하나둘 올라오고 있었다. 이번 돌로미티 트레킹을 위해 나름 엄격한 인터뷰를 거쳐 선발했고, 3개월간의 특훈까지 마친 단원들이었다.

출발할 때 나를 스쳐 갔던 서양인 청년은 이미 아득히 멀어졌다. 이 가파른 고개를 그는 산책이라도 하듯 사뿐사뿐 오르고 있었다. 이 동네 청년일까. 그의 홀홀한 뒷모습에 라인홀트 메스너의 모습이 겹친다. 인류 최초로 8천 미터급 봉우리 열네 개를 모두 올랐던, 내가 아는 가장 위대한 산악인은 이 동네에서 나고 자랐다. '산악문학'에 빠져 있던 젊은 시절, 그의 책을 읽으며 나는 이 남자와 동시대인이라는 사실만으로 전율했다. 몇 년 후인 2007년, 이곳을 찾아와 열흘간 걸었다. 그가 걸었을 법한 길을 상상하고, 그가 올랐을 법한 바위 봉우리를 바라보면서. 바위마다 전설적인 등반가의 눈물과 땀이 스며 있는 암벽등반의 메카. 3천 미터급 암봉 열여덟 개와 마흔한 개의 빙하, 석회암과 백운암으로 이루어진 거대한 산군. 15년이 지난 지금, 나는 다시 이탈리아 알프스 돌로미티에 서 있다.

집 바로 뒤에 이런 고봉들을 두고 사는 건 어떤 기분일까? 나도 이 동네에서 나고 자랐다면 메스너 같은 산악인이 되었으려나. 아니지, 이 동네에도 비열하거나 어리석은 인간은 있을 테니 나고 자란 곳이 한 인간의 성정에 큰 영향을 안 미치는지도 모른다. 하지만 또 메스너가 이 동네가 아닌 다른 곳에서 태어났다면 지금의 그가 되었을까? 나도 다음 생에는 히말라야나 파타고니아 같은 곳에서 태어나 양 치고 소 몰면서 동네 조무래기들과 뒷산 좀 오르다 보면 삶이 달라질까? 더, 더, 더 높이 오르겠다고, 산소통도 없이, 셰르파의 도움도 없이, 혼자서, 누구도 가지 않은 길로 오르겠다며 오르고 또 오르다가 위대한 단독자가 될 수 있을까? 그런 상상을 하며 걷다 보니 아득하던 오르막도 어느새 끝나고, 라가주오이 산장이 눈앞에 우뚝 서 있다. 산장 바로 옆 케이블카 정거장을 본 그녀들이 잠시 항변한다.

"지금 10분 만에 올 수 있는 곳을 네 시간 넘게 걸어오도록 뺑뺑이를 돌리신 거죠?"

말은 이렇게 하지만 모두 알고 있다. 자신의 두 다리로 걷는다는 건 풍경을 몸에 새기는 행위임을. 그렇게 읽어낸 풍경은 영혼에 깊이 각인되어 쉽게 잊히지 않는다.

돌로미티를 제대로 누리는 최고의 방법은 산장에서의 숙박이다. 케이블카를 타고 올라와 사진만 찍다가 내려간 다면 '인생샷'은 건질 수 있을지 몰라도 '인생의 명장면'을 만들기는 어렵다. 타오르던 태양이 기세를 잃고 봉우리 너머로 사라지고, 소란하던 등산객들이 떠난 자리에 침묵의 그늘이 드리우는 시간을 기다려야 한다. 거대한 암봉이 촘촘한 어둠의 그물에 갇히고, 뭇별들이 하늘을 빼곡하게 수놓는 모습을 지켜봐야 한다. 느슨해진 어둠의 그물 사이로 희미한 푸른빛이 스며드는 새벽의 서늘한 공기 속에 서 있어야 한다. 태양이 사라지는 시간과 다시 태양이 떠오르는 시간, 그 사이에 몸을 묻은 채 시시각각 달라지는 산의 표정을 가만히 바라볼 것. 그 고요한 기다림의 시간을 통과할 때, 주변의 모든 생명을 부드럽게 감싸는 어떤 신성한 기운을 느끼는 순간이 찾아온다. 찰나일지언정 이런 위안을 얻기 위해 산에서 하룻밤을 보내는 것이 아닐까.

라가주오이 산장은 듣던 대로 시설이 좋았다. 침대에는

깨끗한 침구가 놓여 있고, 등산화를 말릴 수 있는 보일러실도 있었다. 뜨거운 물로 씻을 수도 있지만 샤워비는 4분에 4유로. 4분에 어떻게 샤워를 하냐고? 미리 모든 준비를 마치고 버튼을 누르는 동시에 씻기 시작하면 머리 감고 몸을 씻을 수 있는 충분한 시간이 된다. 산장의 저녁 식사는 전채부터 디저트까지 코스로 나오는 데다가 맛도 꽤 괜찮았다. 디저트가 나오기를 기다리다 밖에 나오니 돌로미티의 봉우리들 위로 저녁 햇살이 내려앉고 있었다. 식당으로 달려가 사람들을 불렀다.

"지금 디저트를 기다릴 때가 아니에요!"

우리는 밀려오는 안개와 구름 사이로 바위산이 붉게 물들어가는 모습을 말없이 지켜봤다. 존재하는 모든 것에 신의 손길이 깃들었음을 느끼게 하는 순간이 고요히 내려앉고 있었다.

돌로미티가 속한 남티롤 지역은 본래 '수드티롤'로 불리던 오스트리아의 영토였다. 제1차 세계대전 당시 6백 킬로미터 길이의 전선이 석회암 바위와 알프스의 빙하 사이로 그어졌고, 두 나라는 뺏고 빼앗기고 다시 빼앗는 치열한 전투를 치렀다. 이탈리아는 등반과 스키에 능한 청년들로 산악부대 '알피니'를 조직해 이들을 주축으로 전투를 치렀다.

그 시절의 군인들은 총과 포탄뿐 아니라 눈사태에 몰살당하기도 했다. 해발고도 2,752미터에 자리한 라가주오이 산장은 그런 비극을 고스란히 지켜본 곳이다. 이곳에는 오스트리아-헝가리 연합군 진지가 있었고, 수백 미터 절벽 아래 친퀘토리에 이탈리아군이 참호를 파고 대치했다. 제1차 세계대전에서 패한 오스트리아는 티롤의 남쪽을 이탈리아에 넘겼다. 이탈리아는 이 영토를 편입해 트렌티노 알토 아디제 주를 만들었고. 지구 위 어디든 그 땅에 깃들어 산 이들의 피와 눈물이 섞이지 않은 길이 없듯이 이곳도 마찬가지다. 산길을 걷다 마주치게 되는 그 시절의 참호와 터널은 말없이 시대의 비극을 증명하고 있다. 덕분에 이 지역에는 오스트리아의 문화가 짙게 남아 있다. 이탈리아이면서 이탈리아 분위기가 아닌 이 동네에서 나는 숙소의 주인이나 택시 기사에게 짓궂은 질문을 던지곤 했다.

"오스트리아와 이탈리아가 축구를 하면 누굴 응원해?"

그럴 때마다 망설임 없는 대답이 돌아왔다.

"당연히 이탈리아지!"

1950년대에서 1960년대까지는 오스트리아계에 대한 탄압과 차별도 심해서 어려운 시기를 견뎌야 했지만, 지금은 전혀 아니라면서.

라가주오이에서 내려와 미주리나 호수를 걸은 오후에 향한 곳은 해발고도 2,405미터의 로카텔리. 돌로미티에서 가장 인기 있는 산장이다. 덕분에 예약하기도 가장 어렵기로 악명 높다. 트레치메 디 라바레도. 돌로미티를 상징하는 세 개의 봉우리를 눈앞에서 볼 수 있는 최고의 위치 때문이다. 나도 당연히 가장 먼저 이 산장으로 예약 메일을 보냈다. 2월 말에 보낸 내 예약 메일에 답이 온 건 꼬박 석 달 후인 5월 말. 내용은 간단했다.

"너희 예약 완료해놨는데 오는 거 맞지?"

나는 울면서 루트를 다시 짜야 했다. 막상 와보니 샤워 시설 고장이라며 샤워도 안 되고, 어디에서도 인터넷은 안 터지고, 산장지기의 태도도 사무적이기만 하다. 은근슬쩍 쌓일 뻔한 불만은 산장 앞 테라스에 앉아 맥주를 마시며 트레치메를 바라보는 것만으로 싹 사라진다. 세 개의 큰 바위 봉우리가 나란히 서 있다. 가장 작은 봉우리 치마 피콜로(2,857미터). 동쪽 봉우리 치마 오베스트(2,973미터). 가장 큰 봉우리 치마 그란데(2,999미터). 이 봉우리의 초등은 1869년에 이뤄졌다. 오스트리아 등반가 프란츠 이너코플러와 파울 고르만, 피터 샐츠가 나무 지팡이를 짚고 서로의 허리에 밧줄을 묶어 남쪽 사면에 올랐다. 2002년에는 독일인 알렉산더 후버가 로프를 사용하지 않고 단독 등반으로 치마 그란데를 오르는 엄청난 일을 벌였다. 2,999미터에 이르는 저 봉우리의 최단 등정 시간은 46분 30초. 라인홀트 메스너는 이런 이야기를 담은 〈돌로미티 150년 등반의 역사〉라는 제목의 다큐멘터리를 제작하기도 했다.

저녁 햇살을 받으면 회갈색의 봉우리는 연한 핑크빛에서 장밋빛으로 붉어진다. 바위의 성분인 탄산칼슘과 마그네슘 덕분이다. 이 동네 사람들은 그 현상에 '엔로사디라 enrosadira(장미색으로 붉어지는)'라는 이름을 붙였다. 우리는 산장 뒤 동굴로 올라가 트레치메가 붉게 물들어가는 모습을 지켜봤다. '돌체 파르 니엔테dolce far niente(아무것도 하지 않는 달콤함)'를 누리면서. 이우는 햇살에 붉게 물들었던 바위는 차분한 갈색으로 가라앉았다. 곧 어둠이 내릴 터였다. 동굴을 내려가는 우리들의 발걸음에는 아쉬움이 실렸다.

2026년 동계올림픽 개최 예정지인 코르티나 담페초를 베이스캠프 삼아 며칠을 보낸 후, 우리는 산악도로를 가로질러 오르티세이로 넘어갔다. 야생화 트레킹으로 유명한 세체다와 알페디시우시를 걷기 위해서다. 6월 말의 돌로미티는 야생화가 지천이다. 퍼프 소매가 달린 원피스 같은 불가리아 장구채, 우아한 귀족 여인처럼 반듯하게 뻗은 노란 금매화, 하늘하늘 흔들리는 분홍색 범의 꼬리, 은빛 솜털이 보송보송한 에델바이스, 키를 낮춰 피어난 고산 양귀비, 습자지로 접은 보라색 종 같은 캄파넬라…. 발을 딛는 곳마다, 눈을 두는 곳마다 천상의 화원이다. 매 순간 감탄하고, 몸을 낮춰 들여다보고, 사진을 찍느라 발걸음은 느리기만 했다. 앞으로 나아갈 길도, 이미 지나온 길도 비현실적으로 아름다웠다. 어디를 둘러봐도 황홀한 꽃길이었다. 살아가는 동안 꽃길만 걷는 행운은 찾아오지 않았지만, 여름날 며칠 정도 꽃길을 걷는 운은 주어지는구나. 제주도 면적의 여덟 배 크기인 돌로미티 산길의 어디에나 들꽃이 피어나지만 그중 최고는 알페디시우시. 한 가지 꽃만 집중적으로 심어 재미없는 인공 정원이 아니다. 해마다 다양한 꽃들이 피고 지고, 그 씨가 떨어져 다시 피어나기를 반복하며 이 아름답고 자연스러운 풍경을 만들어왔다.

돌로미티 지역에서 우리가 마지막으로 찾은 곳은 포르도이 고개. 돌로미티 어디에서나 볼 수 있던 바늘잎 나무들이 사라지고 황량한 회색 바위들만 남아 다른 행성에 온 것 같은 사소 포르도이를 걷고 내려온 날, 산장 주인이 말을 건넸다.

"내일 돌로미티 자전거 마라톤이 열리거든. 오후 2시까지는 차가 못 다녀."

아니, 그걸 이제야 알려주면 어떡하냐고. 과연 혼돈의 이탈리아다. 세계 3대 자전거 대회라는 마라토나 델라 돌로미티. 자전거 좀 탄다 하는 이들의 버킷리스트라는 이 대회는 추첨으로 뽑힌 9천 명이 참가해 돌로미티의 일곱 개 고개를 넘으며 175킬로미터를 달린다. 오르티세이로 돌아가려던 우리는 결국 일정을 변경해 마르몰라다의 다른 코스를 걷기 위해 다시 길을 나섰다. 건너편 계곡 위로 솟은 돌로미티 최고봉 마르몰라다(3,342미터)를 바라보며 들꽃 가득한 산길을 걷고 내려온 오후. 차가운 맥주를 마시며 쉬던 우리의 스마트폰이 여기저기서 울리기 시작했다. 그날 오후에 마르몰라다의 빙하가 높이 25미터 폭 80미터 크기로 무너져 내려 아래쪽에서 트레킹을 하던 열한 명이 사망하는 참사가 일어난 탓이었다. 마르몰라다 봉우리는 그날 관측 사상 최고 온도를 찍었다고 했다. 잠시 잊고 있었다. 산은 언제나 사람의 생명을 앗아갈 수 있다는 사실을. 산이 허락해야 내가 그 안으로 들어갈 수 있다는 사실도.

지구는 언제까지 내 여행을 허락해줄까? 산은, 바다는, 강은, 사막은 언제까지 내 걸음을 받아들여줄까? 답 없는 질문을 품은 채 바위 너머로 저무는 해를 바라보며 오래도록 자리를 뜨지 못했다.

아름다움과 혼란의 두 얼굴

스위스
Switzerland

오래된 목조 다리 너머로는 양파 모양의 교회 종탑이, 초 콜릿 색의 박공지붕을 인 관공서가, 넝쿨 문양의 장식이 화려한 아르누보 스타일의 상점이 나란히 서 있다. 그 아래 흰 파라솔이 걸린 노천카페에 모여 앉은 사람들의 어깨 너머로 자전거를 탄 어른과 아이들이 오갔다. 유럽에서 가장 오래되었다는 지붕 덮인 나무다리를 건너오니 강변의 계단에 앉아 글을 읽는 소녀들 뒤로 사진을 찍으며 지나가는 관광객들. 그 풍경 안으로 회색 티셔츠에 청바지를 입은 마른 남자가 바퀴 달린 피아노를 끌고 들어왔다. 거리는 어느새 그가 연주하는 선율로 가득 차올랐다. 빗방울처럼 부서지는 영롱한 선율이 강물과 더불어 흘렀다. 조금은 애절하고 쓸쓸한, 어딘가 먼 곳으로 데려가는 소리였다. 서늘한 바람이 불어오는 이른 저녁, 지나가던 사람들이 하나둘 걸음을 멈추고 선 채로 그의 음악을 들었다. 눈이 마주치는 누구와도 사랑에 빠질 수 있을 것 같은 분위기였다. '아, 좋다, 참 좋네' 그런 말을 중얼거리며 우리는 이 도시의 낭만에 흠뻑 젖어들었다. 달콤한 감정은 식당에 들어가 메뉴판을 드는 순간, 싸늘히 휘발되었다. 시내는 더 비쌀 것 같아서 일부러 숙소 근처의 동네 식당을 찾아간 터였다. 치킨 커리와 피시 앤 베지터블, 거기에 물 한 병. 이 간단한 식사의 영수증에는 9만 원이 찍혔다. 물값이 무려 1만 5천 원. 이제 물 대신 차라리 맥주를 마시기로 했다. 과연 자타공인 세계 최고의 물가를 자랑하는 나라였다. 이 나라 사람들이 국경을 넘어 옆 나라로 장을 보러 다닌다더니 이해가 갔다.

H와 내가 있는 나라는 행복 지수가 높기로도 손꼽힌다. 이 나라의 실업률은 2023년 기준 유럽 최저 수준인 2퍼센트 내외. 최저 시급은 제네바의 경우 4만 원이 넘는다. 시

계와 초콜릿, 알프스의 그림 같은 풍경으로 유명하며 공용어가 네 개인 영세중립국. 나 같은 저예산 배낭여행자에게는 언감생심이던 나라, 스위스다. 이십 대에 지나가듯 인터라켄에서 2박을 한 이후 스위스는 30년 만에 온 셈이었다. 소심한 저예산 여행자를 주눅 들게 만드는 엄청난 물가 때문에 우리 대화는 주로 이런 식이다.

"저 노천카페 테이블에 앉고 싶어."

"앉으면 1인 3만 원입니다."

"저 전망 좋은 식당에서 밥 먹고 싶어."

"앉으면 1인 5만 원입니다."

결국 얌전히 숙소로 돌아가 루체른에서의 첫 저녁은 H가 가져온 누룽지와 즉석 된장국으로 해결했다.

우리가 구매한 스위스 트래블 패스는 스위스의 대중교통을 거의('전부'가 아니라는 게 함정) 무제한으로 탈 수 있게 해준다. 시간을 철저히 지키고, 먼지 하나 없이 반짝반짝 빛나는 기차는 스위스를 상징하는 것 같다. 기능적이고 아름답기까지 한 스위스 아미 나이프처럼. 루체른과 몽트뢰에 머문 후 인터라켄을 거쳐 그린델발트까지 가는 동안 우리의 대화는 이렇게 이어졌다.

"예쁘다!"

"눈에 거슬리는 게 하나도 없어."

"어떻게 빈곤의 흔적이 이렇게 안 보일 수가 있지?"

"너무 평화로워 보이네."

"길거리에 쓰레기 한 조각이 없어."

사람 사는 곳이니 이곳도 범죄나 사건 사고가 분명히 있을 것이다. 그런데도 스위스는 어디나 그저 안전하고 평화로워 보였다.

스위스가 누리는 이 모든 삶의 질이 어디에서 왔을까? 용병 수출로 시작해 시계 공업, 제약업 그리고 마침내는 스위스 GDP의 9.1퍼센트를 차지하는 조세회피처로서의 금융업. 마약 딜러와 독재자, 탈세자의 검은돈을 '비밀주의'를 내세워 가장 안전하게 보관해준다는 스위스. 이렇게나 깨끗하고 효율적이며 자연을 사랑하는 사람들이 돈이라면 가리지 않고 다 받아들여 세탁해주고 그로 인한 부의 축적을 아무렇지 않게 여긴다니 믿기지 않았다. 스위스는 마약 거래 등으로 국제 수배를 받는 이들의 공조 수사와 범인 인도를 갖은 핑계를 대며 거절 또는 제한하기로 악명 높다. 국경을 맞댄 이탈리아와 프랑스가 이 문제로 종종 분통을 터트릴 정도다. 스위스의 사회학자이자 연방의회의 의원을 역임했던 장 지글러가 쓴 책《왜 검은 돈은 스위스로 몰리는가》를 읽으며 스위스의 또 다른 얼굴에 충격을 받았던 적이 있다. 천사 같은 외모의 소년이 길고양이를 잔혹하게 괴롭히는 모습을 본 듯하달까.

그런 어리둥절한 마음은 융프라우에 가기 위해 찾아간 그린델발트에서 정점을 찍었다. 노랑과 초록으로 칠해진 산악열차가 푸른 능선을 따라 이어진 철길을 느릿느릿 올라갔다. 기차를 타고 가는 내내 창밖으로 따라오는 옥빛 호수와 마을의 모습에서 눈을 뗄 수가 없었다. 요정이 등장하는 판타지 영화의 정교한 세트를 그대로 옮겨놓은 것 같았다. '이래도 스위스를 사랑하지 않을 수 있어?' 시험이라도 하는 건가. H와 나는 살짝 넋이 나간 상태로 하염없이 창밖 풍경을 따라갔다. 열차에서 내려 모퉁이를 도니 눈앞에 아이거산(3,967미터)이 손에 잡힐 듯 다가왔다. 우리가 머물 산장은 절벽 끝에 매달린 것처럼 자리해 아이거산을 마주 보고 있었다. 이 풍경만으로 탈세니 검은돈이니 하는 부정적인 단어들은 저 멀리 달아났다. 눈앞에 보이는 아이거 북벽은 천 8백 미터 높이의 수직 절벽으로 바위와 얼음으로 구축된 성벽이다. 그랑드조라스, 마터호른과 함께 알프스에서 가장 오르기 어려운 북벽으로 꼽힌다.

1936년, 네 명의 독일과 오스트리아 청년들이 이 벽을 오르기 시작했다. 등산이 국가주의의 도구로 이용되던 시절이라 아이거 북벽의 선등을 놓고 이들은 나치당의 지원을 받고 있었다. 독일의 토니 쿠르츠와 안드레아스 힌터슈토이서, 오스트리아의 에디 라이너와 빌리 앙거러. 등반 첫날 앙거러가 낙석을 맞아 부상을 입었고, 날씨는 점점 악화되어 강풍을 동반한 눈이 몰아쳤다. 하산을 결정하고 내려오던 네 명을 눈사태가 덮쳤다. 한 명은 실종, 한 명은 바위에 부딪혀 죽고, 다른 한 명은 밧줄에 몸이 감겨 질식사. 혼자 살아남은 토니 쿠르츠를 구조하기 위해 스위스 구조대가 근처 아이거반트 역에서 출동했다. 쿠르츠는 구조를 기다리는 동안 동상을 입고 점점 얼어갔다. 매달려 있던 쿠르츠를 구조하기 위해 위험한 등반을 시도했던 세 명의 산악구조대는 불과 5미터 거리에서 밧줄이 닿지 않아 그를 포기해야 했다. 아이거반트 역의 창문에서 북벽까지는 고작 150미터 거리. 그가 얼어 죽어가는 모습을 실시간으로 지켜본 역무원들의 심정은 어땠을까. 구할 수 없다면 고통이라도 줄이기 위해 신이 어서 그의 생명을 거두어주기를 기도했을지도 모르겠다. 수많은 생명을 집어삼킨 아이거 북벽은 여전히 날카로운 위용을 간직한 채 서 있다. H와 내가 머문 산장의 방에서는 북벽이 바로 보였다. 행여나 저 벽을 오를 생각은 다음 생에도 하지 말자. 지금처럼 침대에 누운 채 바라보는 북벽이 가장 아름답다. 그런 마음으로 바라보고 있으니 북벽의 냉혹함은 사라지고 그저 경이로움만 남았다.

나는 오랫동안 아이거 북벽에 끌려왔지만 스위스 최고의 관광지라면 역시 융프라우(4,158미터)일 것이다. 유럽에서 가장 높은 철도역(3,454미터)인 융프라우요흐까지 산악열차가 뚫려 있다. 30년 전에는 없었던 고속 케이블카 아이거 익스프레스가 생겨 융프라우까지 가는 길이 더 빨라졌다. 나는 속도에는 별 감흥이 없다. 아름다운 것을 보기 위해 시간을 들여야 한다면 얼마든지 그럴 수 있기에. 사실 시간을 들일수록 더 아름다워 보이는 효과도 따라온다. 융프라우 역에 내리니 찬 기운이 몸으로 밀려들었다. 이곳의 연 평균 기온은 영하 7.9도. 눈앞에는 유럽 최장 길이의 알레치 빙하가 22킬로미터로 펼쳐져 있다. 눈이 멀 것처럼 빛나는 푸른빛과 흰빛의 세계다. 자연만 탄성을 불러일으키는 게 아니었다. 융프라우 역도 혼을 쏙 빼놓을 정도로 꾸며놨다. 이전에 올랐던 프랑스 샤모니의 에귀디미디 직원들에게 와서 좀 배우라 권하고 싶을 정도였다. 펭귄이며 북극곰 같은 다양한 얼음 조각을 전시한 얼음 궁전, 눈썰매나 집라인을 탈 수 있는 스노우 펀, 해발 3,571미터의 스핑크스 전망대와 360도 영상관, 융프라우 철도 건설의 역사와 노동자들을 기린 공간 등…, 대충 둘러봐도 시간이 꽤 걸렸다.

우리는 왕복 두 시간 거리인 묀히요흐 산장을 향해 빙하 위를 걸어갔다. 5미터 남짓한 폭의 길옆으로 크레바스의 깊은 구멍이 들여다보였다. 설원 너머로는 구름도 한 점 없는 새파란 하늘이었다. 산장에서 설산을 배경으로 맥주 한 잔 안 마실 수는 없었다. 국토의 70퍼센트가 산으로 덮였다지만 만년설이 없는 나라에서 온 나는 고도 3,657미터에서 맥주를 마신다는 일에 아이처럼 설레었다. 주류파인 H는 말할 것도 없고.

다시 기차를 타고 내려와 라우터브루넨으로 건너갔다. 라우터브루넨은 빙하 계곡에 자리해 일흔두 개의 폭포와 골짜기로 이루어진 마을이다. 수려한 경치로 소문난 마을의 가장 아름다운 곳은 공동묘지였다.

"아니, 무슨 마을이 이렇게 예뻐."

"이 사람들은 죽어서도 이렇게 멋진 풍경을 보면서 누워 있는 거야?"

"인생 참 불공평하네."

그런 이야기를 나누며 묘지를 거닐었다. 오른쪽으로는 폭포가 쏟아져 내리고, 무덤의 뒤로는 설산. 풍경을 해치지 않는 작은 비석이 저마다의 개성으로 서 있다. 물을 주는 조리개도, 우물가도 하나같이 앙증맞았다. 예쁘지 않은 것들은 출입을 금지하기라도 한 것처럼. 떨어지지 않는 발걸음을 옮겨 라우터브루넨에서 다시 산악열차를 타고 그린델발트까지 왔다. 숙소로 가는 마지막 기차는 이미 한 시간 전에 떠났다. 사실 놓치기로 마음을 먹고 산장에서 맥주를 마시고, 천천히 눈길을 걷고, 라우터브루넨으로 내려가서 또 걸은 터였다. 그린델발트에서 산장까지는 계속되는 오르막 두 시간. 고개가 가팔라질수록 H의 말수는 줄어갔지만, 옆이나 뒤에 그녀가 있어서 나는 얼마나 든든했던지. 산등성이 너머로 조금씩 해가 넘어가고, 나지막한 목조주택의 색이 점점 짙어지고, 저녁 해의 마지막 기운이 산마루에 두른 비단 띠처럼 붉게 번져가던 시간. 고개를 넘어온 바람이 이마의 땀을 식혀주던 그 저녁, 한 쌍의 스틱을 하나씩 나눠 들고 나란히 혹은 조금씩 떨어져 걸어가는 동안 우리 어깨를 부드럽게 감싸던 저녁 공기. 말이 없이도 서로의 마음을 다 알 것 같던, 붙잡고 싶었던 여름 저녁이었다.

우리에게 남은 마지막 목적지는 체르마트. 환경오염을 방지하기 위해 이 마을의 모든 차량은 전기차이고, 외부 차량은 진입 금지다. 체르마트를 찾는 이유는 등산 철도를 타고 마터호른까지 가기 위해서다. 한때 스위스 여행 기념품 1위였다는 토블론 초콜릿 포장지에 등장하는 바로 그 산이다. 높이 4,478미터의 마터호른은 알프스 3대 북벽 중 마지막으로 1865년, 에드워드 휨퍼에 의해 등반이 이뤄졌지만 하산길에 네 명이 추락사했던 산이다. 이 산의 평균 경사는 45도. 지금까지도 등반하기 까다로운 산으로 꼽힌다. 욕심을 부려 방에서 마터호른이 보이는 곳으로 숙소를 얻었다. 새벽에 침대에 앉은 채 마터호른이 첫 햇살을 받는 모습을 H와 함께 지켜봤다. 그녀가 하루 먼저 떠난 후 나는 산악열차를 타고 고르너그라트 전망대로 올라갔다. 다시 웅장한 설산의 장벽에 둘러싸였다. 기차를 타고 내려가는 대신 '다섯 개의 호수 길'을 걸었다. 호수를 끼고 걷는 내내 마터호른의 장엄한 봉우리가 따라왔다. 호수에 비치는 마터호른의 모습이 절경이었다. 봉우리 하나가 이토록 압도적인 풍경을 만들어내는 곳이 여기 말고 또 있을까. H가 떠난 후 혼자 걷는 쓸쓸함을 마터호른이 어루만져주었다.

스위스의 자연은 과연 명불허전이었다. 자연만이 아니라 이 나라 사람들이 만든 풍경도 그랬다. 스위스의 자연은 철저히 인간이 통제하고 꾸며놓은 자연이라더니 과연 그렇구나 싶었다. 수려한 자연과 함께 살아가다 보니 그들은 현실 세계도 아름답게 구현해야 한다고 생각했을까. 인간이 만든 것도 알프스만큼이나 아름답다는 걸 보여주려는 듯했던 융프라우 역. 눈에 거슬리는 것이라고는 단 하나도 보이지 않게 가꾸어진 그림 같은 마을들. 그 풍경과 완벽하게 어울리는 화사한 색상의 산악열차. 미관을 해칠 수 있는 것을 통제하기 위한 생활의 자잘한 법규들(예를 들면 같은 날에 모든 발코니가 빨래로 가득 차면 보기에 좋지 않다는 이유로 일요일에는 건물 밖에 세탁물을 내걸 수 없다). 심지어 이들은 죽음의 풍경마저 바꾸고 있다. 거미줄에 걸린 하루살이처럼 의료 장치의 전선에 포획되어 삶을 마무리하지 않겠다, 우린 아름답게 죽을 권리가 있다는 듯이. 스위스는 존엄 있게 죽을 권리가 보장된다는 점에서 나를 매혹하는 나라였다. 이 나라 사람들은 생의 전 여정이, 눈에 닿는 모든 세계가 아름답지 않으면 견디지 못하는 걸까. 모든 게 지나치게 깨끗하고, 질서정연하고, 이발소에 걸린 그림 같은 스위스에서 단 하나 예외가 있다면 검은돈.

기자 출신의 에릭 와이너가 쓴 《행복의 지도》 스위스 편에 따르면 이 나라에서는 밤 10시 이후 변기 물을 내리거나(인간의 기본적인 생리현상에 관한 규제라니 도저히 이해가 안 돼서 찾아봤다. 불법은 아니지만 밤 10시 이후에 변기 물을 내리면 강력히 비난받는단다. 스위스 정부가 밤늦게 변기 물을 내리는 소리를 소음 공해로 간주했기 때문이라나) 일요일에 잔디를 깎는 일조차 금지한다고 했다. 심지어 이 나라에서는 기니피그나 앵무새, 말, 금붕어를 한 마리만 키우는 것도 허용되지 않는다. 이들은 사교적인 동물이라 고립시키는 것은 학대 행위로 보기 때문에 적어도 두 마리를 적절한 울타리 안에 두어야 한다. 이토록 지독한 규칙 성애자에, 동물권마저 지극히 존중하는 사람들이 어떻게 인터폴이 수배 중인 범죄자들에게는 그토록 관용적일 수 있는 걸까. 정말이지 길 가는 시민을 붙잡고 물어보고 싶었다. 당신은 이 현실에 만족하며 살아가나요? 당신이 누리는 부와 복지가 어디에서 비롯된 것인지 알고 있나요? 스위스 시민들이 자국의 부조리한 금융산업에 반대해 대규모 시위를 벌였다는 뉴스가 있었던가. 내 곁을 스쳐 지나가는 제네바 시민들의 얼굴에 예루살렘 법정에서 재판을 받던 아이히만이 겹쳤다. 명령대로 나치의 유대인 학살을 수행했던 아이히만은 평범한 관료에 불과했다. 예루살렘에서 그의 재판을 본 한나 아렌트는 사유하지 않고, 질문하지 않는 이들의 무능과 위험에 대해 경고했다. '국가적 공식 행위'라는 이름으로 행해지는 불합리한 일에 그저 순응하고 살아간다면 그 나라는 그대로 괜찮은 걸까. 스위스의 두 얼굴을 어떻게 받아들여야 할지 아직은 모르겠다. 어쩌면 이런 혼란조차 스위스가 내게 남겨준 선물인지도. 여행을 통해 풍경만이 아니라 풍경이 품고 있는 것, 풍경 너머의 것까지 보기를 원해왔으니. 질문에 대한 해답은 하나도 얻지 못한 채 여전한 혼란을 품고 나는 스위스를 떠났다.

20년 만의 아프리카 여행

나미비아
Namibia

"자, 다시!"

"하나, 둘, 셋!"

"당겨요!"

있는 힘껏 줄을 당겨보지만 이번에도 실패. 텐트는 꼼짝도 하지 않는다. 차량 위에 올라가 텐트를 밀어 올리는 사람도, 차 밑에서 줄을 당기는 사람도 어깨가 부서져라 힘을 쓰고 있지만 텐트는 요지부동.

"우리끼리는 안 되겠어요."

나는 눈을 가늘게 뜨고 야영장을 노려본다. 테이블을 펴
놓고 우아하게 와인을 마시는 남자가 눈에 들어왔다. 어깨
가 넓고 탄탄해 보인다. 내가 지을 수 있는 가장 절박한 표
정으로 그의 도움을 구한다.

"당신의 힘이 필요해요."

서양인 남자는 어쩔 수 없다는 듯 아내에게 어깨를 으쓱
하더니 나를 따라온다. 여자 셋이 매달려도 꼼짝하지 않던
텐트가 그의 손길에는 어이없을 정도로 부드럽게 펴졌다.
렌터카 지붕에 장착된 두 동의 텐트! 잡아당기기만 하면
되는 최신형이라고 좋아했던 건 잠시, 키 작고 힘 약한 우
리에게는 골칫거리였다. 사흘 만에 모래가 끼었는지 더 뻑
뻑해져서 난공불락의 성채가 되어버렸다. 캠핑장에서 텐
트와 씨름하다가 매번 남자들에게 달려가 도와달라 외치
는 게 내 일이 되어버렸다. 그나마 다행은 그들이 기꺼이
도와준다는 점. 앞으로 남은 캠핑 내내 나는 힘세고 키 큰
남자를 찾아 하이에나처럼 야영장을 헤집고 다녀야 한다.
그것도 멀고 먼 아프리카 대륙의 나미비아에서.

사흘 전, 우리는 수도 빈트후크에서 차를 빌려 나미브 사
막으로 향했다. 꼭 20년 만의 아프리카행이었다. 기후 위기

는 나에게 얼마 남지 않았다는 절박한 위기감을 여러 면에서 던져주고 있는데, 그중 하나가 야생동물의 생존이다. 더 늦기 전에 한 번 더 지구의 또 다른 주인을 만나고 싶다는 욕심에 졌다. 마침 탄자니아 방과후 산책단을 꾸린 터라 그 전에 나미비아와 보츠와나를 여행해야겠다고 결심했다. 18박 19일간 나와 함께 여행할 동료는 두 명. 모두 방과후 산책단으로 인연을 맺은 분들이다. 짐승 같은 생존 본능을 지닌 미옥쌤. 밤새 울어대는 수탉 무리 가운데에 던져놔도 세상모르고 자는 데다 20년간 테니스, 요가, 수영, 등산으로 단련된 강인한 체력의 소유자. 어떤 상황에서도 이성적인 이과생 형란쌤. 위기 상황에서 내 마음까지 차분하게 해주고, 체력도 좋고, 성격도 무던해 어디서나 잘 지낸다. 무엇보다 두 사람 다 잘 먹고, 잘 자고, 호기심이 넘치고, 긍정적이다. 그야말로 '묻지 마' 여행에 최적화된 사람들인 셈. 그들은 꿈꾸던 나라에 왔다며 해맑게 소리 지르는데 나는 그저 앞으로의 여정이 걱정이었다. 여자 셋이서 아프리카를 캠핑카로 여행할 생각을 하다니 얼마나 용감했는지! 아프리카 대륙에 발을 디딘다는 사실만으로 흥분해 일정도 모른 채 길을 나선 두 사람은 또 얼마나 무모했는지! 렌터카 여행을 준비하다 보니 한숨이 절로 났다. 구글 검색을 해보면 모래 구덩이에 빠진 차를 빼느라 고생한 이야기, 튀어온 돌에 앞 유리가 깨진 이야기, 타이어가 터져 도로 한가운데서 퍼진 이야기…. 줄줄이 매달린 고구마처럼 모험담이 끝도 없이 쏟아져 나왔다. 대부분이 비포장도로라 타이어 펑크는 옵션 아닌 필수로 보였다(심지어 우리가 직접 타이어를 갈아야 한다!). 나 혼자라면 그동안의 경험으로 어떤 상황에서든 '오대수(오늘만 대충 수습하자)'의 각오로 살아남을 수 있겠지만, 지금 내 어깨에는 두 명이 매달려 있었다. 설렘보다는 걱정이 가득한 상태로 오십 대 여자 셋의 나미비아 보츠와나 캠핑 여행이 시작되었다.

실존 인물의 자전적 삶을 영화화한 〈아웃 오브 아프리카〉의 가장 로맨틱한 장면은 로버트 레드퍼드가 메릴 스트리프의 머리를 감겨주는 장면이 아닐까. 분수를 알며 살아왔기에 로버트 레드퍼드는 바란 적도 없다. 내 꿈은 소박했다. 인류의 시원이 된 아프리카 대륙의 신생국 나미비아. 독일의 식민지였다가 남아프리카 공화국에 점령당했다가 1990년에야 독립한 이 나라를 내 발로 둘러보고 싶었을 뿐. 거기에 더해 이 땅에 깃든 야생동물과 함께 해 뜨고 지는 풍경을 누리며 감사히 하루를 마감하는 것. 그 정도가 그렇게 대단한 욕심이었을 줄이야!

캠핑카를 몰고 수도를 떠난 지 사흘. 캠핑의 낭만은커녕 앉아서 점심을 먹은 적도 없다. 캠핑카 안의 식탁과 의자는 펴보지도 못했다. 매일 캠핑카의 짐칸을 열어 바닥에 마트나 카페에서 급하게 산 초간단 메뉴를 늘어놓고 차 뒤에 선 채로 먹어야 했다. 그마저도 끼니때를 놓친 후에 뒤늦게. 우아한 여행을 기대했던 미옥샘이 하루에도 몇 번씩 소리질렀다.

"고발할 거야. 악덕 고용주라고! 밥도 안 주고 노동만 시키고!"

정말이지 열악한 환경에서 목적지까지 가느라 하루가 바빴다. 도로는 자갈길 아니면 모랫길. 사륜구동인 우리의 무거운 차도 모래 구덩이 쪽으로 쏠리면 바로 바퀴가 미끄러지며 차가 돌아버린다. 그럴 때마다 우리도 돌아버릴 것 같았다. 운전자도, 조수석에 앉은 나도 긴장을 놓을 수가 없다. 수도를 벗어난 이후 지금껏 도로의 가로등을 본 적이 없다. 해 떨어지기 전에 숙소에 도착해야 한다는 일념으로 일찍 출발하지만 매번 돌발 상황이 기다리고 있었다. 첫날은 렌터카 회사에서 세 시간에 걸쳐 계약서를 쓰고, 차량 사용법을 배우고, 마트에 들러 장을 보느라 출발이 예상보다 늦어졌다. 오후 1시 반부터 자갈길 3백 킬로미터를 달려야 했는데 중간에 차에 설치한 GPS가 알려주는 길을 무시하고 구글 지도를 따라갔다가 험한 길로 진입, 백 킬로미터를 넘게 되돌아가야 했다. 기계보다 인간을 믿는 구시대적인 인물인 나는 어려움에 처하면 무조건 사람에게 달려들어 도움을 청하곤 한다. 렌터카 회사에 바로 연락했다. 해 떨어진 후에 캠핑장 도착할 것 같은데 어떡하냐고 징징거렸다. 렌터카 회사 사장과 직원이 왓츠앱으로 그룹 방을 열고, 차량에 부착된 트래킹 시스템으로 우리 차의 위치를 실시간으로 추적하며 다른 길을 안내해줬다. 나미비아는 세계에서 인구 밀도가 두 번째로 희박한 나라. 도로 위에 차도 없고, 마을도 없고, 인터넷은 거의 터지지 않는다. 수평선을 붉게 물들이며 비현실적으로 아름다운 일몰이 펼쳐지는데 사진을 찍기는커녕 초조와 불안으로 얼룩진 가슴을 부여안고, '우리를 굽어살피소서! 불쌍히 여겨주소서!' 이름을 아는 모든 신에게 간구하며 조수석에 앉아 있었다. 가로등도 없는 비포장길을 해가 진 후에도 한 시간을 더 달려야 했는데 내 인생에서 가장 긴장한 시간이었다. 나미브 나우클루프트 국립공원의 세스림 캠핑장에 도착해서도 시련은 끝나지 않았다. 우리에게 할당된 32번 캠프사이트를 찾느라 드넓은 캠핑장을 30분 넘게 헤매고, 루프탑 텐트와 씨름하느라 또 한 시간을 까먹었다. 남들은 모닥불 피워놓고 와인을 마시는데 우리는 선 채로 낮에 남은 음식으로 대충 저녁을 먹었다. 고양이 세수만 하고 바로 잠자리에 들었다가 새벽 4시 반에 기상. 소서스블레이의 듄45에서 일출을 보러 출발해야 했다. 듄45는 세스림 게이트에서 45킬로미터 떨어진 곳이라는 이유로 붙은 이름이다. 아침 메뉴도 당연히 '대충 아무거나'였다.

　나미브 사막은 듣던 대로 모래언덕이 이어진 곳이었다. 나마 부족의 언어로 나미브는 '아무것도 없는 땅'을 의미한다. 나미비아라는 이름을 나미브 사막에서 따왔으니 국명 자체가 아무것도 없는 땅을 뜻하는 셈. 그 텅 빈 땅은 650만 헥타르가 넘는 모래언덕과 자갈 평원을 품고 있다. 이 황량한 풍경을 배경으로 영화 〈매드맥스: 분노의 도로〉가 촬영되기도 했다. 인간이 거주하는 지역은 거의 없지만, 이 고독한 공간에도 깃들어 사는 생명체가 있다. 오릭스나 산얼룩말, 짧은귀코끼리땃쥐, 황금두더쥐 같은. 만나기 어렵다는 그들을 상상하며 모래언덕을 올랐다. 듄45의 높이는 170미터. 좁고 긴 능선으로 이어진 언덕을 오르는 이들을 따라 우리도 걷기 시작했다. 발밑에서 모래가 부드럽게 흩어졌다. 지구에서 가장 오래된 사막의 모래언덕에 앉아 해돋이를 기다렸다. 금빛 햇살이 광선검처럼 길게 펼쳐지며 모래언덕에 와 닿았다. 곧 모래언덕이 짙은 장미색으로 붉게 타올랐다. 그 너머 구름 한 점 없는 푸른 하늘이 붉은 모래와 선명한 대조를 이뤘다. 듄45에서 내려와 차를 세워두고, 국립공원의 셔틀 차량에 올라 데드블레이로 향했다. 데드블레이는 '죽은 호수'라는 뜻. 바짝 말라 죽은 나무들이 마치 설치 미술 작품처럼 모래 위에 서 있다. 이곳에서 가장 거대한 모래언덕은 '빅대디듄'. 가파른 언덕을 오르고 있자니 영화 〈듄〉의 배경인 아라키스 행성에 와 있는 것 같았다. 아라키스 행성의 원주민 프레멘은 모래벌레를 피하기 위해 흔적을 지우며 걷는다. 빅대디듄을 내려올 때 프레멘처럼 지그재그로 걸어봤다. 미끄럼을 타듯 발이 쑥쑥 미끄러졌다.

간만에 하루 일정을 일찍 마치고 숙소에 도착해 차에서 짐을 내리는 순간, 비명이 터졌다.

"사다리 한 개가 안 보여요!"

그야말로 대형 사고였다! 우리가 빌린 차는 픽업트럭에 지붕을 씌우고 그 위에 접이식 텐트 두 동을 올려놓고 있었다. 그 텐트에 오르내리기 위해서는 차량 옆면에 걸어놓는 사다리 두 개가 필수다. 텐트를 접을 때면 사다리도 빼서 트럭 짐칸에 넣고 문(캐노피)을 잠근다. 두 개의 사다리 중 한 개가 캐노피를 치고 나가 떨어진 것 같았다. 아마도 캐노피를 제대로 잠그지 않고 출발한 모양이었다. 그 무거운 사다리가 떨어지는 소리도 듣지 못했다니, 귀신이 곡할 노릇이었다. 사다리를 찾아 왔던 길을 되짚어 150킬로미터를 더 달렸다. 길가에 기린 세 마리가 우리를 빤히 보고 있었지만 우리는 동물 사파리가 아니라 '사다리 사파리' 중이었다. 세 시간 가까이 도로를 훑었지만 끝내 사다리는 찾지 못했다. 엎친 데 덮친다더니 차의 캐노피가 잠기지 않았다. 숙소에 긴급구조를 요청했다. 직원 마틴이 우리 차를 손봐 줬다. 스패너로 볼트를 조이고, 여기저기 두드려 안 잠기던 캐노피를 잠글 수 있게 해줬다.

그제야 코뿔소 가족과 얼룩말이 바로 건너편 물웅덩이에서 물을 마시는 모습이 눈에 들어왔다. 텐트며 차량 문제로 죽겠다고 호들갑을 떨던 우리 앞에 문자 그대로 절체절명의 위기에 처한 존재가 있었다. 칠레 아타카마와 함께 나미비아의 사막은 세계에서 가장 건조한 곳으로 꼽힌다. 올해 나미비아는 최악의 가뭄으로 전 국토가 바짝 마른 상태였다. 이 숙소가 소유한 땅의 면적은 3백만 평. 그 안에 사는 야생동물이 굶어 죽어갈 판이었다. 이곳에서는 돈을 주고 건초를 사서 하루 두 번, 동물들에게 뿌려주고 있었다. 야생동물에게 먹이를 주는 위험한 일에 대해 조심스레 물었다. "그럼 눈앞에서 우리 땅에 사는 동물이 죽어가는 모습을 지켜봐야 하는 건가요?"라는 답이 돌아왔다. 비가 내리고, 풀이 자라기 시작하면 먹이를 주는 일을 멈출 거라면서. 나라면 어떻게 했을까. 내가 소유한 거대한 땅에 깃들어 사는 생명이 생존의 위기에 직면해 있다면? 외면하기는 쉽지 않았겠지만, 나에게 야생의 존재를 돌보고 거둘 자격이 있는 걸까. 답이 나오지 않았다. 부디, 저 동물들이 인간의 손길에 길들어 야생의 생존 방식을 잊어버리기 전에 비가 내려주기를 바랄 뿐.

다음 날 협곡 그늘에 차를 대고 또 선 채로 '남은 것 아무거나' 메뉴로 점심을 먹었다. 출발하려는데 캐노피를 잠그던 미옥쌤이 떨리는 목소리로 말했다.

"엄마야, 또 안 잠긴다. 우째야 하노."

어제 고친 캐노피가 다시 잠기지 않다니 울고 싶었다. 매의 눈으로 주변을 살피니 근처에서 점심을 먹는 네덜란드 가족이 잡혔다. 나의 절박해 보이는 얼굴을 이용해 도움을 요청했다. 아버지와 세 아들이 같이 머리를 맞대더니 임시로나마 잠글 수 있도록 해결해줬다. 혹여나 캐노피가 또 열릴까 봐 잠자는 고양이 곁을 지나가듯 조심스레 차를 몰아 그날의 목적지인 스바코프문트까지 갔다. 큰 도시인 이곳에서 캐노피 잠금장치를 수리할 예정이었다. 이제 고생 끝이라 믿으며 텐트 아닌 호텔 침대에 몸을 뉘었다. 텐트의 낭만보다는 침대의 편안함이 더 좋다는 생각을 하면서.

우리는 끝내 지켜낼 수 있을까

나미비아
Namibia

"내가 어렸을 때는 여기가 나의 놀이터였어. 어른이 된 지금은 이곳이 나의 직장이야. 몇 년 후 너희가 다시 왔을 때 내가 없을 수도 있겠지. 그럼 내 몸은 저 하늘에 있겠지만 내 영혼은 이곳에서 여길 지키고 있을 거야. 여기가 나의 집이야. 아침마다 눈을 뜨면 나는 신에게 기도하곤 해. 오늘도 태양이 떴고, 이렇게 아름다운 곳에서 하루를 시작할 수 있음을 감사드리지."

다마라 부족민 프란스의 이야기는 한 편의 시 같았다. 그가 느끼는 마음을 알 것 같았다. 광막한 사막에 우뚝 솟은 기묘한 형상의 바위 봉우리는 장엄한 아름다움에 고요히 잠겨 있었다. 사람의 손이 훼손하지 못한, 원시의 힘이 전해지는 공간이었다. 우리는 나미비아의 마터호른이라 불리는 스피츠코페에 있었다. 영화 〈2001 스페이스 오디세이〉의 배경이 된 이곳은 7백만 년 전에 형성된 화강감 바위군이 모여 있다. 흙먼지 날리는 평원 위에 1,784미터 높이로 우뚝 솟은 바위산은 시선을 압도한다. 캠핑장은 다마라 부족이 공동으로 꾸리는 곳이었다. 온수 샤워는 입구에서만 가능하고, 캠프사이트에는 수도도, 전기도 없다. 인터넷은 당연히 안 터진다. 경이로운 주변 환경은 그 모든 불편함을 사소하게 만들었다. 캠프사이트 사이의 거리는 인간이 그리워질 만큼 아득히 멀었다. 덕분에 소음으로부터도 자유로웠다. 저녁을 먹은 후 우리는 큰 바위에 올라가서편 하늘로 해가 지는 모습을 지켜봤다. 멀찍이 떨어진 캠프사이트 덕분에 보이지 않던 이들이 여기서도 멀찍이 떨어져 앉아 지는 해를 지켜보고 있었다. 연보라, 핑크, 오렌지색으로 변해가는 하늘 아래 거대한 화강암 봉우리가 장밋빛으로 물들었다가 먹빛에 잠겨갔다. 빛이 사라진 공간을 별 무리가 빼곡히 채우기 시작했다. 캠프장에 완벽한 고요와 평화가 내려앉고 있었다.

우리가 꿈꾸었던 캠핑의 낭만을 드디어 실현하는 중이었다. 여유 있게 캠핑장에 도착해 천천히 텐트를 치기. 뜸드는 구수한 내음에 코를 벌름거리며 밥을 지어 먹기. 그다음엔 타닥타닥 장작 타오르는 소리에 귀를 열어둔 채 사금파리를 뿌려놓은 듯 반짝거리는 밤하늘을 올려다보기. 그모든 로망을 다 이루고 있었다. 심지어 저녁 식사 전에는 캠핑장 안의 로컬 가이드를 섭외해서 부시맨이 남긴 수천년 된 암벽화를 보러 다녔다. 나미비아 최초의 예술가는 바위에 그림을 그리고 칠을 한 부시맨이었다. '부시맨의 파라다이스'로 불리는 동굴에는 기린, 누, 하마, 자칼, 코뿔소가 그려져 있었다. 오랜 가뭄으로 인해 북쪽으로 올라가 버려 이제 이곳에서는 볼 수 없는 동물들이었다. 다음 날 아침, 바위에 앉아 해 뜨는 모습을 지켜본 후 다시 프란스와 만나 야생동물을 찾아 나섰다. 지구에서 가장 건조한 땅은 이미 뜨겁게 달아오르고 있었다. 공기 속에 잘 마른 건초 같은 냄새가 희미하게 퍼져 있었다. 두 시간 남짓 기다린 끝에 우리가 본 건 얼룩말 한 마리뿐.

동물을 찾아 우리도 북으로, 북으로. 에토샤 국립공원을 향해 출발했다. 간만에 차가 말썽을 일으키지 않아 마음이 가벼웠다. 전날 차 수리를 받은 스바코프문트는 한때 나미비아를 점령했던 독일의 분위기가 강하게 남은 항구 도시였다. 독일은 뒤늦게 아프리카 영토 침략에 뛰어들어 1884년부터 1915년까지 나미비아를 식민지로 지배했다. 원주민의 토지와 가축을 약탈하며 잔혹 행위를 벌이다 그에 반발해 봉기한 헤레로 부족과 나마 부족을 남녀노소 구분 없이 학살했다. 1904년부터 1907년 사이 인구 8만 5천 명의 헤레로족은 80퍼센트가 몰살당해 1만 5천 명만 살아남았고, 나마족은 절반이 몰살당했다. 유엔은 이 사건을 20세기 최초의 집단 학살로 규정했다. 비극에도 경중이 있는 걸까. 나미비아에 오기 전에는 이런 학살에 대해 전혀 알지 못했다. 독일은 지난 2021년, 나미비아와 6년간의 과거사 협상 끝에 학살을 공식적으로 인정하고 사죄했다. 그 대가로 독일이 30년간 제공하기로 한 11억 유로(약 1조 7천 6백억 원)는 지금 나미비아의 친환경 수소 에너지 사업의 재원이 되고 있다. 식민 통치는 끝났지만 이 나라의 경제권은 인구 1퍼센트도 안 되는 독일계 나미비아인이 여전히 장악하고 있다. 특히나 여행사와 호텔 같은 관광 산업은 대부분 그들 차지. 우리가 빌린 차량도, 우리가 머무는 대부분의 호텔도 독일 문화를 열렬하게 지켜온 이들이 소유한 터라 내내 마음이 불편했다. 어쨌든 독일계 나미비아인의 카센터에서 차량 수리도 마친 후라 안심하고 카만얍을 향해 달렸다. 카만얍의 숙소는 정원이 무려 천 5백만 평. 숙소 게이트를 통과하고도 리셉션까지 8킬로미터를 더 가야 했다. 드넓은 정원에 자리한 숙소는 평화롭고 아름다워 마음이 설렜지만 기쁨은 찰나. 차 트렁크를 열던 미옥쌤의 떨리는 목소리.

"문이 안 열린다. 미치겠네."

열쇠 구멍에 열쇠가 꽂히지 않는 상황은 또 처음. 게다가 조리도구 상자를 넣고 빼는 레일의 레버도 작동을 멈춘 상태. 눈앞이 어둑해졌다. 우리끼리 이리저리 만져보다가 또 긴급구조를 요청했다. 리셉션의 친절한 직원 루디가 열쇠 구멍으로 숨을 몇 번 불어 넣어 먼지를 빼내니 열쇠는 해결. 레일의 레버는 튀어나온 부분을 손으로 쓱 밀어 넣으니 또 해결. 어이가 없을 정도로 간단했다. 그 덕분에 우리는 천 5백만 평 정원의 일부를 산책하고 편안한 마음으로 잠자리에 들었다.

다음 날, 드디어 에토샤 국립공원으로 들어섰다. 나미비아에서 가장 오고 싶었던, 야생동물의 천국. 우주에서도 보일 정도로 거대한 소금 평원이 전체 면적의 23퍼센트를 차지하는 이 국립공원에는 흰코뿔소 같은 멸종 위기종을 포함한 다양한 야생동물이 거주한다. 밀렵은 여전히 아프리카 야생동물의 가장 큰 위협인데 2022년에만 밀렵으로 여든일곱 마리의 코뿔소가 살해당했다. 그중 마흔여섯 마리가 에토샤의 코뿔소들이었다. 코뿔소 뿔이 만병통치약이라는 그릇된 믿음 때문인데, 대부분의 소비자는 중국, 홍콩, 싱가포르의 부자들. 인간의 어리석은 이기심으로 인한 이런 죽음은 언제쯤 사라질까.

우리는 새벽의 '모닝 게임 드라이브'를 신청했다. 게임 드라이브. 야생동물을 찾아다니는 활동을 이르는 말이다. 그 옛날 백인들이 총 들고 다니며 게임 하듯 야생동물을 쏘아 죽이던 데서 유래했다. 나는 이 잔혹한 말보다는 스와힐리어로 '여행'을 뜻하는 사파리가 더 와닿는다. 아직 여명도 밝지 않은 6시, 가이드와 함께 야생동물을 찾아 나섰다. 그날의 하이라이트는 새끼 사자 두 마리를 포함한 아홉 마리의 사자 무리가 물가에서 노는 모습이었다. 나무 사이로 비쳐 든 아침 햇살이 초원에 황금빛을 뿌리고 있었고, 그 사이로 뛰어다니는 아기 사자 두 마리. 애니메이션 〈라이

온 킹〉의 한 장면처럼 비현실적인 풍경이었다. 그 평화로운 초원에 긴장이 찾아온 건 암사자가 움직이기 시작하면서였다. 사자 부부가 얼룩말 사냥에 나섰다. 워터홀로 물을 마시러 가던 얼룩말 무리가 암사자의 모습을 포착했는지 걸음을 멈추고 사방을 경계하기 시작했다. 암사자가 얼룩말을 유인해 수사자가 있는 곳으로 몰고 가려던 전략은 무참히 실패. 암사자는 터덜터덜 가족에게로 돌아가고, 얼룩말들은 다시 물웅덩이를 향해 걸어갔다. 실패는 도전의 열매라고 했던가. 사냥에 실패하는 사자의 모습에 골치 아픈 일에 계속 휘말리는 어설픈 우리가 겹쳤다. 세상은 성공, 완성 같은 단어로 이뤄진 게 아니라 실패, 미숙함, 불완전함 이런 단어로 구성되어 돌아가는 게 아닐까. 어쩐지 위로가 되는 아침이었다.

20년 전, 나의 첫 사파리는 탄자니아의 세렝게티였다. 약육강식, 적자생존이라는 말의 탄생지와도 같은 곳에서 나는 이 단어들로 세상을 설명하는 데에 대한 의문을 품게 되었다. 내가 마주친 두 장면 때문이었다. 첫 번째는 사자의 사냥 장면이었다. 어디선가 사자가 나타나면 모든 사파리 차량이 일제히 그곳으로 달려가 교통체증을 이루며 사자를 지켜봤다. 4박 5일 동안 그렇게 사자를 따라다녔지만 사자가 사냥에 성공하는 모습은 한 번도 못 봤다. 사자는 백전백패하고 있었다. 사자에게 날카로운 어금니와 용맹함이 있다면 톰슨가젤이나 임팔라, 얼룩말에게는 빠른 발이나 빼어난 시력이 있기 때문. 사자가 얼룩말이나 임팔라를 사냥하기 위해서는 실패에 실패를 거듭하며 끝없이 도전해야 한다. 세상에 태어난 모든 생명은 저마다 살아갈 수 있는 지혜와 힘을 지니고 태어나는구나. 강자에게 먹히는 운명으로 태어나는 존재는 없다는 사실을 가젤과 임팔라가 알려줬다.

내 편견을 깨놓은 두 번째 장면의 주인공은 얼룩말과 누. 건기가 되면 풀과 물을 찾아 20만 마리의 얼룩말과 150만 마리의 누가 함께 이동한다. 누는 청력과 후각이 발달해 십여 킬로미터 떨어진 거리의 물 냄새와 바람에 실려 날아오는 포식자의 냄새를 잘 맡을 수 있고, 얼룩말은 시각이 뛰어나 멀리 있는 포식자를 구별할 수 있다. 한마디로 서로의 약함에 기대어 함께 생존해간다. 약점은 드러내서는 안 되고, 타인을 짓밟아서라도 생존해야만 한다고 믿는 인간의 세계가 동물의 왕국보다 더 잔혹한 것 같았다. 겸손하게 살자, 더불어 살아가자, 어려울 때는 도움을 요청하자. 내 삶의 기본 태도를 나는 이 말하지 못하는 생명들에게서 배웠다. 그들은 사람과 함께 지구를 아름답게 만드는 존재인 동시에, 사람과 더불어 이 행성에서 살아가야만 하는 권리를 지닌 생명이기도 하다. 인간의 탐욕으로 인해 생존 자체를 위협받고 있는 이들을 위해 나는 무엇을 할 수 있을까를 묻게 되는 시간이었다.

사자 가족을 만났던 날 저녁, 우리는 기척을 숨기고 앉아 국립공원 바깥 물웅덩이로 찾아오는 동물을 기다렸다. 지평선 너머로 뉘엿뉘엿 해가 넘어가는 시간이었다. 물을 마시러 온 코뿔소 두 마리가 갑자기 달아나는가 싶었는데, 멀리서 흙먼지가 날리고, 쿵쿵거리는 발소리가 들려왔다. 물가의 새 떼가 홰를 치며 날아오르고, 자욱한 먼지 사이로 코끼리 무리가 코를 흔들며 길게 울었다. 스무 마리 남짓한 코끼리들의 물 마시는 소리와 새들의 날갯짓 소리 너머로 지는 해의 꼬리가 붉게 타올랐다. 동물계 영장목 사람과의 인간이 동물계 장비목 코끼리과의 아프리카 코끼리 떼와 평화롭게 공존하는 찰나의 시간. 지금 이곳에 있을 수 있음이 그저 감사했다. 오래전에 따 먹은 과일나무의 위치를 정확히 기억하고, 죽은 동족의 뼈 무덤에 조의를 표하며, 무리가 둥글게 몸을 모아 보초를 서서 어린 새끼를 지키는 코끼리. 코끼리과의 동료 중 유일하게 아프리카코끼리속과 아시아코끼리속만 살아남았지만, 지금과 같은 상아 밀렵이 계속되는 한 수십 년 이내 멸종이 예상되는 코끼리들. 우리는 끝내 그들을 지켜낼 수 있을까. 누가 누구를 지킨다는 말의 그 무겁고 절박한 의미를 우리가 너무 늦기 전에 깨달을 수 있을까. 숨소리조차 들릴까 긴장한 채로 코끼리 무리를 지켜보던 그 저녁, 그곳에 있던 우리는 코끼리를 지켜내는 인간이 될 수 있기를 간절히 바라고 있었다.

다음 날 저녁에는 기린 떼와 마주쳤다. 물을 마시러 온 열네 마리의 기린과 그 기린을 노리는 건너편의 사자 두 마리, 얼룩말 다섯 마리와 코끼리 한 마리. 저무는 태양 아래 사자를 경계하며 마른 목을 축이던 기린이 조심조심 앞다리를 뻗어 몸을 낮추는 모습은 우아했다. 차량의 레일이 다시 문제를 일으킨 탓에 말을 트게 된 국립공원 직원 크리스토퍼. 그가 기린이 자주 찾는 워터홀로 우리를 데려다준 덕분에 만난 풍경이었다. 우리의 말썽쟁이 차는 여전히 문제투성이였다. 그가 차를 들여다보며 말했다. "문제가 있긴 하지만 큰 문제는 아니야"라고. 그래, 차와 텐트에 매일 난타당하면서도 매 순간 감동하고, 신나게 웃는 이 언니들이 있는데 그까짓 문제쯤이야! 고정되지 않는 레일에 침낭을 끼워 넣고 우리는 631킬로미터, 이번 여행에서 가장 먼 거리를 달렸다. 우리는 다음 날 보츠와나에 들어설 예정이었다. 보츠와나에서 무슨 일이 벌어질지 알았다면 차를 돌렸을까. 아직 아무것도 모르는 우리는 새로운 나라에 대한 설렘으로 그저 행복했다.

맨몸으로 또 길을 잃을지라도

보츠와나
Botswana

지척에서 사자의 울음소리가 들렸다. 팔에 오스스 소름이 돋았다. 해가 넘어가는 시간, 사자들의 영역에 버려진 인간 셋. 서바이벌 게임도 아닌데 우리는 여기서 맨몸으로 살아남아야 했다. 절체절명의 위기였다.

나미비아에서 보츠와나로 넘어온 이후 그날 아침까지는 모든 일이 순조로웠다. 루프탑 텐트가 장착된 말썽꾸러기 사륜구동을 끌고 오카방고 델타까지 무사히 왔으니. 세

299

계 최대의 내륙 삼각주인 오카방고 델타. 오카방고강이 범람해 만들어진 습지 위를 달려가는 야생동물 떼를 만나는 건 내 오랜 꿈이었다. 우리는 삼각주에서의 수상 사파리도 마친 터였다. '모코로'라 불리는 2인용 쪽배를 타고 물 위에서 하는 사파리였다. 물 위에 등만 내놓은 하마를 지척에서 보는 경험이 신기했다. 게다가 중간에 내려서 걸을 수도 있었다. 차 안에 앉아서 동물을 지켜보다가 초원과 습지를 걸으며 코끼리며 버펄로, 하마를 바라보니 즐거울 수밖에. 다음 날은 5인승 경비행기를 타고 55분간 하늘을 날았다. 하늘에서 내려다보는 오카방고는 인간이 사라진 세계 같았다. 물가에서 쉬는 수십 마리의 하마 떼와 느릿느릿 이동하는 코끼리 무리. 모든 존재가 있어야 할 자리에 의연히 머물고 있었다. 인간이 없이 완성된 세계를 마주한 것만 같았다.

그날의 하이라이트는 코끼리 보육원 '엘리펀트 헤이븐'. 어떤 만남은 한 사람의 삶을 송두리째 바꿔놓고, 더 나아가 한 종의 운명에 영향을 끼치기도 한다. 생후 6주 만에 엄마를 잃은 아기 코끼리 나들리는 곧 아사할 운명이었다. 나들리는 코끼리 핸들러인 보츠와나 청년, 비에 의해 구조된 후 마침 그곳으로 여행을 온 미국인 부부 데브라와 스콧을 만났다. 나들리와 사랑에 빠진 세 사람은 코끼리 보육원을 설립했다. 코끼리는 인간처럼 혼자서는 성장할 수 없는 동물이다. 세 시간마다 수유해주는 어미 코끼리를 비롯해 무리의 전적인 보호와 돌봄을 최소 5년은 받아야 한다. 이곳은 고아가 된 어린 코끼리를 구조해 5년은 우리 안에서 전담 핸들러가 24시간 돌보고, 다음 5년은 전기 펜스를 두른 120만 평의 땅에서 자연 적응 시간을 가진 후에 야생으로 돌려보낸다. 스물세 마리의 아기 코끼리가 주인인 이곳은 예민한 코끼리의 스트레스를 줄이기 위해 하루에 두 번만 관람객을 받는다. 손님이 찾아오면 아기 코끼리들이 피딩 스테이션으로 옮겨온다. 어린 코끼리들이 귀를 팔랑거리며 스테이션으로 들어오는 순간, 우리의 이성은 빠르게 소실되었다. 코끼리 핸들러와 함께 아기 코끼리에게 먹이를 주고, 코끼리를 쓰다듬어보는 기회라니! 우리가 넋이 나간 채 까슬까슬한 코끼리의 등을 어루만지는 동안 핸들러는 이 코끼리들의 구조 사연을 들려줬다. 코끼리가 고아가 되는 이유는 다양하다. 가뭄이나 화재, 질병과 같은 자연재해 탓도 있지만 인간과의 갈등도 컸다. 이제 두 살이 된 미샤(그녀를 구조한 의사의 이름을 땄다)가 그런 경우다. 지독한 가뭄으로 인해 인간의 마을로 내려와 물을 먹던 어미가 총에 맞았고, 혼자 남겨진 미샤를 마을 어린이들이 보육원으로 신고해 구조되었다. 2020년 봄, 석 달 사이에 330마리의 코끼리가 남조류로 오염된 물을 마시고 떼죽음을 당했다. 그때 어미는 죽고 혼자 살아남아 구조된 아기 코끼리는 생존자라는 뜻의 모팔로디라는 이름을 받았다. 조용한 성격으로 인해 '차분이'라는 뜻의 이름을 얻은 보놀로는 밀렵으로 부모를 잃고 고아가 되었다.

코끼리 보육원에서는 당연히 지역 주민과 코끼리 사이의 갈등을 줄이기 위해 다양한 활동을 하고 있다. 보육원과 인접한 토지를 사들이고, 울타리로 막아 야생동물 보호 구역을 늘려가기. 지역민들과 어린이들을 초대해 교육하고, 지역 청년들을 코끼리 핸들러로 고용하기. 물과 같은 한정된 자원을 놓고 코끼리와 다투는 일이 없도록 마을에 우물을 뚫어주기. 학교 건물을 보수하고, 스쿨버스를 기부하기. 아기 코끼리가 세 시간마다 마셔야 하는 염소 우유를 마을에서 구매하기 등. 코끼리의 서식지를 침해하지 않고도 지역을 발전시킬 수 있음을 증명하기 위해 애쓴다. 10만 원이 넘는 이곳 입장료는 전액 코끼리를 돌보는 데 쓰인다. 세상 어딘가에는 상아를 갖기 위해 코끼리를 쏘아 죽이는 사람이 있는가 하면, 고아가 된 어린 코끼리를 돌보는 데 전

생애를 거는 사람도 있다니 인간이란 얼마나 이해하기 어려운 종인지. 코끼리 보육원에서의 감동을 그대로 안은 채 다음 날은 모레미 게임 리저브에서 육지 사파리를 했다. 코끼리 무리를 볼 때마다 고아원의 아기 코끼리가 떠오르는 시간이었다. 그 모든 투어를 진행한 에드윈은 믿음직한 현지인 청년이었다. 그가 우리의 마지막 목적지인 초베 국립공원으로 가는 길을 그려주며 설명했다.

"하루 종일 달려야 하니까 최대한 일찍 출발해. 차는 사륜 모드에 놓고 달려."

에드윈이 알려준 경로는 초베 국립공원을 경유해 숙소가 있는 마을 무첸제로 가는 여정. 235킬로미터의 짧은 거리지만 악명 높은 모랫길이라 운전 시간만 최소 일곱 시간을 잡아야 했다. 새벽 5시 반에 일어나 텐트를 접고 7시가 안 된 시간에 모레미의 캠프장을 출발했다. 내내 속을 끓이게 하던 텐트가 그날따라 부드럽게 접혀 셋 다 기분이 좋았다. 길을 잘못 들었다는 걸 깨달은 건 한 시간 넘게 달린 후였다. 결국 다시 출발점으로 돌아오는 바람에 두 시간이 날아갔다. 이번에는 사상 최악의 모랫길이 우리를 기다리고 있었다. 운전 경력 30년, 테니스 경력 20년의, 내가 아는 팔

근육이 가장 발달한 여자 미옥쌤이 하얗게 질린 얼굴로 이를 악물었다. 조금만 힘을 주면 길이 아닌 곳으로 올라가버리고, 조금만 힘을 풀면 모래 구덩이로 빠지게 되는 난코스. 시속 15킬로미터의 속도가 겨우 나왔다. 길이 아닌 곳으로 차가 올라설 때마다 눈앞의 나무를 들이받기 직전에야 핸들을 180도 이상 꺾어 겨우 빠져나오곤 했다. 팔 근육만으로 사자도 때려잡을 것 같은 그녀가 모래 웅덩이에서 몇 번을 미끄러졌는지 모른다. 이런 모래 구덩이를 두 시간 넘게 달렸는데, 또 길을 잃었다! 초베에서의 셀프 사파리는 포기해야 했다. 이대로 쉬지 않고 달려도 해 지기 전에 목적지에 다다를 수 있을지 불확실했으니. 어차피 GPS는 우리를 숙소로 데려다줄 테니 초베는 포기하고 달리기로 했다. 어제까지 그토록 감탄하며 바라본 코끼리들이 바로 옆으로 지나가는데 지켜볼 정신도 없었다.

농담도 잊은 채 굳어버린 미옥쌤이 여섯 시간 반을 내리 운전했을 때 리냔티 게이트가 나왔다. 초베 국립공원의 가장자리였다. 길은 여전히 모랫길이었지만 조금 나아졌다. 이번에는 형란쌤이 운전대를 잡았다. 두 사람은 운전 스타일이 극과 극이었다. 평소 야생과 문명의 경계를 아슬아슬하게 오가며 내 혼을 쏙 빼놓는 미옥쌤은 운전대만 잡으면

새색시로 돌변했다. 포장도로에서 눈앞에 거대한 화물 트럭이 시속 40킬로로 달리고 있어도 추월할 엄두를 못 내는 극단적인 방어 운전. 내가 붙인 그녀의 별명은 '이쭐보 여사'. 목소리 올라가는 일이 없는 차분함의 대명사 형란쌤은 핸들만 잡으면 레이서로 빙의했다. 전생에 로마 원형 경기장에서 전차라도 몰았던 걸까. 추월을 밥 먹듯이 하는 그녀의 별명은 '김추월 여사'. 그의 질주 본능은 모랫길에서도 꺼지지 않았다. 미옥쌤이 양손으로 창문 옆 손잡이를 꼭 붙든 채로 중얼거렸다.

"이러다 펑크라도 나면 차에서 자야 하는 거 아니야?"

그때만 해도 몰랐다. 이분이 말만 하면 씨가 되는 기적을 일으키는 중이라는 걸. 박진감 넘치는 사막 랠리 주행을 하던 김추월 여사, 거대한 모래 구덩이를 보지 못했다. 내가 어, 어, 하는 동안 차는 깊은 구덩이로 돌진한 후 굉음을 내며 빠져나왔다. 그 순간, 선명히 들려오는 슈슈슈욱~ 소리.

"차 세워서 봐야겠어요."

먼저 내린 미옥쌤이 입을 틀어막으며 주저앉았다.

"엄마야. 타이어 펑크 났다. 우째야 하나."

눈앞이 캄캄해지고 머릿속이 아득해졌다. 문제는 이 엄청난 사고가 늦은 오후에, 인적이라곤 없고 야생동물만 가득한 초베 국립공원에서 일어났다는 점. 도움을 요청할 곳도 없고, 허비할 시간도 없었다.

"타이어 갈아요!"

"우리가 어떻게 타이어를 가노. 못 한대이."

"렌트하던 날 배웠잖아요. 동영상 찍어놓은 거 보면서 해봐요."

나는 차로 뛰어들어 장비가 있는 뒷좌석의 줄을 당겼다. 하늘은 내 편이 아니었다. 한쪽의 줄은 쉽게 당겨지는데 반대쪽은 도무지 꿈쩍도 하지 않았다. 차가 충격을 받으면서 레버가 뭔가에 걸린 것 같았다. 다시 판단을 내려야 했다. 시간은 이미 오후 4시를 넘고 있었다.

"그럼 큰길이 나오는 삼거리까지 걸어가서 다른 차를 기다려요. 헤드랜턴, 비상식량, 물이랑 따뜻한 옷 챙기고 텐트 폴대 꺼내요."

우리는 폴대를 무기인 양 하나씩 들고 삼거리를 향해 걷기 시작했다. 해 지기 전에 지나가는 차를 잡을 수 있을까. 불안과 초조함으로 뛰는 심장을 손으로 눌러가며 걸었다. 미옥쌤이 말했다.

"이러다 지나가는 차를 놓치면 그야말로 영화다, 그제?"

어쩐지 입을 틀어막고 싶은 기분이 들었다. 삼거리에 도착했지만 사람도 차도 보이지 않았다. 캠핑장까지는 8킬로미터. 두 시간 길인데 해가 진 후에도 한 시간을 걸어야 했다. 초조감으로 피가 마르는 것 같았다. 어떡해야 하지. 이곳이 국립공원만 아니라면 셋이니까 야간행군을 해도 겁나지 않을 텐데, 여기는 사자가 득실거리는 그들의 영역이었다. 걸을 수도 없고, 걸어서도 안 되는 곳이었다. 우리는 동물의 왕국에 맨몸으로 서 있었다. 무기라고는 텐트 폴대 하나씩을 든 채.

"일단 사람들이 있을 캠핑장으로 가봐요."

캠핑장으로 가는 길은 좁고 수풀이 우거지고 시야가 닫힌 길이었다. 이대로 가다가 사자라도 만나면 어쩌나. 마른 풀 밟는 소리 너머 희미한 차 소리가 들렸다. 달리면서 목이 터져라 소리를 질렀다.

"Hello! Help me(저기요! 도와주세요)!"

차 소리는 다가오는 듯싶다가 멀어졌다. 미옥쌤 말대로 영화의 한 장면 같은 일이 일어난 셈이었다. 차를 쫓아 나오다 보니 다시 아까의 삼거리였다. 미옥쌤은 안전한 차로 돌아가자고 하는데 내게는 차 안에서 구조를 기다리며 밤을 지새우는 일이 안전하게 느껴지지 않았다. 밤길을 걸어 캠핑장까지 가는 위험과 차 안에서 밤을 새우는 위험 중에 선택해야 하는데 마음은 갈팡질팡. 결국 차로 돌아가기로 했다. 해는 이미 기울기 시작했다. 자책과 후회가 밀려들었다. 온갖 부정적인 상상으로 머릿속이 지옥이었다. 내 안의 공포와 싸우며 걸어가는데 미옥쌤이 소리쳤다.

"저기 저 눈 보여? 저거 맹수의 눈이잖아요. 안 보여?"

군대 면제 시력인 내 눈에는 보이지 않았고, 형란쌤도 안 보인다고 했다. 그 순간 가까이서 낮고 선명하게 들려온 으르렁 소리. 우리의 발걸음이 빨라졌다. 차가 있는 곳까지의 3.4킬로미터는 지구의 끝으로 가는 것처럼 아득했다. 뛰었다가는 그 소리가 사자를 자극할까 봐 경보하듯 걸어야 했다. 어둠 속에서 희미하게 빛나는 우리 차를 본 순간, 우리는 달려서 차로 뛰어들었다. 차 문부터 잠그고 나니 그제야 숨이 가빴다. 구조를 요청하려고 걸어갈 때는 그렇게 빨리 흐르던 시간이 차 안에서는 다른 속도로 흘렀다. 이대로 밤을 지새우게 되는 걸까. 새로운 불안이 짙어질 무렵, 희미한 차 소리가 들려왔다. 비상등을 켜놓고 차 문을 열었다. 거대한 트럭에서 군복을 입은 젊은 남자 두 명이 내렸다. 다가온 그들에게 상황을 설명하는데 한 명에게서 지독한 술 냄새가 훅 끼쳤다. 사자 피하려다가 인간에게 잡아먹히는 건 아닐까 다시 공포가 밀려왔다.

처음, 태어나 처음 하는 여행 같았다

보츠와나
Botswana

동물의 왕국 한가운데서 타이어가 터지는 바람에 차 안에 갇힌 우리 셋. 밤이 깊어서 나타난 군용 트럭의 주인공은 술에 취한 군인이었다. 얼마나 마셨는지 역한 냄새가 코를 찌르고 눈빛은 제대로 풀려 있었다. 다행히도 옆의 운전병은 멀쩡한 눈빛에 술 냄새도 나지 않았다.

"타이어 터졌어요? 우리가 도와줄 테니 걱정 말아요."

그의 이름은 오스카. 취해서 횡설수설하는 그의 동료 질

라에게 총 들고 보초를 서라 하더니, 본격적으로 구조 모드
에 들어갔다.

"여기 사자가 우글거리는 곳이라 정말 위험해요. 랜턴
켜서 계속 방향 바꿔가면서 비춰야 해요."

오스카가 당부했다. 터진 타이어를 빼내야 하는데 우리
에게는 타이어 교체에 필요한 장비가 없었다. 차를 들어 올
릴 잭도, 삽도 보이지 않았다. 분명히 툴박스에서 본 것 같
은데 없었다. 모래를 파내서 땅을 평평하게 만들어야 할 때
오스카는 텐트 폴대를 이용했다. 타이어의 조임을 풀어야
할 때도 폴대를 구부려서 해결. 그야말로 무에서 유를 창조
하는 군인 정신의 발휘였다. 거의 두 시간 만에 타이어 교
체 성공! 환호성을 지르는 우리에게 오스카가 물었다.

"어디까지 가야 해요?"

"무첸제까지 가는데 밤길이라 겁이 나요."

"우리가 같이 가줄게요."

오스카의 등에 솟은 날개가 보이는 것 같았다.

우리가 앞서고, 오스카의 트럭이 따라오는 상태로 30분
쯤 모랫길을 달렸을까. 오스카가 차를 세우고 다가왔다.

"여기서부터 혼자 갈 수 있겠죠? 제 동료가 빨리 부대로
가자고 재촉해서요."

미안한 기색으로 길을 설명하던 그가 갑자기 "제길!" 가벼운 욕설을 내뱉었다. "운전하면서 이상한 점 못 느꼈어요?" 묻는다. 내려서 앞바퀴를 보니 타이어가 15년쯤 쓴 걸레처럼 너덜거리는 상태였다. 뒷바퀴만 터진 줄 알았는데, 앞바퀴도 터진 거였다! 오스카가 절망하는 우리를 달랬다.

"괜찮아요. 이것도 해결할 수 있어요."

이때만 해도 그의 짜증 지수는 백 점 만점에 30점 정도였다. 이번에는 더 고난의 행군이었다. 차체 아래에 걸려 있는 예비 타이어를 꺼내야 했으니.

"쇠 지렛대 있어요?"

"지렛대요? 그건지는 모르겠지만, 렌터카 회사에서 뒷좌석에 타이어 교체 장비가 들어 있다고 했어요. 근데 뒷좌석이 안 올라가요."

그가 "뒷좌석 망가뜨려도 괜찮아요?" 묻는데 고개를 끄덕일 수밖에. 망가진 뒷좌석을 배상할 생각을 하니 목덜미가 절로 잡혔다. 좌석을 억지로 들어 올려 틈 사이로 손을 넣은 그가 말했다.

"여기 아무것도 없어요!"

"그럴 리가 없어요. 분명히 있어요."

좌절하는 그를 대신해 내가 손을 집어넣었다. 겨우 집어

넣은 손을 휘저으니 무언가 잡혔다. 가늘고 긴 상자를 꺼내 열었다. 우리에게 필요한 쇠 지렛대, 일명 **빠루**였다. 빠루라니, 이름부터 파워풀했다. 오스카가 모랫바닥에 드러누운 채 작업을 시작했다. 보는 사람이 미안할 정도로 고된 시간이 흘렀다. 마침내 그가 두 번째 타이어를 갈아 끼웠다. 새벽 1시가 넘은 시간이었다. 그동안 그는 우리에게 랜턴 불빛으로 사자를 경계하라고 계속 당부했다. 나는 독서등을 꺼내 들고, 형란쌤은 핸드폰의 랜턴을 켰다. 문제는 우리의 과학도 형란쌤. 사자 경계보다 타이어 갈아 끼우는 일에 흥미가 꽂혀버렸다. 랜턴을 성의 없이 휙 휘두른 뒤에 집요하게 타이어 교체 과정 관찰. 내가 쿡 찌르며 "형란쌤. 랜턴요!" 하면 "아, 맞다" 하면서 10초간 휘~ 돌리다가 다시 타이어로 시선 및 랜턴 고정. 형란쌤 어깨를 치는 일을 열 번쯤 해야 했다. 이런 집요한 관찰력이 과학도의 기본인 건가. 두 번째 타이어도 무사히 교체한 오스카에게 얼른 사례비를 주라고 미옥쌤이 재촉했다. 숙소에 도착하면 주려고 했던 돈을 건넸다. 무첸제까지 꼭 같이 가달라고, 우리를 버리지 말아 달라고 사정하면서. 그의 술 취한 동료 질라는 계속 우리를 두고 갈 길 가자고 하는 눈치가 빤히 보였다. 알겠다고 답한 오스카가 트럭으로 돌아갔다.

트럭을 따라 주행하기 30여 분. 악몽은 끝나지 않았다! 모랫길에 야간이라 운전이 조심스러웠던 미옥쌤이 속도를 너무 늦추는 게 아닌가 싶었는데. 역시나 바퀴가 모래 구덩이에 빠져버렸다. 아무리 애를 써도 바퀴는 헛돌 뿐. 아, 신이시여, 3종 세트라니! 이건 너무 가혹한 운명의 장난 아니십니까! 우리가 뭘 그리 잘못했다고! 20년간 혼자 여행 다니는 동안 산전수전 공중전 다 겪은 나였지만, 이건 정말 인생 최대의 위기였다. 환장할 것 같은 심정으로 하늘을 올려다보니 거대한 창공을 가득 채운 별 무리가 놀리는 것처럼 반짝거리고 있었다.

비상등을 켜고 서 있으니 오스카가 트럭에서 내려 다가왔다. 능지처참이나 위리안치 당해야 할 대역죄를 저지른 역도의 심정으로 고백했다.

"모래 구덩이에 빠졌어요."

그의 분노 지수가 마침내 백 점을 찍는 순간이었다.

"아니, 어떻게! 여기서! 빠질 수가 있어요? 이제 포장도로까지 1킬로미터 남았는데! 이보다 더 험한 길도 다 헤쳐왔으면서, 왜! 여기서! 빠지냐고요!"

오랫동안 구애한 암컷을 빼앗긴 수사자가 포효하듯 울부짖는 그에게 그저 미안하다고 사과하는 것 외에는 할 말이 없었다. 나라도 짜증이 폭발할 만했으니. 두 번 구해줬는데 세 번을 구해야 한다니….

"우리한테는 로프도 없단 말이에요!"

그의 중얼거림에 정신이 번쩍 든 내가 답했다.

"우리 로프 있어요. 어딘가에 분명히 들어 있어요!"

미옥쌤과 형란쌤은 로프를 본 기억이 없다고, 우리에게 로프가 어디 있냐고 반문했다. 하지만 렌터카를 빌리던 날, 분명히 로프를 본 기억이 있었다. 그날 찍었던 동영상을 찾아보려고 핸드폰을 뒤지는데 오스카가 소리를 질렀다.

"로프도 없어서 미칠 것 같은데 지금 뭐 하는 거예요?"

"여기서 로프 어디 있는지 찾으려는 건데요."

절망으로 흥분한 그는 내 설명을 듣지도 않았다. 수사자는 계속 포효할 뿐이었다! 그 기세에 겁먹어 동영상은 찾아보지도 못한 채 내가 말했다.

"툴박스에 있을 거예요!"

일단 성난 사자를 달래야 했다. 툴박스를 여니 포장도 뜯지 않은 노란 로프 덩이가 나왔다. 그 아래 놓여 있는 삽을 보고 무릎이 꺾였다. 처음 타이어를 갈아 끼울 때 오스카가 삽이 있느냐 물어 툴박스를 통째로 건넸었다. 툴박스를 열어본 오스카가 분명 삽이 없다고 했는데, 내가 꼼꼼히 살폈어야 했다. 삽만 찾았어도 타이어 교체가 훨씬 덜 힘들었을 텐데. 로프를 거는 그에게 다가가 약간의 돈을 더 건넸다. 정말 미안하다는 말과 함께. 호의에 대한 고마움을 돈으로 표현하는 건 내가 좋아하는 방식이 아니었지만, 방법이 없었다. 그 순간, 도움이라고는 하나도 안 주고 빈둥거리기만 하던 그의 동료 질라가 먹이를 찾아 어슬렁거리는 하이에나처럼 나타났다. 내가 오스카의 손에 막 얹어준 돈에 눈을 빛내며 그가 물었다.

"뭐 하고 있어?"

아! 쓸데없이 눈치만 빠른 놈! 이 돈은 오스카에게만 주고 싶었는데. 술 취했으면 잠이나 잘 일이지, 도와주지도 않으면서 돌아다니기는 왜 하냐고! 암사자에 빙의라도 된 듯 나도 포효하고 싶었다. 트럭과 우리 차를 로프로 연결한 오스카가 모래 구덩이에 빠진 차를 끌어당겼다. 차가 모래에서 빠져나오는 순간, 마지막 남은 고난의 대장정이 기다리고 있었다. 이번에는 오스카의 분노의 질주였다. 미옥쌤은 안전벨트도 못 맨 상태였다. 질주하는 트럭을 따라 기를 쓰며 핸들링하느라 넋이 나간 상태. 그렇게 10분쯤 달려 드디어 포장도로가 시작되는 구간에 들어섰다. 오스카가 다가왔다.

"우리는 까사니의 게이트가 열릴 때까지 여기서 자고 갈 거예요. 이제 포장도로로 30분만 가면 되니까 조심해서 무 첸제까지 가요."

더는 그를 잡을 면목이 없었다. 새벽 2시가 다 된 시간이 었다. 미옥쌤은 더는 운전을 못 하겠다며 차 안에서 자고 가자는데, 그것만은 안 되는 일이었다. 이 나라의 치안은 열악했다. 경비원이 없는 곳에 차를 잠깐 세워두는 일조차 털어가라는 거나 마찬가지인 수준인데, 여자 셋이 길거리 에 차를 세우고 차 안에서 밤을 보낸다고? 위험을 자초하 는 일이었다.

"내는 못한대이."

우리의 메인 드라이버이자 셰프이자 건축업자(텐트 접 고 치는)인 미옥쌤이 손을 내저으며 단호히 운전을 거부했 다. 면허 따고 운전한 지 3년이 되도록 야간 운전도 못 하는 내 지리멸렬한 운전 실력이 그저 한심하고 원망스러울 뿐. 반전은 대범한 과학도 형란쌤! 그런 대형 사고 직후에도 여전히 기죽지 않고 담대한 형란쌤이 말했다.

"운전 제가 할게요. 할 수 있어요."

"절대 과속하지 말고 천천히, 천천히 가야 해요!"

형란쌤이 핸들을 잡았다. 포장도로를 조심조심 달려가

는데 미옥쌤이 외쳤다.

"저거 쟈들 트럭이재!"

오스카의 트럭이 우리보다 앞서 달리며 갈림길에서 깜빡이를 켜고 기다리다가, 우리가 다가가면 달아나듯 멀리 앞서갔다. 우리는 아득히 보이는 빨간 불빛을 보며 천천히 차를 몰았다. 숙소에 도착하니 새벽 2시 반. 트럭이 다가왔다. 오스카에게 고맙다는 인사를 건넸다. 우리가 숙소의 문을 열고 들어가는 모습을 본 그가 차를 돌렸다. 악몽 같았던 하루가 끝나는 순간이었다. 우리 때문에 새벽잠에서 깨어나 문을 열어준 숙소 매니저가 말했다.

"에드윈이 여러 번 전화했어. 너희 도착하면 꼭 알려달라고."

어쨌거나 정글에서 사자 밥이 될 운명은 아니었던 듯.

한 인간의 선의로 구원받았던 밤이었다. 오스카가 보여준 호의는 돈 몇 푼으로 갚을 수 없다. 그건 고스란히 우리의 빚이 되었다. 오래전 친구가 그랬다. 친절은 과녁을 빗나간 화살 같은 거라고. 화살을 꼭 그 과녁에 명중시켜야 할 필요는 없다. 어딘가에는 반드시 가서 꽂힐 것이기에. 중요한 건 내가 받은 친절을 누군가에게 돌려준다는 행위 그 자체다. 나에게 명중된 오스카의 화살을 나는 어디로 쏘아 보낼 수 있을까? 오스카의 친절에 대한 나의 답례는 코끼리 보육원으로 날아갔다. 아기 코끼리 한 마리가 1년간 마실 수 있는 분유비가 되어.

다음 날 우리는 카사네로 향했다. 어젯밤 빠져나오지 못해 안달이었던 초베 국립공원을 다시 찾아갔다. 도로를 달리는 동안 기린이며 코끼리가 창 너머로 지나갔다. 숙소는 지난밤의 악몽을 보상이라도 하듯 근사했다. 빛나는 햇살 아래 진분홍 부겐빌레아와 천사의 나팔이 흐드러지게 피어 있고, 몽구스 서너 마리가 정원을 제집인 양 돌아다니고 있었다. 숙소 앞 도로에는 야생 멧돼지 두 마리가 코를 킁킁거리며 걸어 다녔다. 그날 오후 초베강 선셋 사파리를 신청해 작은 배에 올랐다. 맥주잔을 기울이며 초베강으로 넘어가는 붉은 해를 지켜봤다. 살아서 마시는 맥주는 달콤했고, 머리카락을 희롱하는 바람은 시원했다. 이우는 저녁 햇살이 금가루 같은 빛을 강물 위로 뿌리고 있었다. 눈앞의 뭍에는 악어 한 마리가 잠을 자고 있고, 멀리서 코끼리 무리가 진흙 목욕을 하고 있었다. 단체 관광객이 망원 렌즈를 장착한 카메라로 코끼리 무리를 찍고 있었다. 우산 아카시아나무 꼭대기에는 아프리칸 피쉬 이글 몇 마리가 미동도 없이 앉아 있고, 그 너머로 버펄로 떼가 지나갔다. 배 위에서 바라보는 야생의 세계는 그저 아름답게만 보였다. 맥주잔을 들고 뱃전으로 몸을 내민 형란쌤과 미옥쌤의 얼굴도 평화로웠다. 생과 사를 오가던 지난밤이 아득한 전생 같았다. 살아 있다는 안도감이 온몸으로 번져갔다.

캠핑카를 끌고 오십 대의 여자 셋이 호기롭게 디뎠던 나미비아, 보츠와나는 온갖 모험으로 막을 내렸다. 우리에게는 모든 것이 처음이었다. 발을 디딘 나라도 처음. 사륜구동으로 모랫길을 달리는 일도 처음. 차량에 장착된 텐트를 치고 접는 일도 처음. 사다리를 잃어버리고, 차를 망가뜨리고, 수리비가 얼마 나올지 전전긍긍하는 일도 처음. 인적 끊긴 국립공원에서 펑크를 내고 구조를 기다리던 밤도 처음. 안절부절, 좌충우돌, 우왕좌왕, 노심초사. 그런 불안한 순간 사이사이에도 바싹 마른 논바닥 같던 마음의 이랑을 흠뻑 적시는 찰나가 무수히 찾아왔다. 모래언덕에서 해돋이를 기다리던 새벽과 물을 마시러 온 기린 무리와 마주쳤던 오후. 차창 밖으로 끝없이 펼쳐지던 흙집과 빈한한 살림살이. 그럼에도 미소를 지으면 환한 웃음을 되돌려주던 아이와 여자들. 저녁을 먹는 손님을 위해 앞치마를 두른 채 노래하고 춤추던 직원들. 장작불을 피워놓고 둘러앉아 차를 마시던 밤의 고요. 밤하늘의 별 무리와 은하수. 펴지지 않는 텐트와 씨름하던 우리를 기꺼이 도와주던 힘 센 남자들. 얼룩말과 누, 사자와 기린, 코끼리 무리와 코뿔소, 하마. 인간이 아닌 다른 생명과 마주칠 때마다 빠르게 뛰던 내 심장. 돌아보니 모든 순간이 반짝반짝 빛나고 있었다. 우리는 단 한 순간도 지루함을 느끼지 못했다. 제대로 살아 있는 것 같은 날들이었고, 태어나 처음 하는 것 같은 여행이었다. 여행에서의 고난은 우리를 힘들게 하지만, 강렬하게 기억되는 여행의 추억은 대부분 고난으로 인한 경험이다. 우리에게는 평생토록 이야기할 추억이 남았다. 이토록 격렬한 모험이라니. 생각할수록 짜릿한 밤이었다. 게다가 타인의 친절에 기대어 난관을 빠져나왔으니, 세상은 여전히 살만한 곳임을 확인한 셈이다. 오스카의 친절과 에드윈의 걱정, 코끼리 보육원을 지키는 사람들의 다정함 그리고 내게는 두 사람이 남았다. 이쫄보 여사와 김추월 여사. 나는 얼마나 운이 좋은가. 이토록 아드레날린 폭발하는 모험을 겪었는데 우리는 찢어지지도 않았으니. 수평선 너머로 지는 해가 남긴 빛에 두 사람의 얼굴이 붉게 빛났다. 이제 모험은 끝이 났다. 사바나의 질서 안에서 살아가는 생명들을 두고, 우리는 이제 인간의 질서가 작동하는 세계로 돌아가야 했다. 모험을 통해 조금은 더 강인해진 얼굴로. 그만큼 더 넉넉해진 마음으로.

이토록 자연스럽게

루마니아
Romania

　가슴을 뒤흔든 풍경 앞에 다시 설 수 있음은 얼마나 큰 축복인가. 겨울 준비가 끝난 가을 들판에 서서 해 뜨는 마을을 바라보았다. 새벽이슬에 젖은 건초 더미 너머로 굴뚝마다 연기가 피어올랐다. 세상의 모든 소란이 견고한 막으로 차단된 것 같은 시간에 나는 루마니아 북부의 작은 마을 브랩에 서 있었다. 꼭 1년 만에 다시 찾아온 루마니아는 여전히 내 가슴을 두근거리게 했다.

긴 휴가를 내기 힘든 우리나라 사람들은 여행할 때 선택과 집중에 서투른 경우가 많다. 하나라도 더 보겠다는 욕심에 새벽부터 늦은 밤까지 빡빡한 일정으로 다니거나, 짧은 일정에 너무 많은 곳을 가느라 이동에 긴 시간을 쏟기도 한다. 내 기억에 오래 남은 여행은 욕심을 버리고, 속도를 늦췄을 때 찾아오곤 했다. 방과후 산책단을 꾸릴 때의 기본 원칙도 '한 나라를 적어도 열흘 이상'이다. 이번 루마니아 산책단도 보름의 여정이었다. 산책단원들은 한 번씩 이런 말을 들었단다.

"루마니아에 왜 가?"

"2주나 볼 게 있는 나라야?"

심지어 한국에 사는 루마니아 사람조차도 루마니아에 왜 가냐고 물었단다. 그런 말을 들을수록 루마니아의 매력을 제대로 전하고 싶다는 의지가 활활 타올랐다. 아무도 임명하지 않은 루마니아 홍보대사라도 된 듯이 말이다.

작년 루마니아 여행 중에 만나 친구가 된 안드레아가 그녀의 고향인 브라쇼브에서 우리의 가이드를 자처했다. 소설《드라큘라》의 모델이 된 브란성과 펠레슈성을 둘러본 다음 날, 우리는 그녀를 따라 탐파산에 올랐다. 그녀의 반려견 토케도 함께였다. 브라쇼브의 시민들이 자주 찾는 산이라고 했다. 공기는 맑았고 햇살은 투명하게 빛나는 가을 날이었다. 완만한 숲길을 네 시간쯤 걷고 난 후에 먹는 점심은 달았다. 그날 오후, 안드레아의 집에 들렀다. 브라쇼브 시내가 내려다보이는 전망 좋은 곳에 자리한 집은 그녀가 만든 작품으로 가득했다. 마치 작은 미술관에 들어온 것 같았다. 그 모든 작품의 소재가 자연에서 난 것들이었다. 바닷가에서 주운 조개껍질, 숲의 나무 열매, 들판의 풀잎 같은. 아무것도 아닌 소재로 특별한 작품을 만들어내는 감각이 빼어났다. 그녀는 지난 2년간 우크라이나에서 일하느라 일주일에도 서너 번은 지하 벙커로 피신하는 고단한 날들을 보냈다. 생존이 목표가 되는 위험한 현장에서 일하기 때문일까. 그녀가 자연의 소재로 만든 작품이 이토록 자연스럽고 편안한 분위기인 건.

시기쇼아라와 시비우를 거쳐 찾아간 곳은 마라무레슈 지역. 첫 루마니아 여행에서 내 마음을 뒤흔든 곳이다. 산으로 둘러싸여 고립된 마을이 간직한 전통문화, 오염되지 않은 깨끗한 자연환경, 유네스코 문화유산에 등재된 목조 교회, 무엇보다 강인하고 다정한 여성들에 매료되었다. 숙소는 모두 지난해에 머물렀던 곳을 통째로 빌렸다. 그 첫 번째는 도예가인 다니엘과 총명하고 부지런한 아내 다니엘라가 꾸려가는 곳이다. 이곳에서의 첫 프로그램은 이 지역 전통 빵 만들기. 가을볕이 따사롭게 내리쬐는 정원에 다니엘라의 시어머니가 기다리고 계셨다. 처음에는 이스트와 소금, 밀가루만을 넣은 빵을 만들고, 그 빵이 화덕에서 구워지는 동안 도넛을 만들어 튀겼다. 빵은 당연히 기가 막히게 맛있었다. 설탕 뿌린 도넛은 말할 것도 없고. 숙소로 돌아오니 다니엘라가 물었다.

"빵 만드는 거 어땠어?"

"너무 재밌었어. 근데 사실 너희 시어머니가 다 하셨고 우린 한 게 없어."

다니엘라가 눈을 찡긋하며 말했다.

"적어도 너희가 망치진 않았잖아."

우리가 망치지 않은 빵을 곁들여 다니엘라가 동네 여성들과 준비한 저녁을 먹은 후 지역 음악가들을 초청해 집에서 작은 음악회를 열었다. 바이올린과 아코디언의 흥겨운 연주를 들으며 루마니아 와인을 곁들이는 동안 밤이 깊어갔다.

다음 날은 루마니아에서 가장 유명한 묘지인 '즐거운 묘지'를 찾아갔다. 파랗게 칠한 참나무 십자가 위에 고인의 삶과 직업을 그림으로 그리고, 재치 있고 시적인 묘비명이 적힌 8백여 개의 무덤. 이 묘지는 죽음이라는 작별에 유머러스한 분위기를 더하고 싶었던 민속 공예가 스탄 로안 파트라스의 주도로 1935년에 시작되었다. 죽음을 슬퍼하는 대신 고인이 지나온 삶을 축하했다는 다키아 부족 문화에서 영감을 얻었단다. 무덤의 묘비명은 이 지역 방언으로 적혀 있어 해석이 어렵다. 구글 번역기로는 원래의 위트 넘치며 시적인 분위기가 전혀 살지 않아 안타깝다. 가장 유명한 묘비명 한 편을 소개하자면 이렇다.

"이 무거운 십자가 아래 / 가엾은 시어머니 누워 계시네. / 그녀가 사흘만 더 살았다면 / 내가 죽어서 이 묘비명을 읽으셨을 텐데… // 여기 지나가는 당신 / 깨우지 말아주세요. / 그녀가 돌아오면 / 나를 더욱 비난할 것이니까요. // 나는 그녀가 지옥에서 돌아오지 않을 정도로 / 잘 행동할 것입니다. // 사랑하는 시어머니, 여기 계십시오."

며느리의 진정성이 시대와 공간을 초월해 가감 없이 전해진다.

마라무레슈에서의 두 번째 마을은 내가 사랑하는 브랩. 이 마을이 유명해진 건 영국인 윌리엄 블래커 덕분이다. 1989년, 우크라이나를 여행하던 그는 우연히 국경을 넘어

마라무레슈 지역에 발을 딛게 되었다. 눈앞에 펼쳐진 원시림, 자연의 속도에 맞춰 느리게 흘러가는 소박한 삶에 반해 그는 이곳에서 8년을 살았다. 동창생 찰스(지금의 영국 왕)를 설득해 이곳의 전통문화를 지키기 위한 재단도 설립했다. 찰스 왕이 이 마을에 두 채의 집을 소유하게 된 계기다. 윌리엄 블래커 다음으로 브랩을 찾아온 외국인이 영국 여성 페니였다. 2003년, 페니는 남편과 세 아이와 함께 이곳에 정착했다. 그 무렵 전통적인 목조 주택은 인기가 없어 마을 사람들은 그들에게 집을 공짜로 안겨줬다. 전기도, 수도도 끊긴 폐허에 가까운 집에 들어가 살면서 하나씩 고쳐나갔다. 그런 삶이 가능했던 건 그녀가 스리랑카, 인도네시아, 이집트의 시골에서 그렇게 살아봤기 때문이었다. 고립된 지역으로 들어가 전통문화를 지키며 꾸려가는 삶이 페니에게는 고단하지만 기쁘고 보람 있었다. 몇 년 전까지 이곳에는 식당도 하나 없어 그녀는 손님이 오면 순번을 정해두고 마을 여성들의 집으로 보내곤 했다. 지금은 이 작은 마을에 게스트하우스만 쉰 개. 식당도 두 개가 생겼다. 그 사이 페니는 영국으로 돌아가겠다는 남편과 헤어지고, 장성한 세 아이를 독립시키고, 혼자서 꿋꿋이 게스트하우스를 꾸려가고 있다. 50년에서 거의 2백 년이 된 세 채의 전통 가옥은 마룻바닥이 삐걱거리고, 화장실은 비좁고, 조금씩 뒤틀린 문을 여닫기도 힘들지만 너무나 사랑스럽다. 세월에 반질반질해진 서까래 위에 걸린 밝은색의 자수천이 방에 온기를 더한다. 빨간 담요 위의 하얀 시트, 초록색 서랍장, 붉은 꽃이 커다랗게 수놓인 양탄자, 자수가 놓인 리넨 테이블보, 테라스의 하늘색 벤치, 초록색 창틀… 요정의 집에라도 들어온 것 같다. 표준화된 체인 호텔은 절대로 줄 수 없는 안온함을 가진, 살아 있는 집. 산책단원들도 모두 감탄을 멈추지 못하고 서로의 집이 더 예쁘다며 자랑을 하고 있다. 이 아름다운 집을 가꾼 페니에게는 꿈이 하나 있다. 머지않은 미래에 당나귀 한 마리를 사서 안데스산맥을 넘나들며 여행하는 꿈이다. 나는 그녀의 꿈이 꿈으로 그치지 않을 거라고 믿는다. 그날 저녁 식사에 페니를 초대했다. 저녁을 먹은 후에는 마당에 장작불을 피워놓고 앉아 시를 읽었다. 페니는 한 마디도 못 알아들으면서도 한없이 다정한 눈길로 우리를 바라보고 있었다.

일요일 아침, 우리는 제일 좋은 옷을 차려입고 바르사나 교회를 찾아갔다. 찬 바람이 부는 야외에서 선 채로 두 시간 동안 이어진 예배는 경건했다. 불교 신자도, 종교가 없는 이도, 가톨릭도, 개신교도 모두 함께 서서 수녀님의 성가에 귀를 기울였다. 더 많이 가지기를 욕망하지 말고 이미 충분히 지닌 것에 더 감사하자고 다짐하면서. 저마다 촛불을 밝히고 가족과 이웃의 건강, 세상의 평화를 간구했다. 나는 종교를 믿지 않지만, 기도의 힘을 믿는다. 인간을 인간답게 만드는 가장 위대한 점은 자신이 아닌 타인을 위해 기도하는 마음이 아닐까.

　　루마니아에서의 마지막 여정은 부코비나. 마라무레슈가 목조 교회로 유명하다면 이곳은 채색 수도원으로 이름난 곳이다. 세계유산에 등재된 채색 교회보다 더 내 마음을 끈 곳은 안젤리카와 시미온의 집. 지난번에도 머물렀던 곳이다. 수도 부쿠레슈티에서 산림공학자와 도시공학자로 일하던 부부가 좀 이른 은퇴를 하고 시미온의 고향인 이곳으로 귀향한 건 2007년. 부부는 한 채씩 목조가옥을 늘려가며 농가민박을 꾸려갔다. 공산주의 시절에 빼앗겼던 할아버지의 집을 다시 사들여 그 집에 살던 가족 이름(까사 돔니카)을 붙였다. 시부모님이 사시던 집은 시어머니의 이름을 딴 까사 플로레아. 안젤리카는 시어머니와 시할머니가 만든 수공예품으로 집 안을 장식하고, 시어머니의 레시피로 비스킷을 만들고, 시증조할머니의 레시피로 케이크를 구워 손님상에 올린다. 이 집에는 낡았다고, 오래되었다고 함부로 버려지는 것들이 없다.

부부에게는 여전히 딸린 식구가 많았다. 소 세 마리와 양 여섯 마리에 돼지도 스무 마리(우리가 오기 전날 암돼지가 새끼를 일곱 마리나 낳아 갑자기 식구가 불었다)나 있다. 가축은 너른 초지에 방목해서 키우고, 축사에는 짚이나 진흙을 깔아 편안한 환경을 제공한다. 닭 예닐곱 마리와 개 세 마리, 길고양이 대여섯 마리도 함께 살고 있다. 아침 식사 테이블에 올라오는 치즈와 버터, 우유, 요거트, 살라미와 초리소는 부부가 키우는 가축에 기대어 직접 만들었다. 평소 우유를 마시지 않는 나도 이곳에서만큼은 신선하고 고소한 우유를 한 잔씩 마시고 있다. 저녁 식사는 시미온이 담은 브랜디와 와인, 수프부터 시작해 메인과 디저트까지 나오는데 재료 대부분이 숲과 이 집의 정원에서 난 것들. 끼니때마다 탄성을 내지르며 음식에 탐닉하고 만다. 안젤리카와 시미온의 집에서 우리가 베푼 작은 호의는 드넓은 정원의 채 따지 못한 사과를 딴 일. "일하지 않는 자여 먹지도 말라", 공산주의 선전 문구 같은 구호 아래 예닐곱 명이 달라붙어 삼사십 분간 사과를 따니 무려 여덟 상자. 저녁 준비로 바쁘던 안젤리카와 시미온이 연신 "브라보"와 "땡큐"

를 외쳐주니 어찌나 뿌듯하던지.

루마니아에서는 시를 읽는 밤이 자주 찾아왔다. 아무도 가지 않는 나라여서 루마니아에 오고 싶었다는 K쌤 덕분이었다. 조금 떨리는 목소리로 차분히 읽어주시는 시 한 편이 우리의 밤을 환하게 밝히곤 했다. 안젤리카의 집에서 보내는 마지막 밤, K쌤은 미리 인쇄해온 종이를 한 장씩 나눠줬다. 고정희 시인의 〈쓸쓸함이 따뜻함에게〉라는 시였다. 장작불이 지펴진 난롯가에 모여 앉아 한 사람씩 돌아가며 시를 읽었다. K쌤은 낭송이 끝난 후 이렇게 이야기했다.

"여기 루마니아까지 여행을 올 수 있었던 우리는 그래도 따뜻한 세계에 사는 사람들이니까, 쓸쓸한 사람들에게 온기를 나눠주며 살아가면 좋겠어요."

정원의 사과나무 가지를 휘돌아온 바람이 부드럽게 창을 두드리는 밤이었다.

　　　　　포기하지 않을 수 있도록

　여행하는 삶을 살아온 이후 내 삶은 온통 모순으로 가득하다. 나는 낯선 것, 타인의 삶에 대한 호기심으로 여행을 떠나, 그곳의 풍경과 그곳에 깃든 사람들과 인연을 맺음으로써 그곳을 사랑하게 된다. 내가 사랑하는 곳에 대해 글을 씀으로써, 더 나아가 그곳에 더 많은 이들과 함께 다시 찾아감으로써 내가 사랑한 곳이 본연의 모습을 잃어버리는 데 일조한다. 사랑을 할수록 망가뜨리는 운명이라니, 자괴감이 밀려온다. 여행하는 사람이자 여행에 대해 글을 쓰는 사람으로 살아가는 한, 환경에 대한 내 생각과 행동은 결국 모순적일 수밖에 없다.

　녹색전환연구소의 '1.5℃ 계산기'를 사용해 내가 지난 한해 배출한 탄소량을 계산해봤다. 각오했음에도 결과는 충격적이었다. 내 탄소발자국은 무려 51.3톤. 1인당 탄소배출량이 많기로 손꼽히는 한국인 평균의 네 배가 넘었다 (2022년 기준 우리나라는 1인당 이산화탄소 배출량 12.27톤으로 세계 9위를 기록했다. 전 세계 평균은 1인당 4.8톤이다). 내가 배출한 탄소량을 살펴보면 여가 부분이 32.5퍼센트, 교통 부분이 57퍼센트를 차지한다. 그러니까 여행과 항공 이용이 내 탄소 배출량의 89.5퍼센트를 차지한다는 뜻이다. 어림잡아도 지난해 내 비행시간은 180시간이 넘는다. 남미를 한 번 다녀오고(50시간), 대만에 두 번(10시간), 제주에 한 번(2시간), 유럽에 세 번(75시간), 아프리카 대륙에 한 번(32시간), 일본에 두 번(8시간), 치앙마이에 한 번(10시간) 다녀왔다. 여기에 더해 해외에서 머문 기간도 1년의 절반인 180일. 육식을 하지 않고, 배달 음식을 시켜 먹지 않고, 일회용품을 안 쓰고, 전기와 수도를 아무리 아껴도, 비행기를 한 번 타면 말짱 도루묵. 대륙 간 왕복 비행 한 번에 이코노미 클래스가 4톤, 퍼스트 클래스는 그 여섯 배의 탄소발자국을 만들어낸다니 나는 아무리 애를 써도 반환경적인 삶을 사는 사람이다. 비행기에 오를 때마다 내가 배출하는 탄소발자국에 마음이 무겁다. 기후 위기를 살피는 방법에는 다양한 관점과 수치가 있지만, 여행이 삶인 나는 아무래도 탄소발자국에 가장 마음이 쓰인다.

 여행을 다닐수록 안전한 여행의 시대는 끝났다는 생각이 든다. 기후 위기는 지구 곳곳에서 예고 없이 홍수, 가뭄, 산불이나 빙하의 붕괴 같은 재난을 일으키고, 여행자도 그 위험에서 자유롭지 않다. 베네치아와 치앙마이의 홍수, 돌로미티 빙하의 붕괴, 아테네를 비롯한 유럽 남부의 폭염, 잠비아의 가뭄, LA의 산불…. 최근에 일어난 재난만 꼽아도 이 정도다. 어디에서 어떤 위험과 만나게 될지 알 수 없는 시대가 되었다. 슬프게도 여행 산업, 그중에서도 항공 산업은 탄소 배출로 기후 위기를 앞당긴 주범의 하나다. 거기에 더해 호텔에 머무는 여행자는 현지인보다 스무 배에서 서른 배에 달하는 물과 전기를 소비한다. 인피니티 풀이 있고 매일 수건과 시트를 교체하는 호텔이라면 하루에 배출하는 탄소가 평균 85킬로그램이다.*

한 도시가 감당할 수 없는 수의 관광객이 찾아오는 오버투어리즘도 문제다. 바르셀로나, 산토리니, 두브로브니크, 코펜하겐, 베네치아, 암스테르담 등은 수용할 수 있는 관광객의 수십 배가 찾아와 주민들이 고통받는 대표적인 도시다. 과잉 관광은 주민 삶의 질을 떨어뜨릴 뿐 아니라 우리를 매혹한 풍경마저 앗아간다. 어떤 도시에 주민들은 점점 떠나 보이지 않고 관광객을 위한 가게만 가득하다면 우리가 사랑한 그곳만의 정취도 사라지기에. 이런 문제들로 인해 세계 최초로 '책임여행'을 추구하며 만들어진 영국의 '리스판서블 트래블'은 과잉 관광 지역으로의 여행을 중단했다. 바르셀로나의 대표적인 관광지인 고딕 지구는 에어비앤비로 인해 주거비가 가파르게 상승해 주민의 45퍼센트가 떠나자, 결국 청년들의 심각한 주거난을 해결하기 위해 지난해 에어비앤비 자체를 금지했다.*

작년 6월, 20년 만에 다시 찾은 탄자니아. 그동안 관광산업을 위해 응고로고로의 원주민, 마사이 부족을 강제로 이주시키고, 그 과정에서 원주민이 구타당하는 등 인권 침해가 발생했다고 했다. 여행 내내 혹여나 원주민과 마찰을 일으키게 될까 봐 가이드는 우리가 마사이 부족민과 이야기를 나누는 것조차 꺼렸다. 마음이 불편하지 않을 수 없었다.

감수성이 예민하고 공감 능력이 뛰어난 이들은 여행하지 않는 삶을 살아야 한다고 말한다. 내 지인도 더 이상 해외여행을 하지 않겠다고 선언했다. 지구를 위해서는 여행을 멈추는 것이 답이라는 걸 알지만, 나는 아직 여행을 포기하지 못한다. 여전히 여행의 힘을 믿기 때문이다. 내가 여행을 하지 않았다면 지금만큼 환경문제에 관심을 기울이

* 임영신 지음, 《기후여행자》, 열매하나

고 실천하는 삶을 살았을까? 여행을 통해 어떤 곳에 머문다는 건, 시간을 보내고 마음을 기울여 그곳의 자연이나 사람들과 이어지는 일이다. 낯선 삶의 방식을 온몸과 영혼으로 받아들이는 일이다. 무수한 발자국을 이곳저곳에 남기면서 우리 모두의 삶이 연결되어 있음을 깨닫는 과정이다. 파타고니아의 페리토모레노 빙하를 마주해본 사람이라면 에어컨을 켤 때 조금은 온도를 높이지 않을까. 아마존의 숲이 베어져 나가는 모습을 한 번이라도 보았다면 육식의 횟수를 줄이게 되지 않을까. 물을 얻기 위해 매일 먼 길을 걸어야 하는 여자와 아이들을 만나봤다면 샤워나 설거지를 할 때 수전을 잠그게 되지 않을까. 굳이 '20:80의 에너지 문제(20퍼센트의 인구가 세계 에너지 80퍼센트를 소비한다)'까지 말하지 않더라도 여행은 내가 누려온 삶의 방식으로 인해 고통받는 가난한 나라의 사람들과 대면하는 일이었다. 그럼에도 그들은 이방인인 나를 기꺼이 맞아줌으로써 나

또한 타인을 나의 이웃으로 받아들이는 사람으로 변화시켰다. 여행을 함으로써 나는 온 집 안의 쓰지 않는 플러그를 빼는 사람이 되었고, 냉난방기로 더위와 추위를 쉽게 피하는 일에 신중해졌고, 해마다 유엔난민기구에 구호금을 보내는 사람이 되었다.

여행은 어쩌면 인간의 유전자에 새겨진 본능일지도 모른다. 더 나은 곳을 찾아, 더 새로운 곳을 찾아 이동해온 인간의 욕망이 없었다면 인류의 삶은 여기까지 다다르지 못했을 테니. 기후 위기에 직면해 전 인류가 지혜를 모으는 만큼 관광업계도 움직이고 있다. 더 공정하고, 더 환경적이고, 지속가능하며 현지인의 삶을 훼손하지 않는 여행을 적극적으로 고민하고 질문하며 다양한 시도를 하고 있다. '탄소 중립 도시'의 실현을 목표로 선언한 코펜하겐이나 주민의 삶을 중심에 놓고 관광 정책을 수립하는 바르셀로나 같은 곳이 그 증거다. 나도 그런 질문과 고민을 끌어안고 방과후 산책단과 고군분투하는 중이다. 더 나은 여행이 가능하다는 이상주의적 낙관에 기대어. 조금 더 느리게, 조금 더 조심스럽게, 조금 더 불편을 감수하면서, 조금 더 지구와 지구에 깃든 모든 생명을 배려하는 여행. 지속가능한 여행을 위해 더 깊이 고민하고, 더 많이 실천하며 나아가고 싶다. 우리가 사랑하는 여행을 끝내 포기하지 않을 수 있도록.